Il giornalino di Gian Burrasca

IL GIORNALINO
DI GIAN BURRASCA

di VAMBA

in edizione di gran lusso.

★ Volume in grande formato.

★ 180 illustrazioni in nero e a colori nel testo e 16 grandi tavole in quadricromia fuori testo del pittore VINICIO BERTI.

★ Rilegatura in tutta tela con iscrizioni e fregi in oro.

★ Sopracoperta a colori rivestita di plastica e custodia.

Il giornalino di Gian Burrasca

RIVISTO, CORRETTO
E COMPLETATO DA

115ª RISTAMPA

VIVA LA PAPPA COL POMODORO!

I due Petrolieri d'onore della Società segreta

*Con illustrazioni
a nero e a colori*

GIUNTI

Prima edizione: 1919
Centoquindicesima ristampa: marzo 1996

ISBN 88-09-00163-X
©1990 Giunti Gruppo Editoriale, Firenze

SETTEMBRE

20

MERCOLEDI'

2. Euztachio, soldato e m.

1870. Entrata delle truppe italiane in Roma.

1897 Nascita di Giannino

Ecco fatto. Ho voluto ricopiare qui in questo mio giornalino il foglietto del calendario d'oggi, che segna l'entrata delle truppe italiane in Roma e che è anche il giorno che son nato io, come ci ho scritto sotto, perchè gli amici che vengono in casa si ricordino di farmi il regalo.

Ecco intanto la nota dei regali avuti finora:

1.º Una bella pistola da tirare al bersaglio che mi ha dato il babbo;

2.º Un vestito a quadrettini che mi ha dato mia sorella Ada, ma di questo non me ne importa nulla, perchè non è un balocco;

3.º Una stupenda canna da pescare con la lenza e tutto l'occorrente e che si smonta e diventa un bastone, che mi ha dato mia sorella Virginia, e questo è il regalo che mi ci voleva, perchè io vado matto per la pesca;

4.º Un astuccio con tutto l'occorrente per scrivere, e con un magnifico lapis rosso e blù, regalatomi da mia sorella Luisa;

5.º Questo giornalino che mi ha regalato la mamma e che è il migliore di tutti.

Ah sì! La mia buona mamma me ne ha fatto uno proprio bello, dandomi questo giornalino perchè ci scriva i miei pensieri e quello che mi succede. Che bel libro, con la rilegatura di tela verde e tutte le pagine bianche che non so davvero come farò a riempire! Ed era tanto che mi struggevo di avere un giornalino mio, dove scriverci le mie memorie, come quello che hanno le mie sorelle Ada, Luisa e Virginia che tutte le sere prima d'andare a letto, coi capelli sulle spalle e mezze spogliate, stanno a scrivere delle ore intere.

Non so davvero dove trovino tante cose da scrivere, quelle ragazze!

Io, invece, non so più che cosa dire; e allora come farò a riempire tutte le tue pagine bianche, mio caro giornalino! Mi aiuterò con la mia facilità di disegnare, e farò qui il mio ritratto come sono ora all'età di nove anni finiti.

Ritratto di Giannino Stoppani dell'età di anni 9 finiti addì 20 settembre 1905.

Però, in un giornalino bello come questo, bisognerebbe metterci dei pensieri, delle riflessioni....

Mi viene un'idea! Se ricopiassi qui un po' del giornalino di Ada che giusto è fuori insieme alla mamma a far delle visite?

. . . .

Ecco qui: sono andato su in camera di Ada, ho aperto la cassetta della sua scrivania, le ho preso il suo giornale di memorie, e ora posso copiare in pace.

«*Oh se quel vecchiaccio del Capitani non tornasse più! ed invece, è venuto anche stasera. È impossibile! non mi piace! Non mi piace, e non mi piacerà mai, mai, mai.... La mamma ha detto che è molto ricco; e che se mi chiedesse in moglie, dovrei sposarlo. Non è una crudeltà, questa? Povero cuore mio! Perchè ti mettono a tali torture?! Egli ha certe mani grandi e rosse, e col babbo non sa parlare d'altro che di vino e di olio, di campi, di contadini e di bestie; e se lo avessi veduto, almeno una volta, vestito a modo....*

Oh, se questa storia finisse! Se non tornasse più! Mi metterei l'anima in pace.... Iersera, mentre l'accompagnavo all'uscio, ed eravamo soli nella stanza d'ingresso, voleva baciarmi la mano; ma io fui pronta a scappare, e rimase con un palmo di naso.... Ah no! Io amo il mio caro Alberto De Renzis. Che peccato che Alberto non sia altro che un misero impiegatuccio.... Mi fa continuamente delle scene, e io non ne posso più! Che delusione! Che delusione è la vita.... Mi sento proprio infelice!!!!... ».

E ora basta, perchè ho empito due pagine.

Ti riapro prima d'andare a letto, giornalino mio, perchè stasera m'è successo un affare serio.

Verso le otto, come al solito, è venuto il signor Adolfo Capitani. È un coso vecchio, brutto, grosso grosso e rosso.... Le mie sorelle hanno proprio ragione di canzonarlo!

Dunque io ero in salotto col mio giornalino in mano, quando ad un tratto lui mi dice con quella sua vociaccia di gatto scorticato: — Cosa legge di bello il nostro Giannino? — Io, naturalmente, gli ho dato subito il mio libro di memorie, ed egli si è messo a leggerlo forte, davanti a tutti.

Da principio la mamma e le mie sorelle ridevano come matte. Ma appena ha incominciato a leggere il pezzo che ho copiato dal giornalino di Ada, questa si è messa a urlare e faceva di tutto per strapparglielo di mano, ma lui duro; ha voluto arrivar fino in fondo, e poi serio serio mi ha detto:

— Perchè hai scritto tutte queste sciocchezze? —

Io gli ho risposto che non potevano essere sciocchezze, perchè le aveva scritte nel suo libro di memorie Ada, che è la mia sorella maggiore, e perciò ha più giudizio di me e sa quello che dice.

Appena detto questo, il signor Capitani si è alzato serio serio, ha preso il cappello e se n'è andato via senza salutare nessuno.

Bella educazione!

E allora la mamma, invece di pigliarsela con lui, se l'è presa con me, gridando e minacciando, e quella stupida di Ada si è messa a piangere come una fontana!

Andate a far del bene alle sorelle maggiori!

Basta! Sarà meglio andare a letto. Ma intanto son contento perchè ho potuto empire tre pagine zeppe del mio caro giornalino!

21 settembre.

Son proprio nato disgraziato!

In casa non mi possono più soffrire, e tutti non fanno altro che dire che per colpa mia è andato all'aria un matrimonio che per i tempi che corrono era una gran fortuna, che un marito come il signor Capitani, con ventimila lire di rendita, non si trova tutti i giorni, che Ada sarà condannata a restare zittella tutta la vita come la zia Bettina, e via e dàlli, una quantità di storie che non finiscono mai.

Io vorrei sapere che gran male ho fatto alla fin fine, per copiare un pensiero dallo scartafaccio di mia sorella!

Oh! ma da ora in avanti, o bene o male, giuro che il giornalino lo scriverò tutto da me, perchè queste scempiaggini delle mie sorelle mi dànno ai nervi.

Dopo il fatto di ieri sera, pareva che stamani fosse successa a casa una gran disgrazia. Era già sonato da un bel pezzo mezzogiorno, e non c'era nemmeno l'idea di mettersi a tavola a far colazione come gli altri giorni. Io non ne potevo più dalla fame; zitto zitto sono andato in salotto da pranzo, ho preso dalla credenza tre panini, un bel grappolo d'uva, un'infinità di fichi dottati, e con la lenza sotto il braccio mi sono avviato verso il fiume per mangiare in pace. Dopo mi son messo a pescare, e non pensavo che ad acchiappare i pesciolini, quando a un tratto, ho sentito dare uno strappone alla canna che reggevo in mano; forse mi sarò proteso un po' troppo in avanti, perchè.... giù, *pùnfete!* sono cascato nell'acqua! Pare incredibile: ma in quel momento non ho potuto fare a meno di pensare fra me e me: «Ecco, i miei genitori e le mie sorelle saranno contenti ora di non avermi più tra i piedi! Ora non diranno più che son la rovina della casa! Non mi chiameranno più *Gian Burrasca* di soprannome, che mi fa tanta rabbia!».

Affondavo giù giù nell'acqua, e non capivo più nulla, quando mi son sentito tirar su da due braccia d'acciaio. Ho respirato a pieni polmoni

Questo qui è Gigi che mi ha salvato la vita

l'aria fresca di settembre, e subito, sentendomi meglio, ho domandato al barcaiuolo che mi teneva in collo, se aveva pensato di mettere in salvo anche la mia povera lenza!

Non so perchè la mia mamma abbia pianto tanto, quando Gigi mi ha riportato a casa fradicio mézzo. Io stavo benissimo e glielo dicevo, ma le mie parole erano dette al vento, perchè le lacrime della mamma pareva che non finissero mai. Come ero contento di essere cascato nel fiume, e di avere corso rischio di affogare! Se no, non avrei avuto tanti complimenti, nè tutte quelle moine.

Luisa mi ha messo subito a letto; Ada mi ha portato una tazza di brodo caldo bollente; e tutti, anche le persone di servizio, sono stati intorno a me, fino all'ora di andare a desinare. Poi, lasciandomi così infagottato nelle coperte, da farmi davvero morire di soffocazione, sono andati giù, raccomandandomi di star buono e di non muovermi.

Ma era possibile questo, per un ragazzo della mia età? Che cosa ho fatto appena son rimasto solo? Mi sono levato, ho tirato fuori dall'armadio il mio vestitino buono a quadrettini, mi son vestito, e scendendo pian piano le scale per non farmi sentire, sono andato a nascondermi sotto la tenda della finestra, in salotto. Se mi avessero scoperto, quante gridate avrei avuto!... Non so come sia andata che mi sono addormentato quasi subito; forse avevo sonno, o ero stanco. Il fatto è, che dopo una buona dormita, ho aperto gli occhi; e da una fessura della tenda ho veduto Luisa seduta sul sofà, accanto al dottor Collalto, che chiacchiera-

vano a voce bassa. Virginia strimpellava il piano, in un angolo della stanza. Ada non c'era; era andata certo a letto, perchè sapeva che il Capitani non veniva.

— Ci vorrà almeno un anno — diceva lui. — Il dottor Baldi, sai, comincia a diventar vecchio, e mi ha promesso di prendermi come suo aiuto. Ti dispiace di aspettare, amor mio?

— Oh.no: e a te? — ha risposto Luisa, e tutt'e due si son messi a ridere.

— Ma non lo dire ancora a nessuno, — ha continuato lui. — Prima di dichiararci fidanzati in pubblico, voglio avere una posizione sicura....

— Oh ti pare? sarebbe una sciocchezza.... —

Mia sorella aveva appena finito di dire così, che si alzò a un tratto, attraversò il salotto e si mise a sedere lontana dal dottor Collalto. In quel momento appunto entravano nella stanza le Mannelli.

Tutti non facevano che domandare con grande interesse come stava il povero Giannino, quando la mamma si precipita in salotto, con un viso bianco da far paura, urlando che ero scappato dal letto, che mi aveva cercato dappertutto, ma che non mi aveva potuto trovare. Allora, perchè non si affannasse di più, che cosa fo io? esco dal nascondiglio cacciando un grande urlo.

Che paura hanno avuto tutti!

— Giannino, Giannino! — si lamentava la mamma piangendo — mi farai ammalare....

— Come! Sei stato tutto questo tempo dietro la tenda? — mi ha domandato Luisa, facendosi di mille colori.

— Certo: mi predicate sempre di dire la verità; e allora, perchè non dite alle vostre amiche che siete promessi sposi? — ho risposto rivolgendomi a lei e al dottore.

Mia sorella mi ha preso per un braccio, trascinandomi fuori della stanza.

— Lasciami! Lasciami! — gridavo. — Vado da me solo. Perchè ti sei rizzata in piedi quando hai sentito toccare il campanello? Collalto.... — ma non ho potuto finire la frase, perchè Luisa mi ha tappato la bocca, sbatacchiando l'uscio.

— Avrei una gran voglia di bastonarti, — e cominciava a piangere. — Collalto non te la perdonerà più — e singhiozzava, singhiozzava, poverina, come se avesse perduto il più gran tesoro del mondo.

— Smetti di piangere, sorellina mia, — io le dicevo. — Ti pare che sarei venuto fuori dalla tenda senza dir nulla, se sapevo che il dottore è tanto pauroso? —

In quella è venuta la mamma che mi ha riportato a letto, raccomandando a Caterina di non lasciarmi finchè non fossi bene addormentato.

Ma come avrei potuto dormire, giornalino mio caro, senza prima confidarti tutte le peripezie della giornata? Caterina non ne può più dal sonno, e ogni volta che sbadiglia, pare che la testa le debba cascare giù dal collo.

Addio, giornalino, addio per stasera.

6 ottobre.

Sono due settimane che non ho più scritto una parola nel mio giornale, perchè mi sono ammalato da quel giorno famoso che fui per affogare e che scappai dal letto mentre sudavo. Collalto è venuto su a vedermi due volte al giorno; ed è stato così buono con me, che quasi quasi sento rimorso di averlo fatto spaventare quella sera. Quanto tempo mi ci vorrà

Questo è il dottor Collalto e lo somiglia

per guarire?... Stamani sentivo Ada e Virginia che parlavano insieme nel corridoio: com'è naturale, mi sono messo ad ascoltare quello che dicevano. Pare che ci sarà, nientemeno, che una festa da ballo in casa nostra.

Virginia diceva che era contentissima che io sia a letto; così si sentiva più tranquilla, ed era sicura della riuscita della festa. Essa spera che io debba rimanere in camera un mese intero. Non so capire perchè le sorelle maggiori non vogliano bene ai fratelli più piccoli.... Ed io, invece, sono così buono con Virginia.... Quando sto bene vado anche due volte al giorno alla posta, a prenderle e ad impostarle le lettere; qualche volta, non dico, ne avrò perduta qualcuna; ma ella non l'ha mai saputo, e non ha nessuna ragione di avercela con me!

Questa qui è Caterina ma però ci ha il naso più lungo e discorre con l'z francese.

Oggi mi sentivo così bene, che mi è venuta la voglia di levarmi. Verso le tre ho sentito venir su per le scale Caterina che mi portava la merenda; sono sgusciato dal letto, mi sono nascosto dietro l'uscio di camera, tutto imbacuccato in uno sciallone nero della mamma, e mentre la cameriera stava per entrare, le sono saltato addosso, abbaiando come un cane.... Che credi che abbia fatto quella stupida?... Dalla paura ha lasciato cascare in terra il vassoio che reggeva con tutt'e due le mani.... Che peccato!... Il bricco di porcellana celeste è andato in mille pezzi; il caffè e latte si è rovesciato sul tappetino che la mamma mi aveva comprato ieri; e quella sciocca ha cominciato a urlare così forte, che il babbo, la mamma, le mie sorelle, la cuoca e Giovanni sono corsi su tutti spaventati, per vedere quello che era successo.... Ci può essere una ragazza più oca di quella?... Al solito, io sono stato gridato.... Ma.... appena sono guarito, voglio scappare da questa casa, e andare lontano lontano, così impareranno a trattare i ragazzi come si deve!...

7 ottobre.

Finalmente stamani ho avuto il permesso di alzarmi.... Ma era possibile che un ragazzo come me potesse star fermo su una poltrona, con una coperta di lana sulle gambe? C'era da morire di noia; così mentre Caterina era andata giù un momento a prendermi un bicchiere di acqua inzuccherata, lesto lesto, butto via ogni cosa, e me ne vo in camera di Luisa a guardare tutte quelle fotografie che tiene dentro la cassetta della sua scrivania. Le mie sorelle erano in salotto con un'amica, la signorina Rossi. Caterina, appena tornata col bicchiere e lo zucchero, mi cerca dappertutto, inutilmente.... Sfido!... Mi ero nascosto dentro l'armadio...

Che risate matte ho fatto, con quei ritratti !... Su uno c'era scritto: *Un vero imbecille!...* Su un altro: *Oh, carino davvero!...* Su un altro: *Mi ha chiesto, ma.... fossi minchiona!* E in altri: *Simpaticone!!!...* oppure: *Che bocca!...* In uno poi c'era scritto: *Ritratto di un ciuco!...*

In tutti c'era una frase di questo genere. Io mi sono impossessato di circa una dozzina di fotografie delle persone che conosco, per fare qualche burletta innocente, appena uscirò di casa; poi ho richiuso per benino la cassetta, in modo che Luisa non si accorgerà di nulla....

Ma io non avevo voglia di ritornare nella mia stanzaccia tutta sporca e in disordine; non avevo voglia di annoiarmi. « Se mi mascherassi da donna? » ho pensato a un tratto.

Ho trovato un busto vecchio di Ada, una sottana bianca inamidata con lo strascico, ho preso dall'armadio il vestito di batista color di rosa di Luisa a tramezzi di trina, e ho cominciato a vestirmi. La gonnella era un po' stretta alla vita e ho dovuto appuntarla con gli spilli. Mi sono bene unto le gote con una pomata color di rosa di un vasettino, e mi sono guardato allo specchio.... Misericordia !... non ero più io.... Che bella signorina ero diventato !...

— Che invidia, che invidia, avranno di me le mie sorelle ! — ho esclamato, al colmo della contentezza.

E così dicendo, ero arrivato in fondo alle scale proprio quando la signorina Rossi stava per andarsene. Che chiasso !

— Il mio vestito di batista rosa ! — ha urlato Luisa, facendosi smorta in viso dalla stizza.

La signorina Bice mi ha preso per un braccio rivolgendomi alla luce, e: — Come mai ti sono venute quelle belle gote rosse, eh, Giannino? — mi ha detto in aria di canzonatura.

Luisa mi ha fatto cenno che non parlassi; ma io, facendo finta di non vederla, ho risposto: — Ho trovato una pomata in una cassetta.... — E quella signorina ha cominciato a ridere in un modo così malizioso, che non so quello che le avrei fatto.

Mia sorella, dopo, ha detto che Bice Rossi è una pettegola, che non le parrà vero di andare a raccontare a tutti che mia sorella si tinge la faccia: e questo poi non è vero, e io lo potrei giurare, perchè quella pasta serve a colorire i fiori di seta che Luisa sa fare tanto bene per guarnire i cappelli.

Stavo per ritornare in camera alla svelta, allorchè mi sono fermato davanti a Luisa e, guardandola fissa, le ho strappato una gala in fondo al vestito. Non l'avessi mai fatto !... È diventata una furia, e mi ha dato uno schiaffo.... « Ah, signorina !... » ho detto fra me e me. « Se sapesse che le ho preso i ritratti ! ».

Le sorelle credono che le gote dei ragazzi sieno fatte apposta **per** essere schiaffeggiate.... Se sapessero, invece, i pensieri tetri e disperati che ci vengono in mente quando fanno così !... Sono stato zitto, ma.... a domani.

8 ottobre.

Ah, come mi son divertito oggi a andare a trovare tutti gli originali delle fotografie che presi alle mie sorelle!

Ho cominciato da Carlo Nelli, il padrone di quel bel negozio di mode che è nel Corso e che va vestito sempre tutto per l'appunto, e che cammina sempre in punta di piedi perchè ha le scarpe troppo strette, il quale appena mi ha visto entrare mi ha detto:

— Oh, Giannino, sei guarito bene? —

Io gli ho detto di sì, e poi ho risposto per bene a tutte le domande che mi faceva; ed egli mi ha regalato una bella cravatta tutta rossa.

Io l'ho ringraziato come era mio dovere, e siccome lui ha cominciato a rivolgermi delle interrogazioni sulle mie sorelle, io ho creduto bene che quello fosse il momento buono per tirar fuori la fotografia. Sotto c'era scritto a penna: *vecchio gommeux;* ma non so che cosa volesse dire.

Di più gli erano stati allungati i baffi e allargata la bocca fino alle orecchie.

Lui nel vedere il suo ritratto ridotto a quel modo, è diventato rosso come un peperone e ha detto subito:

— Ah! sei stato tu, eh, brutto birbante? —

Io gli ho risposto di no, che avevo trovato le fotografie a quel modo in camera delle mie sorelle, e sono scappato via perchè aveva un viso da far paura, e poi non volevo più perder tempo con lui a dargli altre spiegazioni, avendo da distribuire le altre fotografie che avevo preso.

Infatti sono andato subito in farmacia da Pietrino Masi.

Come è brutto, povero Pietrino, con

quei capellacci rossi e con quella faccia gialla tutta butterata! Ma lui non se lo figura nemmeno....

— Buon giorno, Pietro, — gli ho detto.

— O Giannino! — mi ha risposto. — E a casa stanno tutti bene?

— Sì, e tanti saluti da tutti. —

Lui allora ha tirato giù dallo scaffale un bel barattolo di vetro bianco e mi ha detto:

— Che ti piacciono le pasticche di menta? —

E senza aspettare che gli rispondessi, me ne ha date una manciata di tutti i colori.

È proprio vero che i ragazzi che hanno la fortuna d'avere delle sorelle simpatiche ricevono sempre mille attenzioni dai giovinotti!

Io ho preso tutte le pasticche, poi ho tirato fuori la fotografia, e facendogli l'occhio pio, gli ho detto:

— Guarda qui: l'ho trovata in casa stamani.

— Fammi vedere! — E Pietrino Masi ha steso la mano, ma io non gli volevo dare il ritratto a nessun costo; però lui me l'ha preso per forza, e così ha potuto leggere quel che c'era scritto di dietro col lapis blù:

Ha chiesto la mia mano, ma fossi minchiona!

Pietrino è diventato bianco come questo foglio, e lì per lì credevo perfino che gli venisse uno svenimento. Ma invece ha detto digrignando i denti:

— È una vergogna che le tue sorelle piglino così in giro le persone perbene, hai capito? —

Benchè io avessi capito benissimo, lui per spiegarmelo meglio ha alzato una gamba per appiccicarmi un calcio, ma io ho fatto una cilecca e ho infilato svelto svelto la porta, e mi c'è entrato anche di pigliare un'altra manciata di pasticche di menta che erano rimaste sparse sul banco. E sono andato da Ugo Bellini.

Ugo Bellini è un avvocato giovanissimo: avrà ventitrè anni, e sta nello studio insieme al suo babbo, che è avvocato anche lui, ma di quelli bravi, in Via Vittorio Emanuele al numero 18. Ugo, a vederlo camminare, par che sia chi sa chi; va via tutto impettito, col naso per aria, e quando discorre ha una voce da basso profondo, che pare se la faccia venir su dalla suola delle scarpe.

Questo è Ugo Bellini

È proprio buffo, e le mie sorelle hanno ragione; ma io, nel presentarmi a lui, avevo un po' di tremarella, perchè è un tipo che non vuole scherzi. Mi sono affacciato all'uscio, e gli ho detto:

— Scusi, sta qui il *Vecchio Silva Stendere?*

— Ma che hai? — ha risposto.

— Ecco, ho qui una fotografia per lui! —

E gli ho consegnato il suo ritratto sotto il quale era scritto: *Pare il Vecchio Silva Stendere! Come è buffo!*

Ugo Bellini l'ha preso, e io via, di corsa! Gli deve aver fatto un grande effetto; perchè, mentre scendevo le scale, l'ho sentito urlare col suo vocione terribile:

— Maleducate! Pettegole! Sguaiate! —

Ah! Ma se seguitassi a scrivere tutte le scene di stamani, stasera non anderei più a letto!

Che facce spaurite facevano tutti quei giovanotti appena avevan sott'occhio la loro fotografia, mentre io, invece, mi sentivo scoppiar dal ridere, vedendo tutte le smorfie che facevano!

Ma quello che mi ha fatto ridere più di tutti è stato Gino Viani quando gli ho dato la sua fotografia dove in fondo era scritto: *Ritratto d'un ciuco*. Poveretto! Gli son venute le lacrime agli occhi e ha detto con un filo di voce:

— La mia vita è spezzata! —

Ma non era vero niente, perchè se gli si fosse spezzata la vita non avrebbe potuto camminare in su e in giù per la stanza come faceva, borbottando una quantità di parole senza senso comune.

9 ottobre.

Oggi Ada, Luisa e Virginia hanno tormentato tutto il giorno la mamma, perchè acconsentisse a dare quella famosa festa da ballo della quale esse chiacchieran tra loro da tanto tempo. Prega e riprega, la mamma, ch'è tanto buona, ha finito per contentarle, e la festa è stata fissata per martedì di quest'altra settimana.

Il bello è che, discorrendo degli inviti da fare, hanno rammentato, naturalmente, anche tutti quelli ai quali ho portato ieri le fotografie.

Figuriamoci se dopo quei complimenti scritti dalle mie sorelle in fondo ai loro ritratti, avranno voglia di venire a ballar con loro!

12 ottobre.

Mio caro giornalino, ho tanto bisogno di sfogarmi con te!

Pare impossibile, ma è proprio vero che i ragazzi non vengono al mondo che per fare dei malanni, e sarebbe bene che non ne nascesse più nessuno, così i loro genitori sarebbero contenti!

Quante cose mi son successe ieri, e ne avrei tante da confidarti, giornalino mio! Ma appunto perchè ne ho avute tante, non mi è stato possibile scriverle! Ah sì, quante ne ho avute ieri!... E anche ora duro fatica a muovermi e non posso star neppure a sedere a causa di tutte quelle cose che ho detto e che mi ci hanno lasciato, con rispetto parlando, certi vesciconi alti un dito.

Ma ho giurato oggi di descrivere il fatto come è andato, e benchè soffra tanto a stare a sedere, voglio confidare qui tutte le mie sventure....

Ah, giornalino mio, quanto soffro, quanto soffro!... E sempre per la verità e per la giustizia!...

Ti dissi già l'altro giorno che le mie sorelle avevano avuto dalla mamma il permesso di dare una festa da ballo in casa nostra; e non ti so dire come erano tutte eccitate da questo pensiero. Andavano e venivano per le stanze, bisbigliavan tra loro, sempre tutte affaccendate.... Non si pensava, nè si parlava d'altro.

Ieri l'altro, dopo colazione, si eran riunite in salotto a far la nota degli invitati, e parevan tutte al colmo della contentezza. A un tratto, eccoti una grande scampanellata, e le mie sorelle sospendendo la nota degli invitati si mettono a cinguettare:

— Chi sarà a quest'ora? — E che scampanellata!... — Non può esser che un contadino!... — Certo, una persona senza educazione.... —

In quel momento comparisce la Caterina sulla porta, esclamando:

— Ah, signorine, che sorpresa!... —

E dietro di lei, eccoti la zia Bettina!... proprio la zia Bettina in pelle e ossa, la zia Bettina che sta in campagna e che viene a trovarci due volte l'anno.

Le ragazze dissero con un filo di voce:

— Uh, che bella sorpresa! —

Ma diventarono livide dalla bile, e con la scusa di andare a farle preparare la camera piantarono la zia con la mamma e andarono a riunirsi nella stanza da lavoro. Io le seguii per godermi la scena.

— Ah brutta vecchiaccia! — disse Ada con gli occhi pieni di lacrime.

— E figuriamoci se non si tratterrà! — esclamò la Virginia con aria ironica. — E come sarà contenta, anzi, di aver l'occasione della festa da ballo per mettersi il suo vestito di seta verde e i suoi guanti gialli di cotone e la cuffietta lilla in capo!

— Ci farà fare il viso rosso! — soggiunse la Luisa disperata. — Ah, è impossibile, ecco! Io mi vergogno di presentare una zia così ridicola! —

La zia Bettina col vestito di seta verde

La zia Bettina è ricca straricca, ma è così antica, poveretta! così antica che pare uscita dall'arca di Noè: con la differenza che gli animali dell'arca di Noè vennero fuori tutti a coppie, e la zia Bettina, invece, era venuta sola, perchè non ha mai trovato un cane di marito!

Dunque le mie sorelle non volevano che la zia rimanesse alla festa da ballo. E siamo giusti: non avevano forse ragione, povere ragazze? Dopo essersi tanto affaccendate perchè la festa riuscisse bene, non era un vero peccato che questa vecchia ridicola, venisse a compromettere l'esito della serata?

Bisognava salvare la situazione. Bisognava che qualcuno si sacrificasse per la loro felicità. Ah! non è forse una nobile azione per un ragazzo di cuore il sacrificio per la felicità delle sue proprie sorelle?

Io avevo il rimorso della vendetta che m'ero già presa di loro con la brutta celia delle fotografie e decisi subito di compensare le vittime con una buona azione.

Perciò ieri l'altro sera, dopo pranzo, presi da parte la zia Bettina, e col tono serio che meritava la circostanza le dissi pigliandola alla larga:

— Cara zia, vuol fare una cosa gradita alle sue nipoti?

— Che dici?

— Le dico questo: se lei vuol proprio contente le sue nipoti, faccia il piacere di andarsene prima della festa da ballo. Capirà, lei è troppo vecchia, e poi si veste in modo troppo ridicolo per queste feste, ed è naturale che non ce la vogliono. Non dica che gliel'ho ridetto io; ma dia retta a me, torni a casa sua lunedì, e le sue nipoti gliene saranno infinitamente grate. —

Ora domando io: doveva la zia inquietarsi, dopo che avevo parlato con tanta franchezza? E doveva, dopo che l'avevo pregata di non dir nulla a nessuno, andare a spifferare ogni cosa a tutti, giurando e spergiurando che la mattina dopo, appena alzata, sarebbe ripartita?

E la zia Bettina, infatti, è andata via ieri mattina, facendo il solenne giuramento di non metter mai più piede in casa nostra.

Ma questo non è tutto. Pare che il babbo le avesse chiesto in prestito una certa somma di danaro, perchè essa gli ha rinfacciato il favore che gli aveva fatto, dicendo che era una vera vergogna il dare le feste da ballo con i quattrini degli altri!

Che colpa ne avevo io, di questo?

Ma al solito, la stizza di tutti si è riversata su un povero ragazzo di nove anni!

Non voglio avvilire queste pagine col raccontare quel che ho sofferto. Basti dire che iermattina, appena partita la zia Bettina, le persone che più dovrebbero volermi bene in questo mondo, mi hanno calato i calzoncini e giù, frustate senza pietà....

Ahi, ahi! Non posso più stare a sedere.... E oltre al dolore c'è anche la preoccupazione per la festa da ballo. I preparativi son quasi finiti, e io non son punto tranquillo per quell'affare delle fotografie....

Basta; Dio ce la mandi buona, giornalino mio, e senza vento!

15 ottobre.

Siamo al famoso martedì, causa di tutte le agitazioni di questi giorni....

Caterina mi ha messo il vestito nuovo e quella bella cravatta rossa tutta di seta che mi ha regalato l'altro giorno Carlo Nelli, quello della fotografia dov'era scritto: *vecchio gommeux*, che non so cosa voglia dire.

Le mie sorelle mi hanno fatto una predica lunga come una quaresima, con le solite raccomandazioni d'esser buono, di non far niente di male, di comportarmi educatamente con le persone che verranno in casa, e altre simili uggiosità che tutti i ragazzi sanno a memoria a forza di sentirsele ripetere a tutte l'ore e che si stanno a sentire proprio per dar prova della nostra condiscendenza verso i nostri maggiori, pensando, invece, a tutt'altre cose.

Naturalmente io ho risposto sempre di sì, e allora ho avuto il permesso d'uscir di camera e girare per tutte le stanze del pian terreno.

Che bellezza! Tutto è pronto per la festa che comincerà fra poco. La casa è tutta illuminata e mille fiammelle di luce elettrica risplendono qua e là, riflettendosi negli specchi, mentre ogni sorta di fiori sparsi per tutto fan bella mostra dei lor vivaci colori ed espandono per le sale i loro grati e delicati profumi.

Ma il più grato profumo è quello della crema alla cioccolata e alla vainiglia nelle grandi scodelle d'argento, e della gelatina gialla e rossa che trema nei vassoi, e di quei monti di pasticcini e di biscotti d'ogni qualità che si inalzano in salotto da pranzo, sulla tavola ricoperta da una bella tovaglia tutta ricamata.

Questo è il sonatore di Pianforte

Dovunque è un allegro scintillio di cristalli e d'argento....

Le mie sorelle sono bellissime, tutte vestite di bianco, scollate, con le gote rosse e gli occhi raggianti di felicità. Esse girano per tutto per vedere se ogni cosa è in ordine e accorrono a ricevere gli invitati.

Io sono venuto su a pigliare questi appunti sulla festa, ora che ho la mente serena.... Perchè dopo, giornalino mio, non posso garantire se sarò in grado di confidarti ancora le mie impressioni.

Ho fretta d'andare a letto, ma prima voglio raccontar qui come sono andate le cose.

Quando son ritornato al pian terreno, erano già venute le signorine di nostra conoscenza come sarebbero le Mannelli, le Fabiani, Bice Rossi, le Carlini e tante altre, tra le quali, quella seccherellona della Merope Santini, che si dà il belletto in modo indecente e alla quale la mia sorella Virginia ha appioppato il nome *d'uscio ritinto*.

Le ragazze erano molte, ma di uomini non c'erano che il dottor Collalto, il fidanzato di Luisa, e il sonatore di pianoforte che stava a sedere con le braccia incrociate, aspettando il segnale per eseguire il primo ballabile.

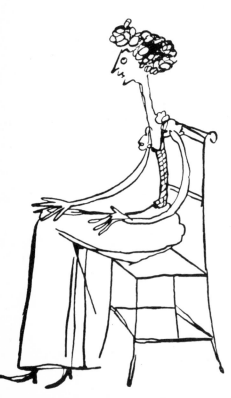

L'orologio segnava le nove: e il sonatore ha incominciato a sonare una polca, ma le signorine seguitavano a girar per la sala, chiacchierando tra di loro.

Poi il sonatore ha sonato una mazurca, e due o tre ragazze si son decise a ballar fra loro, ma non si divertivano. E intanto l'orologio segnava già le nove e mezzo.

Le mie povere sorelle non levavano gli occhi dalle lancette che per rivolgerli all'uscio di ingresso; e avevano un'aria così desolata che facevano proprio compassione.

Anche la mamma era molto preoccupata, tant'è vero che mi son potuto ingoiare quattro gelati uno dietro l'altro, senza che neppur se n'accorgesse.

Come mi rimordeva la coscienza!

Finalmente, quando mancavano pochi minuti alle dieci, si è sentito una scampanellata.

Questa sonata di campanello ha rallegrato le invitate più di tutte le sonate fatte fino allora sul pianoforte. Tutte le signorine hanno dato un gran respirone di sollievo, voltandosi verso la porta d'ingresso in attesa dei ballerini da tanto tempo aspettati. Le mie sorelle si son precipitate per far gli onori di casa....

Ed ecco che, invece degli invitati, entra Caterina con una gran lettera e la porge all'Ada. Luisa e Virginia le si fanno attorno esclamando:

— Qualcuno che si scusa di non poter venire! —

Altro che scusa! Quella non era una lettera, nè un biglietto: era una fotografia che esse conoscevano benissimo e che era stata per tanto tempo chiusa nella scrivania di Luisa.

Le mie sorelle son diventate di mille colori, e passata la prima impressione son cominciate fra loro le interrogazioni:

— Ma come mai? Ma come può essere? Ma com'è stato? —

Di lì a poco ecco un'altra scampanellata.... Le invitate si voltano daccapo verso l'ingresso, aspettando sempre un ballerino, e come prima si presenta invece Caterina con un'altra lettera che le mie sorelle aprono trepidanti: è un'altra delle fotografie da me recapitate l'altro giorno ai rispettivi originali.

E dopo cinque minuti, un'altra scampanellata e un'altra fotografia.

Le mie povere sorelle erano diventate di mille colori; ero così mortificato nel pensare che io ero l'unica causa di questi loro dispiaceri, che mi misi a mangiar panini gravidi per distrarmi, ma non mi fu possibile, perchè il rimorso era troppo grande, e avrei pagato chi sa che per trovarmi non so dove, pur di non vedere le mie povere sorelle in quello stato.

Finalmente son venuti Ugo Fabiani ed Eugenio Tinti, che sono stati festeggiati più d'Orazio Coclite dopo la sua vittoria contro i Curiazi. Ma io ho capito perchè il Fabiani e il Tinti non avevano fatto come gli altri invitati! Mi son ricordato che sul ritratto del Fabiani era scritto: *Che caro giovane!*; e su quello del Tinti: *Bello, bellissimo, troppo bello per questa terra!*

Ma anche essendo in tre ballerini, compreso il Collalto che balla come un orso, come potevano fare a contentare una ventina di signorine?

A un certo punto hanno fatto un *carrè* di *lancieri*, ma una ragazza ha dovuto far da uomo, e così è finito che hanno imbrogliato ogni cosa, senza che l'imbroglio facesse rider nessuno.

Le più maligne bensì, come la Bice, ridevano tra loro nel vedere che la festa non era riuscita, e che le mie povere sorelle avevano quasi le lacrime agli occhi.

Una cosa molto riuscita, invece, sono stati i rinfreschi; ma, come ho detto prima, io ero molto angustiato, sicchè non ho potuto assaggiare che tre o quattro bibite, delle quali la migliore era quella di marena, benchè anche quella di ribes fosse eccellente.

Mentre stavo passeggiando per la sala, ho sentito Luisa che ha detto piano al dottor Collalto:

— Dio mio! Se potessi saper chi è stato, come mi vorrei vendicare!... È stato uno scherzo indegno! Domani, certo, saremo sulle bocche di tutti, e non ci potrà più soffrire nessuno! Ah, se potessi avere almeno la soddisfazione di sapere chi è stato!... —

In quel momento il Collalto si è fermato dinanzi a me e, guardandomi fisso, ha detto a mia sorella:

— Forse Giannino te lo potrebbe dire; non è vero, Giannino?

— Di che? — ho risposto io, facendo finta di nulla. Ma mi sentivo il viso infocato, e poi mi tremava la voce.

— Come di che! O chi ha preso dunque i ritratti dalla camera di Luisa?

— Ah! — ho risposto io, non sapendo più che cosa dire. — Forse sarà stato *Morino*....

— Come! — ha detto mia sorella fulminandomi con gli occhi. — Il gatto?

— Già. L'altra settimana gli detti due o tre fotografie perchè si divertisse a masticarle e può essere che lui le abbia portate fuori e le abbia lasciate per la strada....

— Ah, dunque le hai prese tu! — ha esclamato Luisa, rossa come la brace, e con gli occhi che le uscivano dalla testa.

Pareva mi volesse mangiare. Ho avuto una paura terribile e perciò, dopo essermi empite le tasche di torrone, sono scappato su in camera.

Assolutamente non voglio essere alzato quando gl'invitati se ne anderanno via. Ora mi spoglio e vo a letto.

16 ottobre.

È appena giorno.

Ho preso una grande risoluzione e, prima di metterla in effetto, voglio confidarla qui nelle pagine di questo mio giornalino di memorie, dove registro le mie gioie e i miei dispiaceri che sono tanti, benchè io sia un bambino di nove anni.

Stanotte, finita la festa, ho sentito un gran bisbigliare all'uscio di camera mia, ma io ho fatto finta di dormire e non hanno avuto il coraggio di svegliarmi: ma stamani, quando si alzeranno, mi toccheranno certamente delle altre frustate mentre non mi è ancora cessato il dolore di quell'altre che ebbi l'altro giorno dal babbo.

Con questo pensiero non ho potuto chiudere un occhio in tutta la notte.

Non c'è altro scampo, per me, che quello di scappar di casa prima che i miei genitori e le mie sorelle si sveglino. Così impareranno che i ragazzi si devono correggere ma senza adoperare il bastone, perchè, come ci insegna la storia dove racconta le crudeltà degli Austriaci contro i nostri più grandi patriotti quando cospiravano per la libertà, il bastone può straziare la carne ma non può cancellare l'idea.

Perciò mi è venuto l'idea di scappare in campagna, dalla zia Bettina, dove sono stato un'altra volta. Il treno parte alle sei, e di qui alla stazione in mezz'ora ci si va benissimo.

Sono bell'e pronto per la fuga: ho fatto un involto mettendovi due paia di calze e una camicia per cambiarmi.... In casa tutto è silenzio, ora scenderò piano piano le scale, e via in campagna, all'aria aperta....

Viva la libertà!...

A questo punto il giornalino di Gian Burrasca ha una pagina sgualcita, e quasi interamente occupata dall'impronta di una mano sudicia di carbone, sopra alla quale è, a caratteri grossi e incerti come se fosse stata scritta con un pezzo di brace, una frase interrotta da un fregaccio. Riproduciamo fedelmente anche questo documento, che è di non lieve importanza nelle memorie del nostro Giannino Stoppani.

17 ottobre.

La zia Bettina non s'è ancora alzata, e io approfitto di questo momento per registrare qui l'avventura accadutami ieri, e che meriterebbe proprio di esser descritta dalla penna di un Salgari. Iermattina, dunque, mentre tutti dormivano, fuggii da casa come avevo stabilito, dirigendomi verso la stazione.

Io avevo già disegnato nella mente il modo di effettuare il mio progetto che era quello di recarmi a casa della zia Bettina. Non avendo quattrini per prendere il treno e non conoscendo la strada provinciale per andarvi, mi proponevo di entrare nella stazione, aspettare il treno col quale ero andato l'altra volta dalla zia Bettina, e dirigermi per la stessa strada, lungo la ferrovia, seguendo le rotaie, fino al paese presso il quale è la *villa Elisabetta* dove sta appunto la zia. Così non c'era pericolo di sbagliare, e io, ricordandomi che ad andarci col treno ci si mette tre ore o poco più, mi proponevo di arrivarci prima di sera.

Giunto dunque alla stazione, presi il biglietto d'ingresso ed entrai. Il treno arrivò poco dopo, ed io, per evitare il caso di esser visto da qualche persona di conoscenza, mi diressi verso gli ultimi vagoni per attraversare la linea e andare dalla parte opposta alla stazione. Ma invece mi fermai dinanzi all'ultimo vagone che era un carro per bestiame, vuoto, e che aveva la *garetta* dove sta il frenatore, vuota anch'essa.

— Se montassi lassù? —

Fu un lampo. Assicuratomi con un'occhiata che nessuno badava a me, saltai sulla scaletta di ferro, mi arrampicai su, e mi misi seduto nella *garetta*, col ferro del freno tra le gambe e le braccia appoggiate sul manubrio del freno.

Di lì a poco il treno partì e io sentii arrivarmi fin dentro il cervello il fischio della macchina la cui groppa nera io vedevo, di lassù, distendersi alla testa di tutti i vagoni che si trascinava dietro, tanto più che il vetro del finestrino della *garetta* da quella parte era stato rotto, e non ve n'era rimasto che un pezzetto in un angolo, a punta.

Meglio! Da quel finestrino, aperto proprio all'altezza della mia testa, io dominavo tutto il treno che si slanciava a traverso la campagna, che era ancora avvolta nella nebbia. Ero felice, e per festeggiare in qualche modo la mia fortuna, cavai di tasca un pezzetto di torrone e mi misi a rosicchiarlo.

Ma la mia felicità durò poco. Il cielo s'era fatto scuro, e non tardò a venir giù una pioggia fitta fitta e ad alzarsi un vento impetuoso, mentre una scarica terribile di tuoni si inseguiva fra l'ombre delle montagne....

Io non ho paura dei tuoni, tutt'altro; ma mi mettono addosso il nervoso, e perciò appena incominciò a tuonare mi si presentò alla mente la mia condizione in un quadro molto diverso da quello col quale mi era apparso da principio.

Pensavo che in quel treno nel quale viaggiava tanta gente ero isolato e ignorato da tutti. Nessuno, nè parenti, nè estranei, sapeva che io ero lì, sospeso in aria in mezzo a così tremenda tempesta, sfidando così gravi pericoli.

E pensavo anche che aveva molta ragione il babbo quando diceva roba da chiodi del servizio ferroviario e delle condizioni scandalose nelle quali si trova il materiale. Io ne avevo lì una prova evidente nel finestrino della *garetta* dal quale, essendo rotto il vetro come ho detto prima, entrava vento e pioggia, facendomi gelare la parte destra della faccia che vi si trovava di contro, mentre mi sentivo la parte sinistra infocata in modo che mi pareva d'esser mezzo ponce e mezzo sorbetto, e ripensavo malinconicamente alla festa da ballo della sera precedente, che era stata la causa di tanti guai.

E il peggio fu quando incominciarono le gallerie!

Il fumo lanciato dalla macchina si addensava sotto la volta del *tunnel*, e dal finestrino rotto invadeva la mia angusta *garetta*, impedendomi il respiro. Mi pareva d'essere in un bagno a vapore, dal quale poi, quando il treno usciva dal *tunnel*, passavo a un tratto al bagno freddo della pioggia.

In un *tunnel* più lungo degli altri credetti di morire asfissiato. Il fumo caldo mi avvolgeva tutto, avevo gli occhi che mi bruciavano per la polvere di carbone che entrava col fumo nella *garetta* e che mi accecava, e per quanto mi facessi coraggio sentivo che ormai le forze erano per abbandonarmi.

In quel momento l'animo mio fu vinto da quella cupa disperazione che in certe avventure pro-

Giannino Stoppani nella garetta quando fuggì da casa addì 16 Ottobre

vano anche gli eroi più valorosi come *Robinson Crosuè*, i *Cacciatori di capigliature* e tanti altri. Ormai per me (così mi pareva) la era finita e volendo che almeno rimanessero, come esempio, le ultime parole di un ragazzo infelice condannato a morire di soffocazione in un treno, nel fiore degli anni, scrissi nel giornalino, con uno zolfino spento che avevo trovato nel sedile della *garetta* le parole della pagina 23:

Moio per la Libertà!

Ma non potei finir la parola, perchè in quel punto mi sentii un nodo alla gola e non capii più nulla.

Devo essermi svenuto di certo, e credo che, se non avessi avuto il ferro del freno tra le gambe che mi reggeva, sarei caduto giù dalla *garetta* e morto stritolato sotto il treno.

Quando rientrai in me stesso, la pioggia gelata mi sferzava di nuovo la faccia e mi prese un freddo così acuto nelle ossa, che incominciai a battere i denti.

Fortunatamente di lì a poco il treno si fermò, e sentii gridare il nome del paese al quale ero diretto. Io volli scendere alla svelta giù per la scaletta di ferro, ma mi tremavano le gambe, e all'ultimo scalino inciampai e caddi in ginocchio.

Subito mi vennero d'intorno due facchini e un impiegato, che mi raccolsero, e guardandomi con tanto d'occhi, mi domandarono come mai mi trovavo lassù sulla *garetta*.

Io risposi che vi ero salito in quel momento, ma loro mi portarono nell'ufficio del capostazione, il quale mi messe dinanzi uno specchietto dicendomi:

Giannino Stoppani al suo arrivo alla villa Elisabetta

— Ah, ci sei salito ora, eh? E codesto muso da spazzacamino quando te lo sei fatto? —

Io nel vedermi nello specchio rimasi senza fiato. Non mi riconoscevo più. La polvere di carbone, col fumo, durante il mio disastroso viaggio, mi era penetrata nella pelle della faccia alterando i miei connotati per modo che parevo un vero e proprio abissino. Non dico niente poi degli abiti, ridotti addirittura a brandelli, e sporchi anch'essi come la faccia.

Fui costretto a dire da dove venivo e dove andavo.

— Ah! — disse il capostazione. — Vai dalla signora Bettina Stoppani? Allora pagherà lei per te. —

E disse all'impiegato:

— Faccia un verbale di contravvenzione computandogli tre biglietti di terza classe e la trasgressione per aver viaggiato in una *garetta* riservata al personale! —

Io avrei voluto rispondere che questa era una ladroneria bella e buona. Come! Mentre le ferrovie avrebbero dovuto per giustizia rifare un tanto a me che mi ero adattato a viaggiare peggio delle bestie, che almeno viaggiano al coperto, mi si faceva invece pagare per tre?

Ma siccone mi sentivo male, mi contentai di dire:

— Almeno, giacchè il viaggiare nelle *garette* costa così caro, procurino che ci sieno i finestrini col vetro! —

Non l'avessi mai detto! Il capostazione mandò subito un facchino a verificare la *garetta* dove avevo viaggiato e, saputo che non c'era il vetro, mi fece aumentare la contravvenzione di ottanta centesimi come se l'avessi rotto io!

Mi accòrsi una volta di più che il mio babbo aveva ragione a dir corna del servizio ferroviario, e non dissi altro per paura che mi avessero a metter nel conto anche il ritardo del treno, e magari qualche guasto della locomotiva.

Così, accompagnato dall'impiegato, mi avviai verso la *villa Elisabetta*, e non vi so dire come rimase la zia Bettina quando si vide capitar dinanzi uno straccione così sudicio com'ero io, e, peggio ancora, un conto da pagare di sedici lire e venti, e più la mancia all'impiegato che glielo portava!

— Che è accaduto, mio Dio?... — ha gridato appena ha potuto capire dalla voce che ero io.

— Senti, zia Bettina, — le ho detto — a te, lo sai, dico sempre la verità....

— Bravo! Dimmi dunque....

— Ecco: sono scappato di casa.

— Scappato di casa? Come! Hai abbandonato il tuo babbo, la tua mamma, le tue sor.... —

Ma si è interrotta all'improvviso, come se le fosse venuto male. Certo si ricordava in quel momento che le mie sorelle non l'avevano voluta alla festa.

— È naturale! — ha soggiunto. — Quelle ragazze farebbero perder la pazienza a un Santo!... Vieni in casa, figliolo mio, a lavarti che mi sembri un bracino; poi mi racconterai tutto.... —

Intanto io guardavo *Bianchino*, il vecchio barboncino che è così caro alla zia Bettina, e alla finestra della villa il vaso di dìttamo al quale ella è così pure affezionata. Nulla è cambiato dall'ultima volta che ci venni, e mi pare di non essermi mai mosso di qui.

Quando mi fui lavato, la zia Bettina si accòrse che avevo un po' di febbre e mi mise a letto, benchè io tentassi di persuaderla che era tutta questione d'appetito.

La zia Bettina mi fece alcuni rimproveri a mezza bocca, ma in fondo mi disse che stessi pur tranquillo, che da lei non correvo nessun pericolo; e io fui così commosso dalla sua bontà, che volli farle assaggiare un pezzetto di torrone che avevo in tasca dei calzoni, e la pregai di prenderlo, chè così ne avrei mangiato un po' anch'io.

Difatti la zia Bettina fece per metter la mano in tasca, ma non fu capace di aprirla.

— Ma qui c'è la colla! — disse.

Che era successo? Il torrone, col calore del fumo rinserratosi nella *garetta*, si era tutto strutto e aveva appicciato la tasca dei calzoni per modo che non era più possibile di aprirla.

Basta: la zia mi fece compagnia, finchè, alla fine, la stanchezza non mi fece prender sonno.... e da allora mi sono svegliato, in questo momento, e il primo mio pensiero è stato per te, giornalino mio, che mi hai seguito sempre, mio fido compagno, a traverso tanti dispiaceri, a tante avventure e a tanti pericoli....

Stamani la zia Bettina s'è molto inquietata con me per uno scherzo innocente che, in fin dei conti, era stato ideato con l'intenzione di farle piacere.

Ho già detto che la zia è molto affezionata a una pianta di dittamo che tiene sulla finestra di camera sua, a pianterreno, e che annaffia tutte le mattine appena si alza. Basta dire che ci discorre perfino insieme e gli dice: — Eccomi, bello mio, ora ti do da bere! Bravo, mio caro, come sei cresciuto! — È una sua manìa, e si sa che tutti i vecchi ne hanno qualcuna.

Essendomi dunque alzato prima di lei, stamattina, sono uscito di casa, e guardando la pianta di dìttamo m'è venuta l'idea di farla crescere artificialmente per far piacere alla zia Bettina che ci ha tanta passione.

Lesto lesto, ho preso il vaso e l'ho vuotato. Poi al fusto della pianta di dìttamo ho aggiunto, legandovelo bene bene con un pezzo di spago, un bastoncino dritto, sottile, ma resistente, che ho ficcato nel vaso vuoto, facendolo passare a traverso quel fòro che è nel fondo di tutti i vasi da fiori, per farci scolar l'acqua quando si annaffiano.

Fatto questo, ho riempito il vaso con la terra che vi avevo levata, in modo che la pianta non pareva fosse stata menomamente toccata; e ho rimesso il vaso al suo posto, sul terrazzino della finestra, il cui fondo è di tante assicelle di legno, facendo passare fra l'una e l'altra di esse il bastoncino che veniva giù dal foro del vaso e che io tenevo in mano, aspettando il momento di agire.

Dopo neanche cinque minuti, eccoti la zia Bettina che apre la finestra di camera, e incomincia la sua scena patetica col dìttamo:

— Oh, mio caro, come stai? Oh, poveretto, guarda un po': hai una fogliolina rotta.... sarà stato qualche gatto.... qualche bestiaccia.... —

Io me ne stavo lì sotto, fermo, e non ne potevo più dal ridere.

— Aspetta, aspetta! — seguitò a dire la zia Bettina. — Ora piglio le forbicine e ti levo la fogliolina troncata, se no secca,... e ti fa male alla salute, sai, carino?... —

Ed è andata a prendere le forbicine. Io allora ho spinto un po' in su il bastoncino.

— Eccomi, bello mio! — ha detto la zia Bettina tornando alla finestra. — Eccomi, caro!... —

Ma ha cambiato a un tratto il tono alla voce ed ha esclamato:

— Non sai che t'ho da dire? Che tu mi sembri cresciuto!... —

Io scoppiavo dal ridere, ma mi trat-

tenevo, mentre la zia seguitava a nettare il suo dìttamo con le forbicine e a discorrere:

— Ma sì, che sei cresciuto.... E sai che cos'è che ti fa crescere? È l'acqua fresca e limpida che ti do tutte le mattine.... Ora, ora.... bello mio, te ne do dell'altra, così crescerai di più.... —

Ed è andata a pigliar l'acqua. Io intanto ho spinto in su il bastoncino, e questa volta l'ho spinto parecchio, in modo che la pianticella doveva parere un alberello addirittura.

A questo punto ho sentito un urlo e un tonfo.

— Uh, il mio dìttamo!... —

E la zia, per la sorpresa e lo spavento di veder crescere la sua cara pianta a quel modo, proprio a vista d'occhio, s'era lasciata cascar di mano la brocca dell'acqua che era andata in mille bricioli.

Poi sentii che borbottava queste parole:

— Ma questo è un miracolo! Ferdinando mio, Ferdinando adorato, che forse il tuo spirito è in questa cara pianta che mi regalasti o desti per la mia festa? —

Io non capivo precisamente quel che voleva dire, ma sentivo che la sua voce tremava e, per farle più paura che mai, ho spinto in su più che potevo il bastoncino. Ma mentre la zia vedendo che il dìttamo seguitava a crescere, continuava a urlare: Ah! Oh! Oh! Uh!, il bastoncino ha trovato un intoppo nella terra del vaso, e siccome io lo spingevo con forza per vincere il contrasto, è successo che il vaso si è rovesciato fuor della finestra ed è caduto rompendosi a' miei piedi.

Allora ho alzato gli occhi e ho visto la zia affacciata con un viso che faceva paura.

— Ah, sei tu! — ha detto con voce stridula. Ed è sparita dalla finestra per riapparire subito sulla porta, armata di un bastone.

Io, naturalmente, me la son data a gambe per il podere, e poi son salito sopra un fico dove ho fatto una grande spanciata di fichi verdini, che credevo di scoppiare.

Quando son ritornato alla villa, ho visto sulla solita finestra un vaso nuovo con la pianta di dìttamo e ho pensato che la zia, avendo rimediato al mal fatto, si fosse calmata. L'ho trovata in salotto che discorreva con un facchino della stazione e appena mi ha visto, mi ha detto con aria molto sostenuta mostrandoni due telegrammi:

— Ecco qui due dispacci di vostro padre. Uno di iersera che non ha avuto corso perchè la stazione era chiusa, e uno di stamani. Vostro padre è disperato non sapendo dove vi siete cacciato.... Gli ho risposto che venga a prendervi col prossimo treno! —

Io, quando il facchino è andato via, ho tentato di rabbonirla, e le ho detto con la mia voce piagnucolosa che di solito fa un grande effetto perchè ci si sente il ragazzo che è pentito:

— Cara zia, le chiedo scusa di quel che ho fatto.... —

Ma lei ha risposto arrabbiata:

— Vergognatevi!

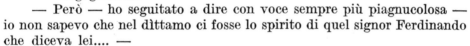

— Però — ho seguitato a dire con voce sempre più piagnucolosa — io non sapevo che nel dìttamo ci fosse lo spirito di quel signor Ferdinando che diceva lei.... —

A queste parole la zia Bettina si è cambiata a un tratto. È diventata rossa come il tacchino della contadina, e ha detto balbettando:

— Zitto, zitto!... Mi prometti di non dir niente a nessuno di quel che è successo?

— Sì, glielo prometto....

— Ebbene, allora non ne parliamo più: e io cercherò di farti perdonare anche dal tuo babbo.... —

Il babbo arriverà certamente col treno delle tre, non essendovene altri nè prima nè dopo. E io sento una certa tremarella....

Sono qui, chiuso nel salotto da desinare, e sento di là nell'ingresso quella vociaccia stridula della zia Bettina che si sfoga contro di me con la moglie del contadino e ripete:

— È un demonio! Finirà male! —

E tutto questo perchè? Per aver fatto il chiasso coi figliuoli del contadino, come fanno tutti i ragazzi di questo mondo, senza che nessuno ci trovi nulla da ridire. Ma siccome io ho la disgrazia d'avere tutti parenti che non voglion capire che i ragazzi hanno diritto di divertirsi anche loro, così mi tocca ora a star qui chiuso e sentirmi dire che finirò male ecc., ecc., mentre invece io volevo che la zia Bettina finisse col pigliarci gusto anche lei al serraglio di bestie feroci, che m'era riuscito così bene.

Angiolino

L'idea m'è venuta perchè una volta il babbo mi portò a vedere quello di Numa Hava, e da allora ci ho sempre ripensato, perchè il sentire nell'ora del pasto tutti quegli urli dei leoni, delle tigri e di tanti altri animali che girano in qua e in là nelle gabbie stronfiando e raspando è una cosa che fa grande impressione e non si dimentica tanto facilmente. E poi io ho sempre avuta molta passione per la storia naturale e a casa ho i *Mammiferi* illustrati del Figuier che li leggo sempre, guardando le figure che mi son divertito tante volte a ricopiare.

Ieri, dunque, nel venire qui alla villa avevo visto nella fattoria che confina col podere della zia due operai che tingevano le persiane della casa del fattore di verde e le porte della stalla accanto di rosso; sicchè stamani, dopo il fatto della pianta di dìttamo, appena mi è venuta l'idea del serraglio, mi son subito ricordato dei pentolini di tinta degli operai che avevo visto ieri alla fattoria, e ho detto fra me che avrebbero potuto far comodo, come difatti mi sono stati molto utili.

Prima di tutto mi son messo d'accordo con Angiolino, il figliuolo del contadino della zia, un ragazzo che ha quasi la mia età ma che non ha mai visto nulla nella sua vita, sicchè mi sta sempre a sentire a bocca aperta e m'ubbidisce in tutto e per tutto.

Questa è la Geppina

— Ti voglio far vedere qui sull'aia il serraglio di Numa Hava — gli ho detto. — Vedrai!

— Voglio vedere anch'io! — ha esclamato subito la Geppina che è la sua sorella minore.

— Anch'io! — ha detto Pietrino, un bambino di due anni e mezzo che non sa ancora camminare e che si trascina per terra con le mani e con le ginocchia.

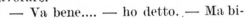

Lì nella casa del contadino non c'eran che questi tre ragazzi perchè i loro genitori e i fratelli maggiori eran tutti nel campo a lavorare.

— Va bene.... — ho detto. — Ma bisognerebbe poter pigliare i pentolini delle tinte alla fattoria!

— Questo è il momento buono, — ha detto Angiolino — perchè è l'ora che i verniciatori vanno al paese a far colazione. —

E siamo andati tutt'e due alla fattoria. Non c'era nessuno. Da una parte, a piè di una scala, c'eran due pentoli pieni di tinta a olio: in uno la tinta rossa e nell'altro la tinta verde; e c'era anche un bel pennellone

grosso come il mio pugno. Angiolino ha preso un pentolo; io ho preso l'altro e il pennello e via, siamo ritornati sull'aia di casa sua, dove Pietrino e la Geppina ci aspettavano ansiosi.

— Cominceremo dal fare il leone, — ho detto.

A questo scopo avevo portato con me dalla villa, Bianchino, il vecchio can barbone della zia Bettina, al quale ella è così affezionata. Gli ho attaccato al collare una fune e l'ho legato alla stanga del carro da buoi che era sull'aia, e, dato di piglio al pennellone, ho incominciato a tingerlo tutto di rosso.

— Veramente — ho detto a quei ragazzi perchè avessero un'idea precisa dell'animale che volevo loro rappresentare — il leone è colore arancione, ma siccome manca il giallo noi lo faremo rosso, che in fondo viene ad esser quasi lo stesso. —

In poco tempo Bianchino, interamente trasformato, non era più riconoscibile e, mentre esso si andava asciugando al sole, ho pensato a preparare un'altra belva.

Poco distante da noi c'era una pecorella che pascolava; l'ho legata alla stanga del carro, accanto al cane, e ho detto:

— Questa la trasformeremo in una bellissima tigre. —

E dopo aver mescolate in una catinella un po' di tinta rossa e un po' di tinta verde le ho dipinto sul dorso tante ciambelline in modo che pareva proprio una tigre del Bengala come quella che avevo visto da Numa Hava, meno che, per quanto le avessi tinto anche il muso, non aveva quell'espressione feroce che faceva una così bella impressione in quella vera.

A questo punto ho sentito un grugnito, e ho domandato ad Angiolino:

— Che ci avete anche un maiale?

— Sì, ma è un maialino piccolo: è qui nella stalla, guardi sor Giannino. —

E ha tirato fuori, infatti, un porcellino grasso grasso, con la pelle color di rosa che era una bellezza.

— Che se ne potrebbe fare? — ho domandato a me stesso. E Angiolino ha esclamato:

— Perchè non ci fa un leofante? —

Io mi son messo a ridere.

— Vorrai dire un elefante! — gli ho risposto. — Ma sai che un elefante è grande come tutta questa casa? E poi con che gli si potrebbe far la proboscide? —

A questa parola i figliuoli del contadino si son messi a ridere tutt'e tre e finalmente Angiolino ha domandato:

— O che è ella, codesta cosa così buffa che ha detto lei, sor Giannino?

— È, come un naso lungo lungo quasi quanto la stanga di questo carro e che serve all'elefante per pigliar la roba, per alzare i pesi e per annaffiare i ragazzi quando gli fanno i dispetti. —

Che brutta cosa è l'ignoranza! Quei villanacci di ragazzi non mi hanno voluto credere, e si son messi a ridere più che mai.

Io intanto riflettevo per trovare il modo di utilizzare il maialino color di rosa che seguitava a grugnire come un disperato. Alla fine ho risoluto il problema e ho gridato:

— Sapete che cosa farò? Io cambierò questo maialino in un coccodrillo! —

Sul carro c'era una copertaccia da cavallo. L'ho presa e l'ho fermata da un lato, legandola con una fune intorno alla pancia del maialino;

poi, risollevando tutta la parte di coperta che avanzava strascicando di dietro, l'ho legata stretta stretta a uso salame, in modo che rappresentasse la lunga coda del coccodrillo. Fatto questo, ho tinto di verde tanto

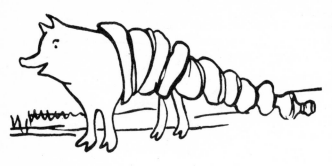

il maialino che la coperta, in modo che, a lavoro compiuto, l'illusione era perfetta.

Dopo aver legata anche questa belva alla stanga del carro da buoi, ho pensato di farne un'altra servendomi dell'asino che ho preso nella stalla e che, essendo di color grigio, si è prestato benissimo a far da zebra. Infatti è bastato che gli dipingessi sul corpo, sul muso e sulle gambe tante strisce, dopo aver mescolato daccapo il rosso col verde, per ottenere una zebra sorprendente, che ho legata con gli altri animali alla solita stanga.

Infine, siccome per rallegrare la scena mancava la scimmia, con lo stesso colore ho tinto la faccia di Pietrino che appunto stava berciando e sgambettando come una bertuccia, e servendomi d'uno straccio strettamente legato gli ho anche fabbricato una splendida coda che ho assicurata alla cintola del marmocchio, sotto la sottanina.

Poi, per rendere la cosa anche più naturale, ho pensato che il vedere la scimmia sopra un albero avrebbe fatto un bellissimo effetto e perciò, aiutato da Angiolino, ho messo Pietrino su un ramo dell'albero che è accanto all'aia, assicurandolo con una fune perchè non cascasse.

Così ho completato il mio serraglio e ho incominciato la spiegazione.

— Osservino, signori: questa bestia a quattro zampe con la groppa tutta rigata a strisce bige e nere è la *Zebra,* un curioso animale fatto come un cavallo ma che non è un cavallo, che morde e tira i calci come i ciuchi ma che non è un ciuco, e che vive nelle pianure dell'Affrica cibandosi dei sedani enormi che nascono in quelle regioni, e scorrazzando qua e là a causa delle terribili mosche cavalline che in quei paesi caldi hanno le proporzioni dei nostri pipistrelli....

— Accidempoli! — ha detto Angiolino. — O che può essere?

— Può essere sicuro! — ho risposto io. — Ma tu devi stare zitto, perchè mentre si dà la spiegazione delle bestie feroci, è proibito al pubblico di interrompere perchè è pericoloso. Quest'altra belva che è qui accanto, è la *Tigre del Bengala,* che abita in Asia, in Affrica e in altri luoghi dove fa strage degli uomini e anche delle scimmie.... —

A questo punto della mia spiegazione Pietrino ha incominciato a piagnucolare di sull'albero e, voltandomi in su, ho visto che la fune con la quale l'avevamo legato al ramo s'era allentata ed egli stava sospeso con gli occhi fuor della testa per la paura. In quella posizione pareva proprio una scimmia vera quando sta attaccata agli alberi con la coda, e io ho approfittato subito della circostanza per richiamar l'attenzione del pubblico su questa nuova bestia del mio serraglio.

— Hanno udito, signori e signore? Al solo nome della tigre la *Scimmia* si è messa a stridere, e con ragione, perchè essa è spesso vittima degli assalti di questo terribile animale ferino. La scimmia che loro osservano lassù sull'albero è una di quelle che si chiamano volgarmente bertucce e che vivono abitualmente in cima agli alberi delle foreste vergini, dove si nutrono di bucce di cocomero, di torsoli di cavolo e di tutto quel che si trova a portata delle loro mani. Questi curiosi e intelligenti animali hanno il brutto vizio di scimmiottare tutto quel che vedono fare agli altri, e questo è appunto il motivo per cui i naturalisti hanno messo loro il nome di scimmie.... Bertuccia, fate una riverenza a questi signori!... —

Ma Pietrino non ha voluto saperne di far la riverenza, e ha seguitato a piagnucolare.

— Faresti meglio — gli ho detto — a soffiarti il naso.... Ma intanto noi passeremo al *Leone*, a questo nobile e generoso animale che ben a ragione è chiamato il re di tutte le bestie perchè col suo bel manto e la sua forza impone soggezione a tutti quanti, essendo capace di mangiarsi anche una mandra di bovi in un boccone.... Esso è il carnivoro più carnivoro di tutti i carnivori, e quando ha fame non porta rispetto a nessuno, ma non è tanto feroce come altre belve che ammazzano la gente per puro divertimento; esso invece è un animale di cuore, e si racconta anche nei libri, che una volta, trovandosi egli a Firenze di passaggio, e avendo incontrato per la strada un piccolo bambino che si chiamava Orlanduccio e che si era perso, lo prese delicatamente per la giacchetta e lo riportò pari pari alla sua mamma che se non morì di paura e di consolazione fu un vero miracolo. —

Molte altre cose avrei potuto dire intorno al leone; ma siccome Pietrino seguitava a berciare sull'albero che pareva lo scannassero, mi sono affrettato a passare al *Coccodrillo*.

— Guardino, signori, questo terribile anfibio che può vivere tanto nell'acqua che nella terra e che abita sulle sponde del Nilo dove dà la caccia ai negri e ad altri animali facendoli sparire nell'enorme bocca come se fossero piccole pasticche di menta!... Esso si chiama coccodrillo perchè ha il corpo ricoperto di grosse squame dure come le noci di cocco fresco che si vendono nei *bar*, e con le quali si difende dai morsi delle altre bestie feroci che si aggirano in quei paraggi.... —

In così dire ho dato una buona dose di bacchettate sul groppone del maialino che ha incominciato a grugnire come un disperato, mentre il pubblico rideva a più non posso.

— La caccia al coccodrillo, signori e signore, è molto difficile appunto perchè su quel groppone così duro le armi a punta come la sciabola e il coltello si spuntano, e le armi a fuoco sono inutili perchè le palle rimbalzano e se ne vanno via. I coraggiosi cacciatori però hanno pensato un modo molto ingegnoso per pigliare i coccodrilli, servendosi di uno stile a due punte in mezzo al quale è legata una corda, che adoperano così.... —

E perchè quei due poveri ignoranti capissero qualcosa, ho preso un pezzo di legno, poi col temperino vi ho fatto le punte da tutt'e due le parti e vi ho legato uno spago nel mezzo: fatto questo, mi sono avvicinato al maialino, gli ho fatto aprir bocca e vi ho introdotto dentro arditamente il pezzo di legno, seguitando la mia spiegazione.

— Ecco qua; il cacciatore aspetta che il coccodrillo faccia uno sbadiglio, ciò che gli succede spesso, dovendo vivere sempre sulle sponde del Nilo dove anche una bestia finisce per annoiarsi; e allora ficca il suo dardo nell'enorme bocca dell'animale anfibio che naturalmente si affretta a richiuderla. Ma che cosa succede? Succede che chiudendo la bocca viene a infilarsi da sè stesso le due punte del dardo nelle due mascelle, come possono osservar lor signori.... —

Infatti il maialino, richiudendo la bocca s'era bucato e mandava certi urli che arrivavano al cielo.

In quel momento, voltandomi, ho visto il babbo e la mamma d'Angiolino, che venivano giù dal campo trafelati. Il contadino gridava:

— Oh, il mi' maialino!... —

E la contadina sporgeva le braccia verso quel moccione di Pietrino, che seguitava anche lui a piangere, e diceva:

— Uh, povera la mi' creatura!... —

È inutile. I contadini sono ignoranti, e perciò in tutte le cose si lasciano sempre trasportare all'esagerazione. A vederli correre affannati e fuor della grazia di Dio pareva che gli avessi ammazzato tutti i figliuoli e tutte le bestie, invece di cercare, come facevo io, di istruire que' villani tentando di far entrare in que' cervellacci duri, delle spiegazioni sulle cose che non avevano mai visto.

Ma sapendo quanto sia difficile di far entrar la ragione in quelle zucche, per non compromettermi ho sciolto alla svelta tutte le bestie feroci e, montato sul ciuco, gli ho dato un par di legnate, e via a precipizio su per la strada maestra, con Bianchino dietro, che abbaiava a più non posso.

Dopo aver girato un pezzo, finalmente sono arrivato alla villa. La zia Bettina è corsa sulla porta, e vedendomi sul ciuco ha esclamato:

— Ah, che hai fatto?... —

Poi, vedendo Bianchino tutto tinto di rosso, ha dato un balzo indietro impaurita, come se fosse stato un leone davvero; ma l'ha riconosciuto subito e allora gli si è buttata addosso, tremando come una foglia e gemendo:

— Uh, Bianchino mio, Bianchino caro! Come ti hanno ridotto, povero amor mio?... Ah! È stato di certo questo manigoldo!... —

E si è rialzata tutta inviperita. Ma io ho fatto più presto di lei, e buttatomi giù dal ciuco, son corso in questa stanza e mi ci son chiuso.

— Starai lì in prigione finchè non viene a ripigliarti tuo padre! — ha detto la zia Bettina: e ha chiuso la porta di fuori, a chiave.

Dopo poco ho sentito la contadina che è venuta a far rapporto di tutto quel che ho fatto sull'aia, s'intende esagerando ogni cosa. Ha detto che il maiale sputa sangue, che Pietrino è in uno stato da far pietà, ecc. Basti dire che mi si tiene responsabile anche di quel che non è successo, e infatti è la decima volta che quell'uggiosa ripete:

— Ma ci pensa, lei, sora padrona, se il mi' Pierino cascava giù dall'albero?... —

Lasciamola dire: bisogna compatire le persone ignoranti, perchè loro non ci hanno colpa. Tra pochi minuti arriverà il babbo e speriamo che egli saprà distinguere quel che è la verità....

17 ottobre.

Eccomi a casa mia, nella mia cameretta, che ho rivisto tanto volentieri!... È proprio vero quel che dice il proverbio:

> *Casa mia, casa mia,*
> *Per piccina che tu sia,*
> *Tu mi sembri una badia.*

E ora bisogna che ripigli la narrazione al punto dove l'ho lasciata ieri.... Che giornata piena di avvenimenti!...

Avevo appena smesso di scrivere, che arrivò alla villa il mio babbo. La zia Bettina aveva incominciato a raccontargli le *mie prodezze*, come le chiamava lei, s'intende esagerando ogni cosa e mettendo tutto in cattiva luce (ci vuol tanto poco a rappresentare il fatto più innocente come un atroce delitto, quando si tratta di dare addosso a un povero ragazzo che non ha voce in capitolo!) ma io ho incominciato a tempestare l'uscio di pugni e di calci, urlando a squarciagola:

— Apritemi! Voglio rivedere il mio babbo, io!... —

La zia Bettina mi ha aperto subito e io mi son buttato addosso al babbo, coprendomi il viso colle mani, perchè in quel momento mi sentivo proprio commosso.

— Cattivo, — mi ha detto — tu non puoi figurarti quanto ci hai fatto soffrire tutti quanti!...

— È un infame! — ha aggiunto la zia Bettina. — Vedete un po' come ha ridotto quel mio povero Bianchino!

— Toh! — ha esclamato il babbo guardando il cane tinto di rosso, e mettendosi a ridere. — Come è buffo!

— È stato lui! Ed è tinta a olio che non va più via!... Povero Bianchino mio!...

— Che male c'è? — ho borbottato io con voce piagnucolosa. — Lo chiami *Rossino* da qui avanti....

— Ah sì? — ha gridato allora la zia con la sua voce stridula, e tremando dalla rabbia. — Questo sfacciato ha incominciato di prima mattinata a farmi disperare....

— Ma che ho fatto, dopo tutto? Ho spiantato la pianta di dìttamo, ma io non sapevo che gliel'avesse regalata il signor Ferdinando per la sua festa e che ora ci fosse dentro lo spirito....

— Basta così! — ha gridato la zia Bettina interrompendomi. — Vattene, e non ritornare mai più in casa mia, hai capito?

— Silenzio! — ha aggiunto mio padre con voce severa; ma io mi sono accorto che rideva sotto i baffi.

Poi ha parlato sottovoce con la zia e ho sentito che ricordava spesso mia sorella Luisa. E da ultimo mi ha preso per la mano, e salutando la zia Bettina le ha detto:

— Dunque ci conto, via! Non sarebbe nè giusto nè serio, per un pettegolezzo riportato da un ragazzo, il mancare a una festa di famiglia così importante. —

Quando siamo stati in treno, ho detto al babbo:

— Hai proprio ragione, sai, babbo, a dir male del servizio ferroviario! —

E gli ho raccontato tutte le peripezie del mio viaggio e del finestrino rotto che mi fecero ripagare per nuovo.

Il babbo mi ha un po' sgridato, ma ho capito che in fondo mi dava ragione, e questo è naturale, perchè io davo ragione a lui.

Ora sono in pace con tutti, e mi sento proprio felice.

Iersera, alla stazione, c'era una vera folla ad aspettarmi: parenti, amici, conoscenti, tutti eran venuti lì apposta per salutarmi, e non si sentiva dir altro che Giannino qua e Giannino là.... Mi pareva d'essere un soldato reduce dalla guerra, dopo aver vinto una battaglia.

Non dico poi quel che successe a casa; a pensarci solamente mi vien da piangere. La mamma, povera donna, singhiozzava, le mie sorelle non si saziavano di baciarmi, e la Caterina si asciugava gli occhi col grembiule e non faceva che ripetere:

— Ah, sor Giovannino! Ah, sor Giovannino!... —

È un fatto positivo che un ragazzo che scappa di casa, quando ritorna, poi, ha di gran belle soddisfazioni!

Ma poi c'è un'altra cosa che mi rende felice, ed è questa: mia sorella sposa il dottor Collalto e lo sposalizio si farà tra cinque giorni, e ci sarà un gran pranzo di nozze con un'infinità di dolci di tutte le specie....

Il Collalto, essendosi stancato di aspettare che il dottor Baldi lo prendesse per suo aiuto, aveva concorso per andare assistente in un grande laboratorio di medicina a Roma che non mi ricordo più come si chiama, e ora avendo vinto il posto e dovendo partir subito ha deciso di sposare mia sorella e andar via con lei.

Questo veramente mi fa dispiacere perchè io voglio molto bene alla Luisa e anche al dottor Collalto che è un giovane allegro che spesso fa il chiasso con me e che sa stare alla burletta. Ma come si fa?

18 ottobre.

Come sono contento! Iersera il dottor Collalto mi ha portato una splendida scatola di tinte, e mi ha detto:

— Tieni: tu che hai tanta disposizione per il disegno, ti potrai esercitare all'acquarello.... —

E mia sorella, accarezzandomi i capelli, ha soggiunto:

— E così quando dipingerai penserai un poco anche alla tua sorella lontana, non è vero? —

La voce con la quale mia sorella ha detto queste parole era così affettuosa che mi sarei messo a piangere per la commozione: ma il pia-

cere di possedere finalmente una bella scatola di tinte, di quelle complete come la desideravo da tanto tempo, era troppo grande e mi son messo a saltare dalla contentezza e poi mi son rinchiuso qui in camera mia e ho voluto subito comunicare per il primo la mia gioia al giornalino, dipingendo il disegno del serraglio che avevo fatto alla villa della zia Bettina mentre ero in prigione aspettando il babbo.

Poi ho fatto vedere il mio lavoro al Collalto che ha detto:

— Ma bravo! Pare proprio un quadro dell'epoca giottesca! —

Ora dico io: se non avessi avuto l'idea di fare il serraglio delle belve feroci non avrei avuto quella di disegnarlo, e allora questo lavoro non ci sarebbe stato! Dunque, certe scappate, per un ragazzo che si sente nato per far l'artista, son necessarie, e allora perchè i parenti son sempre lì pronti a sgridarlo e a punirlo?

Basta, quel che è certo è che il Collalto mi ha fatto un bel regalo e che io bisognerà che in qualche modo gli manifesti la mia gratitudine.

Ho un'idea.... ma mi ci vogliono tre o quattro lire per metterla in esecuzione.

Vedremo!

19 ottobre.

Stamani Luisa mi ha condotto in camera sua, mi ha baciato e con le lacrime agli occhi mi ha regalato un bello scudo d'argento dicendomi, al solito, di esser buono, di non fare sciocchezze, perchè in casa col da fare che c'è per i preparativi dello sposalizio nessuno può badare a me....

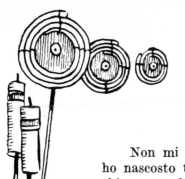

L'ho sempre detto, io, che Luisa è la migliore di tutte.

Ho preso lo scudo e via, a mettere in esecuzione la mia idea.

Ho comprato dodici razzi col fischio, sei candele romane, otto *tippi-tappi*, quattro belle girandole e altri fuochi artificiali tutti svariati, coi quali festeggerò gli sposi la sera del matrimonio, in giardino.

Non mi par vero d'arrivare a quel momento. Intanto ho nascosto tutti i fuochi sull'armadio della mamma perchè questa deve essere una sorpresa per tutti.

24 ottobre.

Eccoci al gran giorno!

È dal 19 che non scrivo più una riga qui nel giornalino, ma ho avuto tanto da fare!

In questi giorni mi sono accorto che i ragazzi possono essere molto utili nelle case quando vi sono circostanze solenni, e quando le persone grandi chiedono loro un piacere con educazione e con garbo.

Giannino qua! Giannino là! Giannino su! Giannino giù! Non riparavo a contentar tutti. Chi voleva il rocchetto di cotone, chi la matassina di seta, chi i campioni di stoffe, chi mi mandava alla posta a ritirar lettere, chi a far telegrammi, insomma arrivavo alla sera stanco morto, ma con la coscienza tranquilla d'aver fatto il mio dovere per l'avvenire di mia sorella.

Finalmente il gran giorno è venuto, oggi ci sarà lo sposalizio e stasera farò i fuochi e così dimostrerò a Collalto, che ride sempre quando dice che io son suo cognato, come anche i ragazzi sappiano nutrire l'affetto per i parenti e la gratitudine per le scatole di tinte che ricevono in regalo.

È arrivata anche la zia Bettina per assistere allo sposalizio, e così ha rifatto la pace con tutti. Però, mentre la Luisa si aspettava da lei in regalo quel paio di diamanti che ebbe in eredità dalla povera nonna, ha avuto invece una coperta da letto di lana gialla e celeste che la zia Bettina aveva fatto con le sue mani.

Luisa è rimasta mortificata, e io ho sentito che diceva a Virginia:

— Quella vecchia dispettosa si è voluta vendicare dell'altra volta che venne da noi. —

Però mia sorella ha avuto dei bei regali da tutte le parti!...

Non dico nulla dei dolci che ci son preparati in sala da pranzo!... Una cosa da sbalordire!... Però il migliore è la panna montata coi cialdoni.

Tutti son pronti, e fra pochi minuti si andrà al Municipio. Ma la zia Bettina non verrà, perchè ha deciso invece di ritornare a casa sua col treno che parte tra mezz'ora.

Nessuno sa spiegarsi il perchè di questa improvvisa decisione essendo stata accolta con tutti i dovuti riguardi; e alla mamma che la pregava di dire francamente se qualcuno le aveva mancato di rispetto senza accorgersene, ella ha risposto a denti stretti:

— Vo via, anzi, perchè mi si rispetta troppo; e dirai a Luisa che se vuol rispettarmi anche meglio mi rimandi la coperta di lana che io ho avuto la stupidaggine di farle con le mie mani. —

E così se n'è andata via senza voler dire altro.

Il bello è che io solo so il vero motivo della partenza della zia, ma non lo dico per non guastare la bella sorpresa che avrà mia sorella.

Un'ora fa io ho detto alla zia Bettina:

— Cara zia, vuole un buon consiglio? Riporti via quella copertaccia di lana che ha regalato a Luisa e le regali invece i diamanti ai quali mia sorella aveva fatto la bocca.... Così si farà più onore, e mia sorella non avrà più ragione di trattarla di vecchia dispettosa! —

Ebbene, bisogna che riconosca che questa volta la zia Bettina si è condotta molto bene. Ella deve aver capito di avere sbagliato, perchè ha accettato il mio consiglio e se ne va di corsa a casa sua a prendere i diamanti per Luisa che sarà felicissima, e tutto per merito mio.

Ecco che cosa vuol dire essere un buon fratello!

Giornalino mio, sono nella massima disperazione, e mentre sto qui chiuso nella mia cameretta non ho altro conforto che di confidare a te tutta la mia angoscia!...

Il babbo mi ha chiuso qui dentro, dicendomi una filza di parolacce, in mezzo alle quali invece di virgole ci ha messo tanti calci così forti, che bisogna che stia a sedere su una parte sola e cambiando parte ogni cinque minuti.... Bel modo di correggere i ragazzi che son perseguitati dalla disgrazia e dalle circostanze impreviste!...

È colpa mia, domando io, se stamani il Collalto ha ricevuto un telegramma ed è dovuto partire insieme alla Luisa col treno delle sei, invece di trattenersi la sera come era stato stabilito prima?

Naturalmente io che avevo fatto tutto il mio progetto per fare i fuochi stasera in giardino son rimasto male; ma nessuno si piglia mai pensiero di indagare i dolori che si nascondono nell'anima dei ragazzi, come se fossimo dei pezzi di legno, mentre invece tutti si scagliano addosso a noi quando per sfogare il nostro dolore si è fatto qualcosa che ha urtato i nervi alle persone grandi....

E poi, alla fine, che ho fatto mai? Uno scherzo, un semplice scherzo, che, se il Collalto fosse stato meno pauroso, tutti avrebbero preso per il suo verso senza far tanto baccano....

Che scena!

Non potendo fare i fuochi la sera, avevo pensato di accendere almeno una girandola e me n'ero messa in tasca una di quelle più piccole, aspettando il momento opportuno.

Quando gli sposi sono scesi dal Municipio, io mi son messo dietro a loro. Erano così commossi, che non mi hanno neanche visto. Allora, non so come, m'è venuto l'idea di attaccar la girandola al bottone di dietro del frak di Collalto e acceso un fiammifero le ho dato fuoco....

Non è possibile ridire quel che è successo.... ed è meglio che cerchi di riprodurlo con le tinte che mi regalò il Collalto stesso, con quelle tinte per le quali io sentivo tanta gratitudine verso di lui da spendere tutto lo scudo che mi aveva dato sua moglie, che è mia sorella, in tanti fuochi d'artificio!...

Che scena! Il dottore, mentre la girandola gli girava dietro le falde, tremava e urlava senza sapere che cosa fosse accaduto, Luisa era quasi svenuta, gli invitati anch'essi erano tutti impauriti.... e io mi divertivo un mondo, quando a un tratto mio padre in mezzo alla confusione gene-

rale mi ha preso per un orecchio e mi ha accompagnato fin qui, a forza di parolacce e di pedate.

In quel pandemonio mi pareva d'essere un rivoluzionario russo dopo un attentato allo Zar!

Ma io non avevo per niente l'intenzione di attentare alla vita di Collalto, e volevo fare semplicemente uno scherzo per esprimere la mia gioia, tant'è vero che non è accaduto nulla di male, e se la gente che s'è trovata al fatto fosse stata più coraggiosa, tutto sarebbe finito in una risata.

Purtroppo, però, le buone intenzioni dei ragazzi non sono mai riconosciute, ed eccomi qui in prigione, vittima innocente delle esagerazioni delle persone grandi, condannato a pane e acqua mentre giù tutti gozzovigliano e si finiscono i dolci!

Che giornata eterna!

Ho sentito il rumore della carrozza che portava via gli sposi, poi la voce di Caterina che cantava la solita canzonetta della *Gran Via,* mentre metteva a posto i piatti:

> *Là sulla spiaggia*
> *Che si vede remota....*

Tutti sono allegri e contenti, tutti hanno mangiato a crepapelle, e io son qui solo, condannato a pane e acqua, e tutto questo mi succede per il troppo amor fraterno che mi ha spinto a festeggiare lo sposalizio di mia sorella.

Il peggio è che si fa sera e io non ho nè candela nè fiammiferi.... L'idea di dover star qui solo al buio mi mette i brividi, e ora capisco tutto quello che doveva soffrire il povero Silvio Pellico e tanti altri gloriosi superstiti dalle patrie battaglie (1) ingiustamente perseguitati.

Zitti! sento rumore all'uscio.... qualcuno apre di fuori....

Quand'ho sentito armeggiare nella serratura dell'uscio mi son nascosto sotto il letto perchè avevo paura che fosse il babbo e che venisse per picchiarmi. Invece era la mia cara sorella Ada.

---

(1) Si prega di condonare, per la tristezza del momento, al povero Giannino, oltre l'audace associazione d'idee, l'errata classificazione di Silvio Pellico nelle patriottiche benemerenze.

Sono uscito di sotto il letto e l'ho abbracciata gridando; ma lei mi ha detto subito:

— Silenzio, per carità; il babbo è uscito un momento.... Guai se sapesse che son venuta qui da te!... Prendi! —

E mi ha dato un panino gravido col prosciutto e un involtino di confetti.

L'ho sempre detto io: Ada è la migliore di tutte, e io le voglio molto bene perchè lei compatisce i ragazzi e non li infastidisce con tante prediche inutili.

Mi ha portato anche una candela e una scatola di fiammiferi e *Il Corsaro nero* del Salgari. Meno male.... Almeno potrò leggere e dimenticare le ingiustizie!

25 ottobre.

È appena giorno.

Ho letto quasi tutta la notte. Che scrittore questo Salgari! Che romanzi!... Altro che i *Promessi Sposi*, con quelle descrizioni noiose che non finiscono mai! Che bella cosa essere un corsaro! E un corsaro nero, per giunta!

Non so che cosa mi sia entrato nel cervello, leggendo tante avventure una più straordinaria dell'altra.... Ma il fatto è che non posso star fermo e sento proprio la voglia di far qualcosa di grande, che faccia impressione a quelli che mi perseguitano, dimostrando che in certi momenti anche un ragazzo può diventare un eroe, purchè abbia del sangue nelle vene come il *Corsaro nero*....

Ora ci penso, e qualcosa alla fine farò....

26 ottobre.

Sono ancora nella mia camera.... ma, purtroppo, sono in letto malato, e ho appena la forza di scrivere poche righe su quel che mi è accaduto iermattina.

Ricordo perfettamente che tagliai con un temperino i lenzuoli del letto in tante strisce, che le annodai insieme, che le fermai da un lato a una gamba del tavolino, e che afferrandomi ad esse, mi calai arditamente fuor della finestra.

Ma a questo punto i ricordi mi si confondono.... Battei la testa, questo è certo, ma dove? Mi pare nel canale della doccia.... Poi battei un fianco in terra.... Forse le strisce del lenzuolo si strapparono.... Forse non eran fermate bene al tavolino.... Non so.... Il fatto è che a un tratto vidi tutte le stelle.... e poi buio pesto!

Ah! rammento che quando riaprii gli occhi mi trovai qui in letto, e vidi il babbo che girava in su e in giù e si dava i pugni in testa dicendo:

— È impossibile! È impossibile! Questo ragazzo è la mia disperazione! Sarà la mia rovina!... —

Io avrei voluto chiedergli perdono di essermi rotto la testa, ma non potevo parlare....

Poi è venuto il dottore, mi ha fasciato ben bene, e alla mamma che piangeva ha detto:

— Non si spaventi.... suo figlio ha la pelle dura!... —

Intanto, però, i miei genitori e le mie sorelle non mi hanno lasciato un minuto in tutta la giornata, e ogni pochino erano a domandarmi:

— Come va la testa? —

Nessuno s'è azzardato di farmi un rimprovero.

Sfido! Devono aver capito che in fondo un po' di ragione l'ho anche io. Se il babbo che si vanta, come tutte le persone grandi, d'essere stato sempre buono quand'era piccino, fosse stato rinchiuso per un'intera giornata in una camera a pane e acqua, scommetto avrebbe fatto anche lui quel che ho fatto io per riavere la libertà....

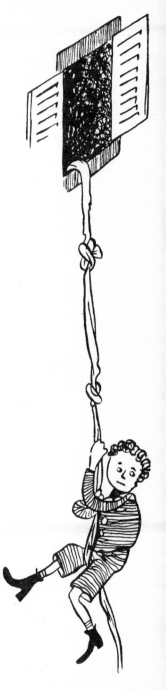

29 ottobre.

Ora sono proprio contento.

Il dottore aveva ragione a dire che ho la pelle dura: son completamente guarito, e per di più tutti hanno verso di me mille attenzioni e mille riguardi. Ieri ho sentito il babbo che diceva alla mamma:

— Proviamo a trattarlo con dolcezza, a pigliarlo per il suo verso.... —

Dev'essere molto pentito d'avermi trattato con tanta severità; e difatti mi ha promesso di condurmi stasera al teatro, a vedere il celebre prestigiatore Morgan che è qui di passaggio.

Ci verrà anche l'avvocato Maralli, quello con gli occhiali e con quel barbone, che è stato causa di una gran discussione in casa perchè è socialista, e la mamma non lo può soffrire specialmente quando dice male dei preti e di tutto, e perciò – come dice l'Ada – è una nota volgare nella nostra conversazione, mentre il babbo sostiene che in fondo è un buon diavolo, che bisogna andar coi tempi e che il Maralli si va facendo una buona posizione e che finirà certamente deputato.

30 ottobre.

Ho deciso che quando sarò grande farò il prestigiatore.

Iersera mi son divertito immensamente al teatro. Quel Morgan è molto bravo e ha fatto dei bei giuochi. Io, in tutto il tempo che è durata la rappresentazione, non gli ho levato gli occhi di dosso per scoprire il segreto dei suoi giuochi, ma molti son troppo difficili. Qualcuno però scommetto che lo saprei fare anche io, come per esempio quello delle uova, di ingoiare una spada e di prendere in prestito dalle signore un orologio e poi pestarlo in un mortaio e farlo sparire....

Oggi voglio esercitarmi ben bene in camera mia e poi quando son sicuro della riuscita voglio dare una rappresentazione in salotto vendendo i biglietti a due soldi alle mie sorelle e a quelli che vengono in conversazione, e tutti resteranno a bocca aperta e impareranno così a rispettarmi di più.

Oggi, tanto per provare, ho dato una piccola rappresentazione in giardino ai miei amici Renzo e Carluccio e a Fofo e Marinella che stanno di casa accanto a noi e sono figli della signora Olga che scrive i libri stampati ed è sempre distratta e sempre affaccendata.

Il biglietto d'ingresso era di un soldo a testa.

— Mi farebbe la gentilezza qualche signora — ho detto — di prestarmi un orologio d'oro? Lei?

— Io non ce l'ho, — ha risposto Marinella — ma posso vedere se mi riesce di pigliar quello della mamma. —

Infatti è corsa in casa ed è tornata in giardino con un bell'orologino d'oro.

Io che avevo portato con me un piccolo mortaio dove Caterina pesta le mandorle e lo zucchero quando fa i dolci, vi ho buttato dentro l'orologio della signora Olga e col pestello ho incominciato a pestarlo ben bene come fa il Morgan; ma l'orologio era molto duro e non s'è tritato bene, meno il cristallo che si è stritolato subito in mille bricioli.

— Osservino, signori! — ho detto. — Come loro vedono, l'orologio della signora Marinella non è più riconoscibile....

— È vero! — hanno detto tutti.

— Ma noi — ho soggiunto io — lo faremo riapparire come era prima! —

avvocato
Taralli

la zia
Bettina
col dittamo

fotografia del
babbo la mamma
e l'Ada

Questo è
il dottor
Coffalta
e lo
somiglia

Infatti ho rovesciato il mortaio in un fazzoletto dove ho legato strettamente i pezzi dell'orologio che mi aveva dato Marinella e con molta sveltezza mi son cacciato il fagottino in tasca. Poi, facendo finta di niente, ho cavato fuori del petto un altro fagottino che m'ero preparato prima e cioè l'orologio della mamma che avevo già involtato in un fazzoletto simile al primo, e mostrandolo agli invitati ho detto:

— Elà, signori, osservino l'orologio ritornato intatto! —

Tutti hanno applaudito rimanendo molto contenti dello spettacolo, e Marinella ha preso l'orologio della mamma mia credendolo quello della sua mamma, e così mi son fatto molto onore.

Stasera darò una grande rappresentazione in casa mia, e credo che andrà splendidamente. Ora preparo i biglietti d'invito.

31 ottobre.

Ah, giornalino mio, come son nato disgraziato! E quel che mi è successo finora non è niente, perchè c'è il caso che io finisca in galera, come mi è stato predetto da più d'uno e, tra gli altri, dalla zia Bettina....

Sono così avvilito, che in casa non hanno avuto neanche il coraggio di picchiarmi. La mamma mi ha accompagnato qui in camera mia, e mi ha detto semplicemente:

— Procura di non farti vedere da nessuno.... e prega Dio che abbia pietà di te e di me che, per causa tua, sono la donna più disgraziata di questa terra! —

Povera mamma! A pensare al suo viso pieno di malinconia mi viene da piangere.... Ma, d'altra parte, che ho a fare se tutte le cose, anche le più semplici, mi vanno a rovescio?

Come avevo stabilito, ieri sera volli dare la rappresentazione di giuochi di prestigio, nel salotto.... e in questo non c'era niente di male, tant'è vero che tutti dissero: — Vediamo, vediamo questo rivale di Morgan! —

Fra gli spettatori, oltre Mario Marri che fa le poesie e porta la caramella, la signorina Sturli che le mie sorelle dicono che si stringe troppo, e l'avvocato, c'era anche Carlo Nelli, quello che va vestito tutto per l'appunto e che ha rifatto la pace dopo che s'era avuto tanto a male che Virginia gli avesse scritto sul ritratto: *Vecchio gommeux.*

— Cominceremo dal giuoco della frittata! — dissi io.

Presi dal cappellinaio il primo cappello che mi capitò fra mano, e lo posi su una sedia, a una certa distanza dal pubblico: poi presi due uova, le ruppi e versai le chiare e i torli nel cappello, mettendo i gusci in un piatto.

— Stiano attenti, signori! Ora prepareremo la frittata, e poi la metteremo a cuocere!... —

E con un cucchiaio mi misi a sbattere le uova dentro il cappello,

avendo nell'idea, dopo, di levarci la fodera e farlo ritornar pulito come prima.

Il Carli, nel vedermi sbattere le uova dentro il cappello, dètte in una gran risata e gridò:

— Oh, questa è bella davvero!... —

Io, sempre più incoraggiato nel vedere che tutti si divertivano ai miei giuochi, per finire l'esperimento proprio alla perfezione come avevo visto fare al celebre Morgan, dissi:

— Ora che le uova sono sbattute, io pregherei un signore di buona volontà a reggere il cappello mentre vado ad accendere il fuoco.... —

E rivolgendomi all'avvocato Maralli, che era il più vicino a me, ripresi:

— Lei, signore, vuol avere la gentilezza di reggere il cappello per un minuto? —

L'avvocato accondiscese, e preso il cappello nella destra vi gettò uno sguardo dentro e si mise a ridere esclamando:

— Toh! Ma io credevo che ci fosse un doppio fondo.... Invece ha sbattuto le uova proprio dentro il cappello!... —

Carlo Nelli che sentì, dètte in un'altra risata più clamorosa della prima, ripetendo:

— Ah, questa è bella!... questa è proprio graziosa!... —

Io, tutto contento, presi nell'ingresso il candeliere con la candela  accesa che avevo già preparato e, ritornato accanto all'avvocato Maralli, glielo misi nella sinistra, dicendo:

— Ecco acceso il fuoco: ora lei, signore, favorisca di

tenerlo sotto al cappello, non tanto vicino per non bruciarlo.... Ecco, così.... Bravo.... Ora poi la frittata è bell'e cotta e spengeremo il fuoco.... Ma come? Ah! ecco qui: noi lo spengeremo con la mia pistola.... —

Veramente il Morgan adopera una carabina; ma io, avendo una di quelle pistole da ragazzi che si caricano con quei proiettili di piombo a punta da una parte e con uno spennacchietto rosso dall'altra, coi quali si tira nel bersaglio, avevo creduto che fosse la stessa cosa; e, impugnata la mia arma, mi impostai dinanzi all'avvocato Maralli.

In questo punto, molto importante per la riuscita dell'esperimento, dovendo io spengere con un colpo della mia pistola la candela, fui distratto improvvisamente da due grida.

Carlo Nelli, avendo a un tratto riconosciuto nelle mani dell'avvocato Maralli il proprio cappello, aveva smesso subito di ridere gridando con angoscia:

— Uh! Ma quel cappello è il mio! —

Nello stesso tempo l'avvocato Maralli, vedendomi con la pistola stesa, aveva esclamato sgranando tanto d'occhi dietro gli occhiali:

— Ma è forse carica?... —

In quel momento lasciai andare il colpo, e si udì un urlo:

— Ah, mi ha ammazzato!... —

E l'avvocato Maralli, lasciandosi cadere dalle mani il candeliere e il cappello con le uova dentro che si sparsero sul tappeto sporcandolo tutto, si gettò su una sedia premendosi il viso con tutt'e due le mani....

Le signorine Mannelli si svennero, le altre si dettero a urlare, le mie sorelle si messero a piangere come fontane; Carlo Nelli si precipitò sul suo cappello, ringhiando:

— Assassino!... —

Mia madre, intanto, aiutata da Mario Marri, aveva afferrato l'avvocato Maralli, sorreggendolo e scostandogli le mani dal viso, dove vidi con terrore, proprio accanto all'occhio destro, lo spennacchietto rosso del proiettile a punta che gli s'era conficcato nella carne....

Ebbene: posso giurare che ero il più dispiacente di tutti, ma in quel momento io non potei trattenermi dal ridere, perchè il Maralli, con quello spennacchietto rosso ficcato accanto all'occhio, era proprio buffo....

Allora Carlo Nelli, che in tutta quella confusione aveva sempre seguitato a ripulire il cappello col fazzoletto, esclamò al colmo dello sdegno:

— Ma quello lì è un delinquente nato!... —

E la signorina Sturli che si era avvicinata al Maralli per vedere che cosa gli era successo, accorgendosi d'aver macchiata la camicetta di seta bianca col sangue che usciva dall'occhio del ferito, si mise anche lei a smacchiarsi col fazzoletto, borbottando tutta stizzita:

— Quel ragazzo finirà in galera!... —

Io smessi di ridere, perchè incominciavo a capire che la cosa era molto seria.

Mario Marri, aiutato dagli altri invitati, avevano preso l'avvocato Maralli a braccia e l'avevan trasportato su nella camera dei forestieri; e intanto Carlo Nelli s'era incaricato d'andar a chiamare il dottore.

Io, rimasto solo in salotto, mi misi in un cantuccio a singhiozzare e a riflettere ai casi miei.... e ci rimasi così triste, dimenticato da tutti, quasi tutta la notte, finchè non mi ha scoperto la mamma che mi ha accompagnato, come ho scritto prima, qui in camera mia....

Pare che l'avvocato Maralli stia molto male.

E io? Io finirò in galera, come dicono tutti!...

Sono disperato, mi gira la testa, mi sento tutto pesto come se mi avessero bastonato.... Non ne posso più, non ne posso più!...

Ho dormito e mi sento meglio.

Che ore sono? Dev'esser tardi perchè sento venir su dalla cucina un odorino di stracotto che mi rallegra un po' lo spirito in mezzo a questo silenzio sepolcrale....

Ma un'idea terribile mi perseguita sempre: quella del processo, della prigione, dei lavori forzati a vita.... Povero me! Povera la mia famiglia!...

Mi sono affacciato alla finestra, e ho visto giù, in giardino, Caterina in gran conciliabolo con Gigi, quello che mi salvò la vita quando ero per affogare.

Caterina si sbracciava, si accalorava, e Gigi ogni tanto si tirava il cappello sugli occhi, allungava il collo e spalancava la bocca, come fa lui quando un discorso gli interessa di molto.

Io li guardavo tutt'e due, e capivo benissimo che Caterina raccontava a Gigi il fatto di iersera dell'avvocato Maralli e che Gigi era molto impressionato del racconto; e capivo anche che il far quei gesti che facevano era segno che l'affare era molto serio, e che probabilmente il povero avvocato stava molto male.... A un certo punto anzi, quando Caterina ha alzato le braccia al cielo, m'è venuto anche il dubbio terribile che il povero Maralli fosse morto....

Eppure bisogna, giornalino mio, che ti confessi una cosa: nel vedere quei due far tutti quei gesti, non ne potevo più dal ridere.

Che io sia davvero un delinquente nato, come ha detto iersera Carlo Nelli?

Ma il buffo poi è questo, caro giornalino: che ora, ripensando a questa cosa del delinquente nato, mi vien da piangere perchè più ci rifletto e più mi par proprio d'essere un ragazzo venuto al mondo per soffrire e far soffrire, e dico fra me:

— Oh quant'era meglio che Gigi mi avesse lasciato affogare quel giorno! —

Zitti!... sento rumore nell'andito....

Ah! forse il Maralli è morto davvero.... forse i carabinieri vengono ad arrestarmi per omicidio....

Ma che carabinieri !... Era la mamma, la mia buona mamma che è venuta a portarmi da mangiare e a darmi notizie dell'avvocato Maralli !...

Ah, giornalino mio, che peso mi son levato dalla coscienza !...

Salto e ballo per la stanza come un pazzo dall'allegria....

L'avvocato non è morto, e non c'è neanche pericolo di morte.

Pare che tutto si ridurrà alla perdita dell'occhio, perchè è rimasto offeso non so che nervo.... e il dottore ha assicurato che il Maralli tra una diecina di giorni potrà andar fuori.

La mamma quand'è venuta era molto seria, ma poi quando è andata via era allegra come me, certamente perchè anche lei deve aver capito la ragione.

Siccome quando è entrata in camera io ero molto spaventato perchè credevo che fossero i carabinieri, ella mi ha detto:

— Ah, meno male che, se non altro, hai rimorso di quel che hai fatto !... —

Io sono stato zitto, e allora lei mi ha preso tra le braccia, e guardandomi in viso mi ha detto, ma senza sgridarmi, anzi con voce piangente:

— Lo vedi, Giannino mio, quanti dispiaceri, quante disgrazie per colpa tua !... —

Io allora, per consolarla, le ho risposto:

— Sì, lo vedo: ma se son disgrazie, scusa, che colpa ci ho io? —

Lei allora mi ha rimproverato perchè io mi ero messo a fare i giochi di prestigio, e io le ho detto:

— Ma se quando mi son messo a farli, tutti quelli che erano in salotto si divertivano ed erano felici e contenti !...

— Perchè non potevano prevedere quello che hai fatto dopo....

— E io lo potevo forse prevedere? Sono forse indovino io? —

Allora lei ha tirato fuori l'affare del cappello di Carlo Nelli che dice è andato via impermalito, perchè gliel'ho tutto insudiciato con le uova.

— Va bene — ho detto io. — Ma anche quella è stata una disgrazia, perchè io ho preso un cappello qualunque dal cappellinaio, e non sapevo che fosse il suo.

— Ma, Giannino mio, se fosse stato d'un altro non sarebbe stato lo stesso? —

Così ha detto la mamma, ed era qui che l'aspettavo.

— No, che non sarebbe stato lo stesso.... per Carlo Nelli! Infatti, quando egli si è accorto che io non sapevo più come rimediare il giuoco e che il cappello ormai era rovinato, il signor Carlo Nelli rideva a crepapelle, credendo che il cappello fosse d'un altro, e diceva: «*Ah questa è bella! Questa è graziosa!*». Mentre invece, quando poi s'è accorto che il cappello era il suo, ha detto che io ero un delinquente nato!... Sempre così!... Tutti così!... E anche il Maralli rideva e si divertiva, perchè aveva visto che il cappello non era il suo, e se lo avessi poi anche sfondato con un colpo di pistola, si sarebbe divertito più che mai.... Invece la disgrazia ha voluto che cogliessi lui vicino a un occhio, ed ecco che allora tutti danno addosso al povero Giannino, e tutti si mettono a gridare che Giannino finirà in galera.... Sempre così!... Tutti così!... Anche la zia Bettina mi ha detto a questo modo, e ce l'ha a morte con me.... E, in fondo, che avevo fatto di male? Avevo sradicato dal vaso una pianticella di dìttamo, che costerà due centesimi.... Ma siccome io son nato disgraziato, per l'appunto s'è data la combinazione che quella pianta era stata data alla zia Bettina da un certo Ferdinando, e pare anzi, a quanto dice lei, che ci sia dentro, in quella pianta, lo spirito di questo signore.... —

A questo punto la mamma mi ha interrotto piena di curiosità, dicendomi:

— Come, come?... Raccontami tutto per bene: come ti disse la zia Bettina?... —

E ha voluto che le dicessi tutto il fatto del dìttamo e le ripetessi quel che mi disse la zia Bettina, parola per parola; e poi s'è messa a ridere, e poi mi ha detto:

— Cerca di star qui, zitto e tranquillo.... Poi ritornerò, e, se sei stato buono, ti porterò per merenda un po' di conserva di pesche.... —

E se n'è andata giù, e ho sentito che chiamava l'Ada e la Virginia dicendo:

— Ah, ve ne voglio raccontare una carina!... —

Meno male. Io l'ho sempre detto: fra tutti, la mamma è quella che capisce di più la ragione, e che sa distinguere se una cosa succede per disgrazia o per cattiveria.

C'è stata l'Ada a portarmi la cena e ha voluto anche lei che le raccontassi il fatto del dìttamo della zia Bettina.

Mi ha dato ottime notizie. Un'ora fa c'è stato il dottore daccapo e ha detto che l'avvocato Maralli va molto meglio, ma che deve stare in camera al buio almeno per una settimana.

Capisco che dev'essere una cosa seccante: ma è anche più seccante il dovere stare relegati in una camera senza esser malati, come son costretto a star io.

Ma ci vuol pazienza. Ada mi ha detto che il babbo è molto arrabbiato, che non mi vuol più vedere e che perciò bisogna aspettare che gli passi l'inquietudine e allora con l'intromissione della mamma tutto sarà appianato.

Intanto io vo a letto, perchè ho molto sonno.

1° novembre.

Oggi, mentre il babbo era fuori, Ada è venuta a darmi le notizie dell'avvocato Maralli, che va sempre migliorando, e a dirmi se volevo scendere in salotto, col patto che dopo una mezz'oretta ritornassi in camera mia.

Io sono sceso molto volentieri, per cambiare aria; e dopo poco è venuta la signora Olga a far visita alla mamma e mi ha fatto molte feste, dicendo che ero cresciuto, che avevo gli occhi intelligenti, e molte altre cose che dicono le donne di noi ragazzi quando discorrono con le nostre mamme.

Però, mia sorella Virginia, che era venuta in quel momento, ha creduto bene di farmi subito scomparire, dicendo che ero troppo spensierato, ed è entrata a parlare del fatto dell'altra sera che ha raccontato naturalmente a modo suo, esagerando, come fa sempre lei, e portando alle stelle la rassegnazione della povera vittima (così chiama l'avvocato) che rimarrà privo di un occhio per tutta la vita.

Però, la signora Olga, che è una persona molto istruita e che scrive i libri, ha detto che la vittima era da compiangersi, ma che era stata una disgrazia; e io ho aggiunto subito:

— Sicuro: e una disgrazia voluta, perchè se l'avvocato fosse stato fermo come dicevo io, non avrei sbagliato la mira.... —

Dopo molti discorsi la signora Olga ha tirato fuori l'orologio e ha detto:

— Mio Dio! Già le quattro! —

La mamma allora ha osservato:

— Curiosa! Lei ha un orologio che somiglia perfettamente al mio....

— Ah, sì? — ha risposto la signora Olga, e se l'è riposto in seno, mentre Virginia che le stava di dietro faceva dei cenni con le mani alla mamma che non capiva niente.

Quando poi la signora Olga se n'è andata, Virginia che ha sempre il vizio di chiacchierare e di ficcare il naso nelle cose che non le appartengono, ha esclamato:

— Ma, mamma! Non hai visto che, oltre all'orologio, aveva anche un ciondolo preciso al tuo?... È una cosa strana!... —

E son salite tutte in camera della mamma per pigliar l'orologio.... Ma l'orologio non c'era, perchè l'avevo preso io l'altro giorno per fare i giuochi di prestigio nel giardino.

È impossibile descrivere come son rimaste la mamma, l'Ada e la Virginia. L'Ada è corsa subito in camera sua, ed è tornata dicendo:

— Ma io ve ne dirò un'altra.... un'altra che è anche più straordinaria, tanto che, prima di dirla, ho voluto sincerarmi. Quando la signora Olga si è soffiata il naso ho osservato che aveva un fazzoletto di tela batista col ricamo come quello che mi regalasti tu, mamma, per la mia festa. Ebbene: ora sono andata a vedere nel mio cassetto e me ne manca proprio uno!... —

Sfido! È il fazzoletto che presi l'altro giorno per fare il gioco di prestigio in giardino, e che consegnai a Marinella con dentro l'orologio della mamma!...

Ebbene: per queste due cose così semplici, la mamma e le mie due signore sorelle sono state lì a chiacchierare più d'un'ora con mille: *Ah! Oh! Uh!* e sono andate a ricercare l'ultimo giorno che la signora Olga era stata da noi, che fu l'altro lunedì, e si son ricordate che la mamma l'aveva fatta passare in camera sua, e finalmente Ada ha concluso tutte le discussioni così:

— Questo è un caso di *cleptomania*. —

Questa parola io la conosco per averla letta più d'una volta nel giornale del babbo, e so che è una specie di malattia curiosissima, che spinge la gente a rubare la roba degli altri senza neanche accorgersene.

Io allora ho detto:

— Sempre l'esagerazioni!... —

E avrei voluto spiegare la cosa, salvando la signora Olga da un'accusa ingiusta; ma siccome Virginia è saltata su a dire che io sono un ragazzo e che dovevo stare zitto, e guai, anzi, se avessi detto a qualcuno del fatto al quale avevo assistito, così le ho piantate, lasciando che se la sbrigassero fra loro.

Quanta superbia hanno i grandi! Ma questa volta si accorgeranno che, anche essendo ragazzi, si può giudicare le cose molto meglio di loro, che voglion sempre saper tutto!...

2 novembre.

Oggi è il giorno dei morti e si va al Camposanto a visitare la tomba dei poveri nonni e quella del povero zio Bartolommeo che morì due anni or sono, purtroppo, e che se fosse campato m'avrebbe regalato una bella bicicletta che m'aveva promesso tante volte....

La mamma mi ha detto di vestirmi

alla svelta, e che in questa circostanza solenne, se mi porterò bene, il babbo forse rifarà la pace con me.

Meno male! Finalmente la giustizia trionfa, e l'innocente non è più perseguitato da chi dovrebbe invece capir la ragione, senza dar sempre addosso al più piccino perchè non si può difendere.

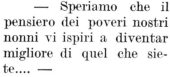

Prima di andare a letto voglio registrare qui, nel mio caro giornalino, il fatto d'oggi che è stato quello di essere stato perdonato dal babbo; però c'è mancato poco che tutto andasse all'aria e anche questa volta proprio per una sciocchezza.

Oggi, dunque, prima d'uscir di casa, il babbo mi ha consegnato una corona di fiori e mi ha detto dandomi del voi, con quella voce grave che fa sempre quando è stato adirato con me e che, dopo un pezzo, si decide a ridiscorrere:

— Speriamo che il pensiero dei poveri nostri nonni vi ispiri a diventar migliore di quel che siete.... —

Io, naturalmente, non ho fiatato, ben sapendo che in queste circostanze ai ragazzi è proibito di dir liberamente le loro ragioni: ho chinato la testa come si fa quando si diventa rossi, e ho guardato di sotto in su il babbo, che mi fissava con tanto di cipiglio.

Intanto la mamma ci ha chiamati, perchè la carrozza che aveva mandato a prendere per Caterina era pronta, e ci siamo montati tutti, meno la Virginia che è rimasta in casa, perchè doveva venire il dottore dall'avvocato Maralli che va sempre migliorando.

Io ho detto alla mamma:

— Se permetti vado a cassetta, così ci state più comodi. —

E così ho fatto, anche perchè a cassetta mi diverto molto di più, specialmente quando si piglia la carrozza a ore, perchè allora si va piano, e il fiaccheraio mi lascia anche tener le guide.

— Che bella giornata! — ha detto l'Ada. — E quanta gente!... —

Infatti quando siamo entrati nel Camposanto pareva d'essere al passeggio ed era un bel colpo d'occhio il vedere tutte quelle famiglie che formicolavano nei viali cariche di fiori variopinti per i loro poveri defunti.

Abbiamo visitato le tombe dei poveri nonni e del povero zio, e pregato per loro come si fa tutti gli anni, e poi si è fatto il giro del Camposanto per vedere le nuove tombe.

A un certo punto ci siamo fermati a una tomba in costruzione e l'Ada ha detto:

— Ecco la cappella della famiglia Rossi della quale discorre tanto la Bice....

— Che lusso! — ha osservato la mamma — quanto costerà?

— Tre o quattromila lire di certo! — ha risposto il babbo.

— Farebbero meglio a pagare i debiti che hanno!... — ha detto l'Ada.

Io ho colto l'occasione per riparlare col babbo e gli ho domandato:

— E a che serve questo fabbricato?

— Serve per seppellirvi via via tutta la famiglia Rossi....

— Come! Sicchè anche la signorina Bice sarà sotterrata qui dentro?

— Certamente. —

Io non ne potevo più, e mi son messo a ridere come un matto.

— Che c'è da ridere?

— C'è che questa cosa di farsi fare, quando uno è vivo, la casa per quando sarà morto, mi pare dimolto buffa, ecco!...

— Eh! — ha detto il babbo — sotto un certo punto di vista, infatti, è una vanità come tante altre....

— Sicuro! — è saltata su a dire Ada. — Come quella di avere il palco di suo al teatro, e non so come Bice non si vergogni a farcisi vedere, sapendo che suo padre ha dovuto pigliare altri quattrini in prestito dalla banca.... —

E qui il babbo, la mamma e l'Ada si son messi a chiacchierar tra di loro, e siccome io mi seccavo, avendo visto di lontano Renzo e Carluccio li ho raggiunti e ci siamo messi a fare ai cavalli lungo i viali che si prestano molto bene, essendo tutti coperti di ghiaia e avendo ai lati le barriere da saltare nei recinti pieni d'erba, purchè però non veggano i guardiani perchè è proibito.

A un tratto mi son sentito pigliar per il goletto. Era il babbo tutto infuriato perchè, a quanto pare, mi cercava da un pezzo con la mamma e l'Ada.

— Proprio non c'è nulla di sacro per te! — mi ha detto con voce severa. — Anche qui, dove si viene per piangere, trovi il modo di far delle birichinate!...

— Vergogna! — ha soggiunto Ada dandosi una grande aria di superiorità — mettersi a fare il chiasso in Camposanto!... —

Allora io mi son ribellato e le ho detto:

— Ho fatto il chiasso con Carluccio e Renzo perchè son piccino e voglio bene ai miei amici anche nel Camposanto, mentre invece ci sono le ragazze grandi che vengono qui a dir male delle loro amiche!... —

Il babbo ha fatto una mossa come per picchiarmi, ma l'Ada l'ha fermato e ho sentito che ha borbottato:

— Lascialo stare, per carità.... Sarebbe capace d'andare a ridirlo a Bice! —

Ecco come sono le sorelle maggiori! Esse difendono qualche volta i loro fratelli minori, ma sempre per interesse e contro il trionfo della verità e della giustizia!

Credevo che la bufera scoppiasse poi a casa, ma una grande novità che abbiamo trovato al nostro arrivo ha dissipato ogni malumore.

Virginia ci è venuta incontro, ridendo e piangendo nello stesso tempo, e ci ha raccontato che il dottore aveva trovato l'avvocato Maralli molto migliorato e che ormai poteva garantire non soltanto la prossima guarigione ma anche che non avrebbe altrimenti perduto l'occhio che fino ad ora aveva creduto in pericolo.

È impossibile ripetere la contentezza prodotta in noi da una sì grata e inaspettata notizia.

Io ho avuto molto piacere, anche perchè tutto questo dimostra che in fondo quelle che chiamano le *mie birbonate* sono vere inezie, e che sarebbe ora di finirla con le esagerazioni e le persecuzioni!

5 novembre.

In questi giorni non ho avuto un minuto di tempo per scrivere nel mio caro giornalino, e anche oggi ne ho pochissimo, perchè ho da fare le lezioni.

Proprio così. Si sono riaperte le scuole, e io ho messo giudizio e voglio proprio studiare sul serio e *farmi onore*, come dice la mamma.

Con tutto questo, non posso esimermi di mettere qui, nel giornalino delle mie memorie, il ritratto del professore di latino, che è così buffo, specialmente quando vuol fare il terribile e grida:

— Tutti zitti! Tutti fermi! E guai se vedo muovere un muscolo del viso! —

Per questo noialtri fino dai primi giorni gli abbiamo messo il soprannome di *Muscolo* e ora non glielo leva più nessuno, campasse mill'anni!

In questi giorni, in casa nulla di nuovo. L'avvocato Maralli va sempre migliorando, e tra un paio di giorni il dottore gli sfascerà l'occhio e gli permetterà di riveder la luce.

Ieri venne in casa una commissione del partito socialista per rallegrarsi con lui della guarigione, e c'è stato un po' di battibecco tra la mamma e il babbo,

Questo qui è il Prof: Muscolo

perchè la mamma non voleva lasciar passare questi *eresiarchi*, come li chiama lei, e il babbo invece li fece entrare in camera dell'avvocato che mi fece proprio ridere perchè disse: — Sono molto contento di vedervi — mentre invece eran tutti al buio.

Basta: dopo che furono andati via, il Maralli, parlando col babbo, gli disse che proprio era felice di avere avuto in questa circostanza tante manifestazioni di stima e di simpatia dalla cittadinanza....

E pensare che sul principio, a sentir quelli di casa mia, pareva che l'avessi ammazzato !...

6 novembre.

Ieri, mentre studiavo la grammatica latina, stando attento a quel che dicevano tra loro la mamma e Ada, ne ho sentita una carina.

Si tratta della signora Olga e della sua pretesa *cleptomania*. Pare dunque che la mamma abbia avvertito della cosa, con tutta la delicatezza possibile, il marito della signora Olga, che è il signor Luigi, un bolognese che discorre in napoletano quando discorre, ma discorre poco perchè è burbero e pare che ce l'abbia con tutti, benchè invece sia il più buon uomo di questo mondo, pieno di cuore e che vuol bene ai ragazzi e li sa compatire.

Questo è il Signor Luigi

Il signor Luigi, a quanto ho sentito, rimase molto sorpreso della notizia che gli dètte la mamma, e stentava a crederci; ma quando toccò con mano che l'orologio della signora Olga era quello della mamma, si convinse.... e, con una scusa fece visitare sua moglie da un celebre dottore, il quale sentenziò che la cosa era possibilissima trattandosi di un temperamento molto nervoso, e prescrisse una cura ricostituente.

Il fatto che le hanno ordinato questa cura l'ha raccontato lei ieri sera alla mamma; ma lei crede che sia per una malattia di debolezza che il medico le ha riscontrato, e ha detto, anzi, che se l'è levata di testa lui perchè lei sta benissimo e che fa la cura unicamente per contentar suo marito.

Naturalmente io mi son divertito molto a questa scena e spero di divertirmi anche di più in seguito.

Intanto stamani ho colto il momento che nessuno badava a me e sono andato in camera di Ada dove le ho preso tutti i fazzoletti che ho trovato; poi, passando dal salotto da pranzo, ho preso l'ampolliera d'argento e me la son nascosta sotto alla blouse; e finalmente sono andato in giardino, ho chiamato Marinella e, con la scusa di fare a nascondersi, sono andato in casa sua e ho lasciato l'ampolliera nella sua stanza da pranzo. In quanto ai fazzoletti li ho dati a Marinella dicendole di portarli in camera della sua mamma, ciò che ha fatto subito; e di lei son sicuro perchè Marinella è una bambina piuttosto silenziosa e sa tenere il segreto.

E ora aspettiamo quest'altro atto della commedia!

Marinella

7 novembre.

Stamani a scuola alla lezione di latino n'è successa una che merita davvero d'esser raccontata.

Renzo, che sta di posto accanto a me, aveva portato un po' di pece presa nel negozio di suo zio, che fa il calzolaio; e io, colto il momento che un compagno che davanti a noi si era alzato per andare a dir la lezione, ho steso ben bene questa pallottolina di pece nel posto dove sta a sedere questo ragazzo che è Mario Betti, ma noi si chiama il *Mi' lordo* perchè va vestito tutto per l'appunto e all'inglese, mentre invece ha sempre il collo e gli orecchi così sudici che pare proprio uno spazzaturaio travestito da signore.

Naturalmente quando è ritornato al suo posto non si è accorto di niente. Ma dopo un po' di tempo la pece sulla quale stava a sedere gli s'era riscaldata sotto e ha fatto presa sui calzoni in modo che egli, nel moversi, e nel sentirsi tirare per di dietro, ha cominciato a borbottare e a smaniare.

Questo è Mario Betti

Il professore se n'è accorto, e allora tra *Muscolo* e il *Mi' lordo* è avvenuta una scena da crepar dal ridere.

— Che c'è lì? Che ha il Betti?

— Ecco, io....

— Zitto!

— Ma....

— Fermo!...

— Ma io non posso....

— Zitto e fermo! Guai se lo vedo muovere un muscolo!...

— Ma scusi, io non posso....

— Non può? Non può star zitto nè fermo? Allora esca dal suo posto....

— Ma io non posso....

— Vada fuori di scuola!

— Non posso....

— Ah !... —

E con un ruggito *Muscolo* si è scagliato sul povero *Mi' lordo* e afferra-
tolo per un braccio lo ha tirato fuori del banco, con l'intenzione di buttarlo
fuori di scuola, ma l'ha lasciato subito, perchè ha sentito un gran *crac*

e s'è accorto che un pezzo dei calzoni di quel povero ragazzo era rimasto
attaccato sul sedile.

Muscolo è rimasto male.... ma è rimasto peggio il *Mi' lordo*, e bisognava
vederli tutti e due impappinati a guardarsi in faccia, senza che nessun
de' due si potesse spiegare l'accaduto.

Una risata clamorosa è rimbombata nella classe, e il professore, rovesciando su tutti la sua rabbia, ha urlato:

— Tutti fermi ! Tutti zitti ! Guai se.... —

Ma non ha avuto il coraggio di finire il suo solito ritornello. Eh sì !
altro che muscolo ! Tutta la scolaresca era a bocca spalancata, ed era
impossibile, anche volendo, che qualcuno si potesse frenare....

Basta. Dopo, per questo fatto, è venuto il Prèside, e per l'affare della
pece siamo stati interrogati in sette o otto di noialtri, che stiamo nel banco

dietro a quello del *Mi' lordo*, ma non ci sono state spiate, fortunatamente, e la cosa è rimasta lì.

Però il Prèside, guardandomi fisso, ha detto:

— Stia attento chi è stato, chè può essere che la paghi quando meno se l'aspetta. —

Oggi il dottore ha sfasciato l'occhio all'avvocato Maralli e ha detto che domani potrà incominciare a tenere l'imposta della finestra un po' aperta, in modo che passi nella camera appena un filo di luce.

9 novembre.

Ieri la mamma e Ada sono andate a render la visita alla signora Olga e quando son tornate ho sentito che dicevano fra loro:

— Hai visto? Aveva un altro fazzoletto mio!

— E l'ampolliera d'argento? Ma io mi domando come avrà fatto a portar via l'ampolliera! Dove se la sarà nascosta?

— Uhm! È proprio una malattia seria.... Bisogna avvertire suo marito stasera stessa. —

Io ridevo dentro di me, ma ho fatto finta di nulla, e anzi, ho detto a un tratto:

— Chi è malato, mamma?

— Nessuno, — ha risposto subito Ada, con quella sua solita aria di superiorità, come per dire che io, essendo un ragazzo, non devo saper niente.

E pensare che invece ne so tanto più di loro!...

Questa è la signora Olga ma è più lunga e più secca

15 novembre.

Sono diversi giorni che non scrivo nulla nel mio giornalino, e questo dipende dall'avere avuto in questo tempo troppo da lavorare per la scuola. Basta dire sono stato mandato via due volte perchè appunto, con tutta la mia buona volontà, non ero arrivato a far tutto il cómpito che ci avevan dato!

Ma oggi non posso proprio fare a meno di registrare qui, in queste pagine dove confido tutti i miei pensieri, una grande notizia, una notizia strepitosa che dimostra come i ragazzi, anche quando fanno del male, in fondo lo fanno sempre a fin di bene, mentre i grandi, per quel gran viziaccio di esagerare che hanno, ci perseguitano ingiustamente, perchè qualche volta son costretti a riconoscere il loro torto come sarebbe appunto nel caso nostro.

Ed ecco la grande notizia: l'avvocato Maralli iersera in una lunga conversazione che ha avuto col babbo, gli ha chiesto la mano di Virginia.

Questo fatto ha messo la rivoluzione in casa. La mamma, appena l'ha saputo s'è messa a urlare che sarebbe stato un delitto il sacrificare una povera figliuola nelle mani di quell'uomo senza principii e senza religione, e che lei non avrebbe mai e poi mai dato il suo consenso.

Il babbo, invece, sostiene che il Maralli è un ottimo partito per Virginia, sotto tutti gli aspetti, perchè è un giovane molto avveduto e che farà carriera e che bisogna adattarsi ai tempi, molto più che oggi l'essere socialista non è una cosa brutta come venti anni sono.

Virginia dà ragione al babbo, e ha detto che il Maralli è quel che si può desiderare di meglio, e che lei, giacchè s'è presentata l'occasione di accasarsi, non se la vuol lasciare scappare.

Anche io avrei piacere che questo sposalizio si facesse, perchè così ci sarà un altro pranzo di nozze, e chi sa quanti dolci e quanto rosolio !...

16 novembre.

Stamani Ada ha pianto e strepitato con la mamma, perchè dice che non è giusta che anche Virginia si sposi mentre lei deve marcire in casa, condannata a restare zittellona come la zia Bettina; e che se il babbo dà il permesso a Virginia di sposare un socialista non c'è ragione di proibire a lei di sposare il De Renzis che è povero, ma è un giovane distinto, e che in seguito potrà farsi una bella posizione.

18 novembre.

Le bambine, in generale, sono dei veri tormenti, e non somigliano punto a noi ragazzi. Ora ne verrà una in casa nostra a passare una settimana, e mi ci vorrà una bella pazienza....

Ma la mamma, se sarò buono, mi ha promesso di regalarmi una bicicletta e io farò il possibile per dimostrarmi gentile con questa bambina che, a quanto ho sentito, deve arrivare domani.

È questa la sesta volta a far poco che mi promettono un velocipede, e, pare impossibile, tutte le volte è successo qualche cosa che mi ha impedito di averlo. Speriamo che questa sia la buona!

La bambina che si aspetta è una nipotina dell'avvocato Maralli, il quale ha scritto a una certa signora Merope Castelli, che è una sua sorella maritata a Bologna, di venire qui con la figlia per conoscere la sua futura cognata che sarebbe la mia sorella Virginia.

Ormai pare che per lo sposalizio tutto sia concluso, e tanto la mamma che l'Ada, iersera, dopo una gran predica fatta dal babbo, hanno finito con l'acconsentire.

19 novembre.

Siamo andati alla stazione a prendere la signora Merope Castelli e Maria, che a vederla è una bambina qualunque, ma che discorre in bolognese in modo che fa proprio ridere, perchè non ci si capisce niente.

Tutti in casa sono felici e contenti che sieno venute queste nostre future parenti, e anche io ne godo moltissimo, tanto più che Caterina ha preparato due bei dolci, uno con la crema e uno con la conserva di frutta perchè ciascuno scelga secondo il proprio gusto, come farò io, che non avendo preferenze, li sceglierò tutt'e due.

20 novembre.

È passato un giorno della settimana e ho fatto tutti gli sforzi possibili e immaginabili per esser buono come promisi l'altro giorno alla mamma.

Ieri, dopo scuola, ho fatto i balocchi con Maria e l'ho trattata molto bene adattandomi a giuocare tutto il giorno con la sua bambola che è molto bella ma è anche parecchio noiosa.

La bambola di Maria si chiama Flora ed è grande quasi quanto la sua padroncina. Ma l'unica cosa di divertente che abbia questa bambola è il movimento degli occhi che quando è ritta stanno aperti e quando la si mette a diacere si chiudono.

Io ho voluto capacitarmi di questa cosa e le ho fatto un buco nella testa dal quale ho potuto scoprire che il movimento era regolato da un meccanismo interno molto facile a capirsi. Infatti l'ho smontato e ho spiegato a Maria come stavano le cose, ed ella si è interessata alla spiegazione, ma dopo, quando ha visto che gli occhi della bambola erano rimasti storti e non si chiudevano più, si è messa a piangere come se le fosse accaduta una disgrazia sul serio.

Come sono sciocche le bambine!

La Maria ha fatto la spia al suo zio dell'affare della bambola, e stasera l'avvocato Maralli mi ha detto:

— Ma dunque tu, Giannino mio, ce l'hai proprio con gli occhi degli altri!... —

Però dopo un poco ha ripreso sorridendo:

— Via, via, faremo accomodare gli occhi della bambola.... come si sono accomodati i miei. E del resto, cara Maria, bisogna consolarsi nel pensare che tutte le disgrazie non vengono per nuocere. Guarda quella toccata a me, per esempio! Se Giannino non mi tirava una pistolettata in un occhio io non sarei stato così pietosamente ospitato e assistito in questa casa, non avrei avuto modo forse di apprezzare tutta la bontà della mia Virginia.... e non sarei ora il più felice degli uomini! —

A queste parole tutti si sono commossi, e Virginia mi ha abbracciato piangendo.

In quel momento io avrei voluto dire tutto quello che mi passava nell'animo, ricordando le ingiustizie patite e facendo conoscere col fatto che i grandi hanno torto di perseguitare i ragazzi per ogni nonnulla, ma sono stato zitto perchè ero commosso anch'io.

22 novembre.

Riaprendo il giornalino, e rileggendo le ultime parole scritte ieri l'altro, mi si riempie l'anima di malinconia e dico fra me: «Tutto è inutile, e i grandi non si correggeranno mai».

E intanto anche questa volta, addio bicicletta!

Mentre scrivo sono qui barricato in camera mia, e deciso a non cedere finchè non avrò la sicurezza di non essere picchiato dal babbo.

Il fatto, come sempre, si riduce a una inezia e la causa di esso dovrebbe procurarmi un premio invece che un gastigo, avendo io fatto di tutto per obbedire la mamma che ieri, prima di andar via di casa con le mie sorelle e con la signora Merope per far delle visite, mi aveva detto:

— Cerca di divertire Maria, mentre siamo fuori, e abbi giudizio. —

Io, dunque, dopo aver fatto con lei da cucina e qualche altro giuoco, tanto per contentarla, essendomi seccato a queste stupidaggini da bambini, le ho detto:

— Guarda, è quasi buio e c'è un'ora prima di andare a desinare: vogliamo fare quel bel giuoco, come ti feci vedere ieri in quel bel libro di figure? Io sarò il signore e tu lo schiavo che io abbandono nel bosco....

— Sì! Sì! — ha risposto subito.

La mamma, con le mie sorelle e la signora Merope non erano ancora tornate; Caterina era a preparare da mangiare in cucina: e io ho condotto Maria in camera mia, le ho levato il vestitino bianco, e le ho messo il mio di panno turchino, perchè sembrasse proprio un ragazzo. Poi ho preso la mia scatola di colori e le ho tinto la faccia da mulatto, ho preso un paio di forbici e siamo scesi giù nel giardino, dove ho ordinato allo schiavo che mi venisse dietro.

Eravamo giunti in un viale solitario, quando rivolgendomi a Maria, ho soggiunto:

— Senti: ora ti taglio i riccioli, come nel racconto, se no ti riconoscono.

— La mamma non vuole che tu mi tagli i capelli! — ha risposto lei mettendosi a piangere. Ma io non le ho dato retta: le ho tagliato tutti i riccioli perchè altrimenti non era possibile fare quel gioco.

Poi l'ho messa a sedere su una pietra, vicino alla siepe, dicendole che doveva far finta d'essere smarrita. E mi sono avviato tranquillamente verso casa.

Intanto ella urlava, urlava proprio come se fosse stato uno schiavo vero, e io mi tappavo gli orecchi per non sentire perchè volevo seguitare

il gioco fino in fondo. Il cielo era stato tutto il giorno coperto di nuvole, e in quel momento cominciarono a venir giù certi goccioloni grossi grossi.... Quando sono entrato in salotto tutti erano a tavola ad aspettarci. Sulla tovaglia c'era un bellissimo vassoio pieno di crema e di savoiardi che mi hanno fatto venir subito l'acquolina in bocca.

— Oh, eccoli finalmente! — ha esclamato la mamma vedendomi, con un respirone di sollievo. — Dov'è Maria? Dille che venga a pranzo.

— Abbiamo fatto il giuoco dello schiavo, — ho risposto. — Maria deve fingere di essersi smarrita.

— E dove si è smarrita? — ha domandato la mamma ridendo.

— Oh, qui vicino, nel viale dei Platani, — ho continuato, mettendomi a tavola a sedere.

Ma il babbo, la mamma, la signora Merope e l'avvocato Maralli sono scattati in piedi, come se la casa fosse stata colpita da un fulmine, mentre invece tonava appena appena.

— Dici sul serio? — mi ha domandato il babbo, stringendomi forte il braccio e imponendo agli altri di mettersi a sedere.

— Sì; abbiamo fatto quel giuoco del signore e dello schiavo. Per questo ho dovuto travestirla da mulatto; e io che facevo il padrone che l'abbandonava l'ho lasciata sola laggiù; poi viene la fata, che la conduce in un palazzo incantato, e lei diventa, non si sa come, la più potente regina della terra. —

Nessuno ha più messo un boccone in bocca, dopo che ebbi detto questo, meno io. La signora Merope si torceva le mani dalla disperazione e diceva che la bambina sarebbe morta dallo spavento, che aveva paura dei tuoni, che le sarebbe venuta certamente una malattia, e altre esagerazioni simili.

A sentirla, pareva che dovessero succedere tutti i guai del mondo per un po' di freddo e un po' d'umidità.

— Brutto! Cattivo! Scellerato! — ha esclamato Virginia, strappandomi di mano i biscotti che stavo per mangiare. — Non la finisci mai con le birbonate? Che coraggio hai avuto di venire in casa e di lasciare quell'angiolo caro, laggiù, sola, al freddo e al buio? Ma che cosa ti viene fuori dalla tasca?

— Oh nulla, sono i capelli di Maria. Glieli ho dovuti tagliare perchè non fosse riconosciuta. Non ho detto che l'ho travestita da mulatto, con i capelli corti e la faccia nera? —

Qui la signora Merope si è fatta pallida pallida, ed ha chinato la testa.

La mamma ha cominciato a spruzzarle il viso con l'aceto, e piangeva e singhiozzava. Il babbo si è alzato per andare a prendere una lanterna. Che furia d'andare a cercare quella bambina! Nemmeno se fosse stata un oggetto di valore! Mi faceva stizza di veder la casa in iscompiglio per una cosa da nulla. Il fatto è che mi è toccato di smetter di mangiare per andare a far vedere in che posto avevo lasciato Maria.

Era una vergogna sentire quello che dicevano di me; pareva che non fossi lì presente! Dicevano che ero un disubbidiente, uno sbarazzino, uno scellerato, un ragazzo senza cuore, come se le avessi tagliato la testa, invece dei capelli!

Questo è il fatto nella sua semplicità. La signora Merope parte oggi per Bologna, perchè non mi può più vedere, e perchè ha piovuto mentre che la sua bambina era smarrita nel viale. E io che mi infradiciai tutto per andare a cercare Maria, non ebbi in ricompensa nè baci, nè abbracci, non ebbi una tazza di brodo bollente con l'uovo dentro, come lei, non ebbi un bicchierino di marsala con i biscottini, la crema e le frutta, nè mi stesero sul sofà per farmi tante carezze. Neppur per sogno! Fui invece cacciato in camera come un cane, e il babbo mi disse che sarebbe venuto su per conciarmi per il dì delle feste. So purtroppo quel che vogliono dire queste minacce. Ma io feci le barricate, come nelle città in tempo di guerra, e non mi prenderanno che sulle rovine del lavamano e del tavolino da scrivere che ho messo contro l'uscio.

Zitto! Sento del rumore.... che sia l'ora del combattimento? Ho le provvigioni in camera, l'uscio è chiuso a chiave, ci ho messo davanti il letto, sopra il letto c'è il tavolino da scrivere, sul tavolino lo specchio grande.

Ecco il babbo.... picchia alla porta perchè gli apra, ma non gli rispondo. Voglio star qui zitto zitto, come il gatto quando è in cantina. Oh, se per un miracolo un ragno filasse la tela, a un tratto, a traverso l'uscio! Il nemico crederebbe la camera vuota, e se n'andrebbe.

E se volesse aprir per forza? Sento un gran fracasso! Spingono la porta.... Andrà a finire che lo specchio cadrà, e andrà in brìcioli, e dopo la colpa sarà mia, tanto per mutare.... Sempre così: è il ragazzaccio cattivo, è il famoso *Gian Burrasca* che fa sempre tutti i malanni.... Roba vecchia!

23 novembre.

Niente di nuovo.

Ieri, com'era stato stabilito, è partita la signora Merope con quella leziosa di Maria, e bisognava sentir quanti complimenti! Pare sia andato anche l'avvocato Maralli ad accompagnarle fino a Bologna.

All'uscio di camera mia non ci sono stati più assalti.

In ogni modo io son deciso a resistere. Ho rinforzato la barricata e ho messo insieme anche una discreta quantità di provvigioni procuratemi da Caterina per mezzo d'un panierino che ho calato dalla finestra del giardino, mentre la mia famiglia era andata ad accompagnare alla stazione la signora Merope.

24 novembre.

Dopo la tempesta viene la calma! Tre giorni fa il cielo era cupo, ora invece è sereno. La pace è conclusa, l'assedio è levato.

Stamani, dal buco della serratura, mi è stato promesso di non darmi più bastonate, e io ho promesso solennemènte di ritornare a scuola, di studiare e di esser buono.

Così l'onore è stato salvo.... e anche la mobilia e lo specchio grande, perchè ho levato la barricata e sono uscito di camera.

Viva la libertà!

28 novembre.

In questi giorni non ho scritto nulla nel giornalino, perchè ho avuto molto da fare per mettermi in pari con le lezioni. In casa tutti son contenti di me, e il babbo ieri mi ha detto:

— Forse ti si presenta l'occasione di riguadagnare la bicicletta che hai perduta per la tua cattiveria con Maria. Vedremo! —

29 novembre.

Con oggi incomincia la nuova prova.... e questa volta voglio proprio vedere se mi riesce d'acchiappare questa famosa bicicletta che da tanto tempo mi vedo scappare davanti agli occhi.

A casa non ci siamo che io, Virginia e Caterina. I miei genitori con Ada sono andati a passare una settimana da Luisa. La mamma è partita, dicendo che questo viaggio non le farà pro; che si struggerà tutto il tempo che starà fuori per la paura che io ne faccia delle solite; ma io le ho raccomandato di non stare in pensiero, promettendole che sarò buono, che anderò tutti i giorni a scuola, che ritornerò a casa appena finite le lezioni, e obbedirò a mia sorella; insomma sarò un ragazzo modello.

Voglio invocare tutti i santi del Paradiso che mi aiutino a cacciare le cattive tentazioni. Caterina dice che tutto sta a cominciare; che non è poi una cosa tanto difficile esser buoni per una settimana sola: basta volere. Non so come fa a sapere queste cose, lei che non è stata mai un ragazzo. Ma è certo che per aver finalmente una bicicletta, credo che potrò fare a meno di gettare i sassi dietro i cani per la strada e salar la scuola. Non c'è che dire, quest'altra settimana potrò girare su e giù per il paese tutto trionfante su una bella Raleigh! E la mia buona condotta sarà portata per esempio agli altri ragazzi.... Mi sembra di sognare!

30 novembre.

È passata una notte sola, da che il babbo, la mamma e Ada sono andati via, e posso dire di essere abbastanza contento di me. È vero che ieri ruppi lo specchio in camera della mamma, ma quella fu proprio una disgrazia. Ero con Carluccio a giocare a palla in quella stanza, con l'uscio chiuso, perchè Virginia non sentisse, quando la palla, che avevo legata alle calosce di mia sorella, per vedere se rimbalzava di più andava a colpire lo specchio sul cassettone, che, com'è naturale, si ruppe in mille pezzi, rovesciando sul tappeto nuovo una bottiglia d'acqua di Colonia.

Allora pensammo di andare a giocare in giardino; ma ecco che dopo pochi minuti comincia a pioviscolare. Fummo costretti a rifugiarci in soffitta e rovistare tutte quelle antichità.

Quando più tardi andai a pranzo, mi misi addosso una vecchia zimarra del nonno, che avevo trovato appunto in soffitta; e non so dire le risate che fecero Virginia e Caterina nel vedermi così travestito.

Avrò la bicicletta? Mi pare di essere stato abbastanza buono.

1° *dicembre.*

Sono due giorni e due notti che i miei genitori sono partiti, e non ho fatto altro che pensare alla bicicletta.

Questa volta sono proprio sicuro d'acchiapparla.

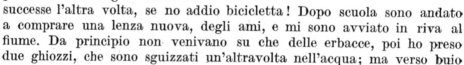

Oggi è stata una giornata veramente di Paradiso: tirava un bel venticello fresco, che mi ha fatto venire la voglia di andare a pescare, badando bene però di non affogare come mi successe l'altra volta, se no addio bicicletta! Dopo scuola sono andato a comprare una lenza nuova, degli ami, e mi sono avviato in riva al fiume. Da principio non venivano su che delle erbacce, poi ho preso due ghiozzi, che sono sguizzati un'altravolta nell'acqua; ma verso buio

ecco un'anguilla vera, grossa come un coccodrillo. Che dovevo farne? Naturalmente, l'ho portata a casa per mangiarla domani mattina a colazione, e per divertirmici stasera ho pensato di metterla per benino sul pianoforte, in salotto da ricevere. Dopo pranzo, Caterina ha acceso i lumi in quella stanza, e mia sorella è scesa giù e si è messa a sonare e cantare la solita romanza che canta sempre e che comincia: *Nessuno ci vede, nessuno ci sente....*

A un tratto, ha dato un grand'urlo:

— Ah! Una vipera!... Uh!... Ah!... Oh!... Ih!... Eh!... —

Che urli!... Il fischio della locomotiva non c'è per niente, a paragone! Io sono subito corso in salotto per vedere quello che era successo; Caterina pure è accorsa; e abbiamo visto Virginia che si contorceva sul canapè come un cane arrabbiato.

— Scommetto che c'è qualcosa sul piano, — ho detto a Caterina. Caterina si è avvicinata al pianoforte per vedere, e poi via, con un balzo è corsa alla porta di casa urlando: Aiuto!...

Allora ha incominciato a entrare in casa la gente del vicinato, e tutti, appena data un'occhiata al pianoforte, a urlare come disperati.

— Ma se è un'anguilla! — ho detto io, stanco finalmente di tutte queste esagerazioni.

— Che cosa? Che cosa? — hanno domandato tutti in coro.

— È un'anguilla innocente! — ho ripetuto, mettendomi a ridere.

Le donne sono proprio sciocche, di buttare all'aria la casa per un'anguilla, che poi mangiano con tanto gusto, quando viene portata a tavola cucinata e condita.

Mi hanno detto che sono cattivo, per aver fatto spaventare Virginia.... Si sa; è sempre la medesima storia. Anche se ho la disgrazia di avère una sorella che non riconosce un'anguilla da una vipera, la colpa deve essere sempre mia....

2 dicembre.

Virginia ha brontolato anche oggi perchè sono stato tutto il giorno a pescare; ma il peggio è che, avendo il vestito buono, ho fatto un bello strappo ai calzoni e una macchia di sugna alla giacchettina. Tornando a casa, verso le cinque, son salito su dall'usciolino di cucina, per cambiarmi il vestito.

A pranzo mia sorella mi ha detto:

— Giannino, anche oggi è venuto il maestro a fare il rapporto della tua assenza; se seguiti così, lo dirò certamente al babbo.... quando torna.

— Domani andrò a scuola.

— Meno male. E hai portato a casa un altro serpente? —

Ho risposto di no, che uno bastava.

Mi preme la bicicletta e non voglio comprometterla per simili sciocchezze.

3 dicembre.

Com'è paurosa mia sorella! Ha tanta paura dei ladri, che non può dormire la notte, ora che il babbo e la mamma non sono a casa. La sera guarda sotto il letto, dietro gli usci, dietro la tenda della finestra, per vedere se c'è qualcuno in camera, e non spengerebbe mai il lume. Non capisco perchè le ragazze debbano essere così sciocche!

Ieri sera erano appena due ore che dormivo saporitamente, quando fui svegliato da urla tremende, come se la casa fosse addirittura in preda alle fiamme. Balzo dal letto, e mi affaccio al corridoio; in questo mentre Virginia entra precipitosamente in camera mia, in camicia da notte, mi prende per un braccio, e chiude l'uscio a chiave.

— Giannino! Giannino!... c'è un ladro sotto il letto! — esclama con la voce affannosa.

Poi spalanca la finestra, e si mette a gridare:

— Aiuto!... aiuto!... al ladro!... al ladro!... —

Tutte le persone del vicinato si destano a quelle grida; e in men che non si dice, sono all'uscio di casa nostra. Caterina e Virginia, che ha avuto appena il tempo di infilarsi una veste da camera, si precipitano giù, nelle braccia dei vicini che domandano ansiosamente:

— Ma che cosa c'è? che cosa c'è?

— Un uomo sotto il mio letto!... l'ho veduto io con i miei occhi! Presto! Andate a vedere.... Ma per carità, non andate su senza un revolver!... —

Due di quelli che avevano più coraggio salirono su; gli altri due rimasero con Virginia a rincorarla. Andai anch'io in camera di mia sorella. Quei valorosi guardarono adagino adagino sotto il letto. Era proprio vero; c'era un uomo. Lo presero per una gamba, e lo trascinarono fuori. Egli lasciava fare non pensando nemmeno a sparare la pistola che aveva in mano. Uno dei coraggiosi accorsi aveva afferrato intanto una seggiola, per lanciargliela addosso, e l'altro stava col braccio steso armato di revolver, nel caso che avesse opposto resistenza. Ad un tratto, tutti si rivolsero a guardarmi con gli occhi spalancati.

— Giannino, anche questa è opera tua!

— Già, appunto; — risposi — Virginia crede sempre che ci sia un ladro sotto il letto, e ho pensato che non le sarebbe parso strano di trovarcene uno, almeno per una volta. —

Giornalino mio caro, sai che cos'era che aveva fatto tanta paura a mia sorella e aveva messo sottosopra il vicinato?

Un semplice vestito vecchio del babbo ripieno di innocentissima paglia!...

4 dicembre.

Sono cinque giorni che i miei genitori son partiti; ma Virginia ha mandato oggi un telegramma pregandoli di anticipare il ritorno.

Ella va dicendo a tutti che, se seguita a rimaner sola con me, si ammalerà certamente.

E io intanto perderò anche questa volta la bicicletta.... e perchè: Perchè ho la disgrazia di avere una sorella nervosa che di nulla nulla si spaventa.

È giusta?

5 dicembre.

Oggi è tornato il babbo, la mamma e l'Ada, tutti di cattivissimo umore.

È inutile dire che si sono sfogati tutti contro di me, ripetendo che sono un pessimo soggetto, un ragazzaccio incorreggibile, e tutte le solite cose che oramai so a mente da un pezzo.

Il babbo per l'affare del fantoccio mi ha fatto una predica d'un'ora, dicendo che è stata un'azione degna di uno sciagurato senza cervello e senza cuore come sono io.

Anche questo è un complimento vecchio, oramai, e mi piacerebbe che si rimettesse un po' a nuovo. Non mi si potrebbe chiamare qualche volta, tanto per cambiare, uno sciagurato senza fegato e senza milza, o uno sciagurato senza ventricolo e senza coratella?...

Ma oggi era destino che fosse la mia beneficiata, la beneficiata di questo infelice *Gian Burrasca* – come mi chiamano tutti i miei persecutori apposta perchè sanno di farmi dispetto – e le disgrazie mi capitano a due a due come le ciliege, con la differenza che le ciliege si ha piacere che capitino così, mentre le disgrazie sarebbe bene che venissero a una per volta, altrimenti non ci si resiste.

Il fatto è che il babbo non aveva ancora finito la predica per lo spavento avuto da Virginia, quando è arrivata una lettera di quel caro signor Prèside il quale ha voluto fare il suo bravo rapporto per una sciocchezza accaduta ieri in scuola, una cosa alla quale si è voluto dare una grande importanza non si sa perchè.

Ecco come sta il fatto.

Ieri avevo portato a scuola una boccettina d'inchiostro rosso che avevo trovato sulla scrivania del babbo.... e in questo mi pare non ci sia nulla di male.

Io ho sempre detto che sono un gran disgraziato, e lo ripeto. Infatti guardate: io porto a scuola una bottiglietta d'inchiostro rosso proprio nel giorno in cui alla mamma del Betti viene in mente di mettergli una golettona inamidata di due metri; e lei mette al suo figliuolo quella golettona proprio nel giorno che mi viene il capriccio di portare a scuola una bottiglia d'inchiostro rosso.

Basta. Non so come mi è venuta l'idea di utilizzare la goletta del Betti, la quale era così grande, così bianca, così luccicante.... e intinta la penna dalla parte del manico nell'inchiostro rosso, piano piano perchè il Betti non sentisse, gli ho scritto sulla goletta questi versi:

> Tutti fermi! tutti zitti,
> Chè se vi vede *Muscolo*
> Siete tutti fritti!

Poco dopo il professor *Muscolo* ha chiamato il Betti alla lavagna, e tutti leggendo su quella bella goletta bianca scritti questi tre versi in un bel color rosso, hanno dato in una grande risata.

Da principio *Muscolo* non capiva, e non capiva nulla neppure il Betti, proprio come l'altra volta quando gli messi la pece sotto i calzoni che gli rimasero attaccati sulla panca. Ma poi il professore lesse i versi e diventò una tigre.

Andò subito dal Prèside il quale, al solito, venne a fare un'inchiesta.

Io nel frattempo avevo fatto sparire la boccettina dell'inchiostro rosso nascondendola sotto la base di legno del banco; ma il Prèside volle far la rivista delle cartelle di tutti noi, che stavamo di posto dietro al Betti (cosa insopportabile perchè l'andare a frugare nella roba degli altri è proprio un modo di procedere degno della Russia) e nella mia trovò la penna col cannello tinto di rosso.

— Lo sapevo che era stato lei! — mi disse il Prèside — come fu lei a metter la pece sotto i calzoni dello stesso Betti.... Va bene! Tanto va la gatta al lardo.... —

E per questa cosa mi ha fatto rapporto.

— Lo vedi? — ha gridato il babbo mettendomi la lettera del Prèside sotto il naso. — Lo vedi? Non si finisce di rimproverarti di una birbonata che ne vien fuori un'altra peggio!... —

È verissimo, ne convengo. Ma è colpa mia, se è venuta la lettera del Prèside proprio nel momento in cui il babbo mi rimproverava per l'affare del fantoccio?

6 *dicembre*.

Scrivo dopo aver divorato tutte le mie lacrime. Proprio così; perchè ho finito in questo momento di mangiare una scodella di minestra piangendovi dentro per la rabbia di doverla mangiare.

Il babbo ieri ha decretato che la mia punizione per l'affare del fantoccio di Virginia e per l'altra sciocchezza dei versi contro il professor *Muscolo* debba consistere nel darmi da mangiare per sei giorni consecutivi sempre minestra, niente altro che minestra.

E questo, si capisce, perchè sanno che io le minestre non le posso soffrire.... Se per combinazione la minestra mi piacesse, si può esser sicuri che mi avrebbero tenuto sei giorni senza minestra.... E poi dicono che son dispettosi i ragazzi!...

Il fatto è che ho resistito tutto il giorno rifiutandomi di mangiare, deciso a morir di fame piuttosto che sottostare a una prepotenza così feroce. Ma purtroppo stasera non ne potevo più e.... ho dovuto piegarmi alla necessità, piangendo amaramente sul mio infelice destino e sulla minestra di capellini che ho terminata in questo momento.

7 *dicembre*.

È l'ottava minestra che mangio in due giorni.... e tutte di capellini. Io domando se anche ai tempi dell'inquisizione s'è mai pensato a infliggere un sì terribile supplizio a un povero innocente.

Ma tutto ha un limite, e io comincio a ribellarmi a questa indegna persecuzione. Un'ora fa sono entrato in cucina nel momento in cui Caterina non c'era e ho messo una manciata di sale nella cazzeruola dove era a cuocere lo stufato.

Il bello è che oggi c'è a pranzo anche l'avvocato Maralli!

Meglio così: io in camera mia mangerò la mia nona minestra di capellini, ma loro non potranno mangiare il loro stufato!

Oggi, dopo aver trangugiato la minestra, non ho saputo resistere alla curiosità di vedere che effetto faceva lo stufato con tutto quel sale, e sceso al pianterreno sono andato a far capolino all'uscio della stanza da desinare.

È stato bene, perchè così ho potuto ascoltare una parte di conversazione che m'interessava da vicino.

— Dunque, — ha detto la mamma — domani l'altro bisognerà alzarsi alle cinque!

— Sicuro, — ha risposto il babbo — perchè la carrozza sarà qui alle sei precise, e per andar lassù ci vogliono almeno un paio d'ore. La funzione durerà una mezz'oretta, e così prima dell'undici saremo di ritorno....

— Io alle sei precise sarò qui, — ha detto il Maralli.

E voleva dir di più, ma in quel momento ha messo in bocca un pezzo di stufato e s'è messo a tossire e a sbuffare come se avesse ingoiato un mulino a vento.

Tutti si son messi a dire:

— Che è? Che cos'è stato?

— Ah!... Assaggiatelo!... — ha risposto l'avvocato.

L'hanno assaggiato, e allora è stato un coro generale di tosse e starnuti, e tutti hanno incominciato a urlare:

— Caterina! Caterina! —

Io non ne potevo più dal ridere, e sono scappato in camera mia.

Vorrei sapere dove anderanno tutti domani l'altro alle sei di mattina, in carrozza....

Credono di farla a me, ma io starò all'erta!

9 dicembre.

Sono alla diciannovesima minestra di capellini.... ma continuo nelle mie vendette.

Loro non sanno immaginare che cosa possa diventare di cattivo un povero ragazzo obbligato a mangiare fin cinque e sei minestre al giorno, tutte di capellini, ma se n'accorgeranno.

Intanto stamani sono andato in cucina e ho messo un bel pizzicotto di pepe nel caffè.... ed era un divertimento, dopo, il vedere come sputavano tutti quanti!

Oggi poi c'è stato in casa un viavai di gente, e da ultimo è venuto il garzone del pasticciere con una grande scatola di cartone e un sacchetto pieno che Caterina ha riposto subito nella credenza, chiudendola a chiave.

Io però, sapendo che la chiave della camera di Ada apre benissimo anche la credenza, ho colto il momento opportuno e ho voluto vedere che cosa ci fosse in quella scatola e in quel sacchetto.

Lo dico subito: la scatola era piena di altre piccole scatole tonde sulle quali era scritto con lettere dorate: *Nozze Stoppani-Maralli*.

È stata una rivelazione per me.

— Ah! — ho detto — c'è uno sposalizio in casa e non mi si dice nulla? Ah, c'è una festa in famiglia e il povero Giannino si tiene all'oscuro di tutto, condannato a mangiar minestre di capellini dalla mattina alla sera? —

E aperto il sacchetto portato dal pasticciere, e il cui contenuto, dopo aver scoperto quello della scatola, non era più un mistero per me, mi son fatto una bella scorpacciata di confetti esclamando:

— No, cari miei! Deve festeggiare gli sposi anche Giannino, perchè Giannino è proprio quello che ha fatto nascere lo sposalizio e sarebbe una vera ingratitudine il non fargli prender parte alla festa! —

10 dicembre.

Evviva gli sposi! Evviva Giannino!... E abbasso le minestre di capellini.

Finalmente la pace è tornata in famiglia e tutto per merito mio.

Stamattina dunque, come mi ero ripromesso, io stavo all'erta; e quando ho sentito un po' di rumore in casa, zitto zitto mi sono alzato, mi son vestito e sono stato ad aspettare gli eventi.

Nessuno pensava a me.

Ho sentito il babbo, la mamma, Ada e Virginia che sono scesi giù dalle loro camere; poi è venuto l'avvocato Maralli, e in ultimo ha suonato il campanello il vetturino e tutti sono usciti.

Allora io che stavo pronto, lesto come una saetta, sono sbucato dalla mia camera, sono uscito di casa, e via a corsa precipitosa dietro la carrozza che si era appena mossa.

L'ho raggiunta poco distante da casa, ho aguantato la traversa di legno che è in fondo, dietro il mantice, e mi son ficcato lì a sedere, come fanno i ragazzi di strada, pensando fra me:

«Ecco che ora non potrete più nascondermi dove andate!...».

Il più bello poi è questo: che stando lì, udivo tutti i discorsi che facevano dentro la carrozza....

E tra l'altro ho sentito il Maralli che diceva:

— Per carità, badate che quel tremoto di *Gian Burrasca* non sappia niente di questa nostra gita.... altrimenti lo ridice a mezzo mondo! —

Cammina cammina, dopo molto tempo la carrozza s'è fermata e tutti sono scesi. Ho aspettato un poco e poi sono sceso anch'io.

Oh maraviglia!

Si era davanti a una chiesetta di campagna, nella quale erano entrati i miei genitori, le mie sorelle e il Maralli.

— Che chiesa è questa? — ho domandato a un contadino che era lì fuori.

— È la chiesa di San Francesco al Monte. —

Sono entrato anch'io, e ho visto dinanzi all'altar maggiore inginocchiati davanti al prete l'avvocato Maralli e Virginia, e più indietro Ada, il babbo e la mamma.

Io strisciando lungo la parete della chiesa mi sono avvicinato all'altare senza che nessuno si accorgesse di me, e così ho potuto assistere a tutto lo sposalizio, e quando il prete ha domandato a Virginia e al Maralli se erano contenti di sposarsi e che loro hanno risposto di sì, allora sono uscito a un tratto fuori dell'ombra e ho detto:

— Sono contento anch'io; e allora perchè non mi avete detto niente, brutti cattivi? —

Non so perchè, ma in quel momento m'è venuto da piangere, per-

chè quell'azione mi era dispiaciuta davvero, e tutti sono rimasti così meravigliati della mia apparizione, che nessuno ha fiatato.

Ma subito la mamma si è messa a singhiozzare e mi ha preso tra le braccia e mi ha baciato, domandandomi con voce tremante:

— Giannino mio, Giannino mio, ma come hai fatto a venir fin qui? —

Il babbo ha borbottato:

— Una delle solite! —

Anche Virginia, dopo lo sposalizio, piangeva e mi ha abbracciato e baciato, ma il Maralli m'è parso molto malcontento, e presomi per un braccio mi ha detto:

— Bada bene, Giannino, che non ti scàppi detto a nessuno, in città, quello che hai visto.... Hai inteso?

— E perchè?

— Non ti impicciare del perchè. Non son cose che possono capire i ragazzi, queste. Sta' zitto e basta. —

Ecco dunque un'altra delle tante solite cose che i ragazzi non possono capire! Ed è possibile – domando io – che delle persone grand credano sul serio che una ragione simile possa soddisfare un ragazzo?

Basta. L'interessante per me è che ora tutti mi vogliono bene; siamo tornati a casa, e nel ritorno sono stato a cassetta col vetturino, e ho guidato quasi sempre io; e, quel che più conta, ora non mangerò più minestre di capellini per un pezzo.

12 dicembre.

Gran bella cosa per un ragazzo avere delle sorelle grandi che piglian marito!

Giù la sala da pranzo pare diventata una bottega di pasticciere.... Vi sono preparate paste di tutte le qualità: le migliori però sono quelle con la conserva di frutta, ma son buoni anche i *diti* con la crema dentro, sebbene abbiano il difetto che quando si mettono in bocca da una parte per mangiarli, la crema scappa via da quell'altra, e anche le *maddalene* nella loro semplicità sono squisite, ma in quanto alla delicatezza le *marenghe* bisogna lasciarle stare....

Io però non le ho lasciate stare, e di quelle ne ho mangiate nove.... Sono così fragili, che si struggono in bocca e non durano nulla.

Tra un'ora gli sposi torneranno dal Municipio con i testimoni e tutti gli invitati, e allora avrà principio il rinfresco....

In casa c'è soltanto Ada che piange, poveretta, perchè vede che tutte le sorelle piglian marito e lei ha paura di far come la zia Bettina.

A proposito: la zia Bettina non è venuta, benchè il babbo l'abbia invitata. Ha risposto che non si sentiva di affrontare il viaggio, e che mandava tanti auguri di felicità dal fondo del cuore, ma Virginia ha detto che non sa che se ne fare, e che sarebbe stato meglio se quell'avaraccia le avesse mandato un regalo.

Giornalino mio, rieccoci daccapo chiusi in camera, e forse, Dio non voglia, condannati alle minestre di capellini!

Quanto sono disgraziato!... Sono tanto disgraziato che piangerei chi sa come, se non mi venisse da ridere, nel ripensare alla faccia del Maralli quando è scoppiata la gola del caminetto. Com'era buffo, con quel barbone che gli tremava tutto dalla paura!

Il disastro è stato grande; ed è inutile dire che la causa sono stato io, perchè io sono la disperazione dei miei genitori e la rovina della casa.... per quanto, alla fin dei conti, la rovina si riduca a una sola stanza e precisamente al salotto di ricevimento.

Ecco dunque com'è andato il fatto.

Quando il Maràlli, mia sorella, il babbo, la mamma e tutti gli altri son tornati dal Municipio faceva un gran freddo, ragione per cui uno degli invitati, entrando nella sala da pranzo, ha detto:

— Siamo tutti intirizziti; se ci date anche il rinfresco, moriremo qui assiderati! —

Allora Virginia e l'avvocato Maralli hanno chiamato subito Caterina e le han fatto accendere il caminetto nella sala da ricevere.

La Caterina, poveretta, ha obbedito e....

Dio, che bomba!

È parsa proprio una bomba; e poi lì per lì, tra la polvere, sotto la pioggia dei calcinacci che schizzavano qua e là si è creduto che rovinasse tutta la casa.

Caterina è cascata lunga distesa senza più dar segno di vita; Virginia, che stava lì a vedere accendere il caminetto, ha cacciato un urlo come quando trovò il fantoccio sotto il letto; e il Maralli, bianco, come un cencio lavato, scoteva il barbone e ballettava per la stanza ripetendo:

— Mamma mia, il terremoto! Mamma mia, il terremoto! —

Molti invitati sono scappati via. Il babbo, invece, è corso subito sul luogo del disastro, ma nessuno capiva il perchè si era schiantata la gola del caminetto, facendo rovinare giù mezza parete della stanza.

A un tratto, quando tutto pareva finito, si è sentito dentro il camino un fischio e tutti son rimasti senza fiato per la sorpresa.

Il Maralli ha detto:

— Ah! Lì dentro c'è un incendiario! Bisogna chiamar le guardie! Bisogna farlo arrestare!... —

Ma io che avevo capito tutto non ho potuto fare a meno di esternare il mio dispiacere:

— Ah, i miei razzi col fischio! —

Mi ero ricordato in quel momento che quando avevo comperato i fuochi per festeggiare il matrimonio di Luisa, non avendoli potuti più adoperare li avevo ficcati appunto su per la gola del camino nel salone di ricevimento, dove non andava mai nessuno, perchè il babbo non me li trovasse, chè altrimenti me li avrebbe sequestrati.

Naturalmente la mia esclamazione è stata un lampo di luce per tutti.

— Ah! — ha gridato l'avvocato Maralli imbestialito — ma tu sei addirittura il mio flagello! Ero scapolo e tentasti di accecarmi, ora piglio moglie e tenti di incenerirmi!... —

La mamma intanto mi aveva preso per un braccio e, per salvarmi dal babbo, mi ha portato qui in camera mia, tanto per mutare.

Fortuna che quando ci sono dei rinfreschi in casa, io ho la precauzione di farmi sempre la parte prima che incomincino! .

13 dicembre.

Stamattina essendo terminati i sei giorni di sospensione che mi aveva dati il Prèside per quei tre versi che mettevano in ridicolo il professor *Muscolo*, la mamma mi ha accompagnato a scuola:

— Ti ci accompagno io, — ha detto — perchè se ti ci accompagnasse il babbo ha giurato che ti farebbe trovar davanti all'uscio di scuola senza neppure toccar terra....

— Come! — ho detto — in pallone? —

Ho detto così, ma avevo capito benissimo che l'idea era di accompagnarmi a furia di pedate nel medesimo posto....

Appena arrivato mi è toccato naturalmente di sentire una gran predica del Prèside in presenza alla mamma che sospirava e ripeteva le solite frasi che dicono i genitori in queste circostanze:

— Lei ha proprio ragione.... Sì, è cattivo.... Dovrebbe esser grato, invece, ai professori che son così buoni.... Ma ora ha promesso di correggersi.... Dio voglia che la lezione gli frutti!... Staremo a vedere.... Speriamo bene.... —

Io ho tenuto sempre la testa bassa e ho detto sempre di sì; ma da ultimo mi son seccato di far quella figura da mammalucco e quando il Prèside ha detto sgranando gli occhi dietro le lenti e sbuffando come un mantice:

— Vergogna, mettere il soprannome ai professori che si sacrificano per voi!

— E io allora che dovrei dire? — ho risposto. — Tutti mi chiamano *Gian Burrasca!*

— Ti chiamano così perchè sei peggio della grandine! — ha esclamato mia madre.

— E poi tu sei un ragazzo! — ha aggiunto il Prèside.

La sinfonia è sempre questa: i ragazzi devono portar rispetto a tutti, ma nessuno è obbligato a portar rispetto ai ragazzi....

E questo si chiama ragionare; e con questo credono di persuaderci e di correggerci!...

Basta. A scuola tutto è andato bene, e tutto è andato bene anche a casa, perchè la mamma ha fatto in modo, anche al ritorno, di non farmi incontrare col babbo che, come ho detto, vuol farmi camminare senza toccar la terra coi piedi.

Passando dal pianerottolo ho visto un gran viavai di muratori: stanno accomodando la gola del camino del salotto da ricevere.

14 dicembre.

Niente di nuovo, nè a scuola nè in casa. Non ho ancora rivisto il babbo e ormai spero che quando lo rivedrò gli sarà già passato ogni cosa.

Ah, stasera purtroppo, giornalino mio, l'ho visto e l'ho sentito!...

Scrivo col lapis, stando disteso sul letto.... perchè mi sarebbe impossibile stare a sedere dopo avercene prese tante!

Che umiliazione! Che avvilimento!...

Vorrei scrivere ancora raccontando la causa di questa nuova bufera che mi s'è scaricata sulle spalle.... anzi, per essere più esatti, sotto le spalle: ma non posso; soffro troppo nel morale per l'amor proprio che è stato colpito a sangue, e anche nel materiale che è stato purtroppo anch'esso colpito a sangue senza nessuna pietà.

15 dicembre.

Sono stato a scuola; e rinunzio a dire quel che ho provato nell'andare, nello stare e nel tornare.

Scrivo in piedi perchè.... mi stanco meno.

Il motivo, dunque, delle busse avute ieri è da ricercarsi nella manìa che ha la Caterina di occuparsi sempre delle cose che non la riguardano, invece di pensare alle sue faccende. E si sa, ormai, che in ultimo, chi ci va di mezzo son sempre io, anche se si tratta di antiche sciocchezze che a quest'ora dovrebbero essere dimenticate.

Iersera Caterina cercando non so che in un armadio, pescò un paio di calzoni miei da mezza stagione che non mi ero più messo da quest'autunno; e frugando nelle tasche trovò, involtato in un fazzoletto, un orologio d'oro da donna ridotto in bricioli.

Invece di lasciar la roba dove l'aveva trovata come le avrebbe dovuto suggerire la più elementare delicatezza, che cosa fece la Caterina? Andò subito dall'Ada, la quale andò dalla mamma e tanto chiacchierarono tutt'e due su questa faccenda che arrivò il babbo e volle sapere anche lui di che cosa si trattava.

E allora vennero tutti da me per le spiegazioni.

— Non è niente, — dissi io — è una cosa proprio da nulla.... Non mette conto neanche di parlarne....

— Ma come! Un orologio d'oro....

— Sì, ma è inservibile.

— Sfido! È ridotto in mille bricioli.

— Appunto. Serviva per fare certi giochi tra noi ragazzi.... ma è passato tanto tempo!

— Meno discorsi! — disse il babbo a un tratto — e sentiamo subito di che si tratta. —

Mi è toccato naturalmente a raccontare tutta la storia del gioco di prestigio che feci tanto tempo fa con Fofo e con Marinella facendomi dare l'orologio della signora Olga che pestai nel mortaio e che sostituii poi con quello della mamma. Appena ebbi finito il mio racconto fu un diluvio di esclamazioni, di rimproveri, di minacce.

— Come! — gridava la mamma. — Ah! Ora capisco! Ora si spiega tutto! La signora Olga che è tanto distratta non si è mai accorta della sostituzione....

— Sicuro! proprio così! — urlava Ada. — E noi che abbiam creduto a un caso di *cleptomanìa!* E quel che è peggio lo abbiam fatto credere anche a suo marito! Che figura!...

— Ma tu, — ripigliava a gridare la mamma — tu, sciagurato, perchè non dicesti niente? —

E qui le aspettavo.

— Io anzi lo volevo dire! — risposi. — Ma ricordo benissimo che incominciai a dirvi che non era per niente un caso di *cleptomanìa*, e allora saltaste su tutte a gridare che io in queste cose non dovevo metter bocca, che i ragazzi non devono impicciarsi di quel che dicono i grandi, che non posson capire l'importanza delle cose.... e via dicendo. Io stetti zitto per obbedienza.

— E la nostra ampolliera d'argento che ritrovammo poi in casa della signora Olga?

— E i miei fazzoletti ricamati?

— Anche questa roba la portai io in casa della signora Olga per divertirmi. —

A questo punto s'è avanzato verso di me il babbo, spalancando gli occhi ed esclamando con voce minacciosa:

— Ah tu ti diverti così? Ora ti farò vedere come mi diverto io!... —

Ma io ho incominciato a girare intorno alla tavola, mentre dicevo le mie ragioni:

— Ma è colpa mia se loro s'eran messe in testa l'affare della *cleptomanìa?*

— Brutto birbante, ora l'hai da pagar tutte!

— Ma pensa, babbo, — seguitavo io a dire piagnucolando — pensa che son cose passate.... I fuochi li misi nella gola del camino quando prese marito la Luisa.... L'affare dell'orologio è dell'ottobre.... Capirei che tu mi avessi picchiato allora.... Ma ora no, ecco, ora son cose passate, babbo, non me ne ricordo più.... —

Qui il babbo riuscì ad acciuffarmi, e disse con accento feroce:

— Ora, invece, io te ne farò ricordare per un pezzo! —

E infatti.... mi ha lasciato molti segni nel taccuino!

È giusta? Se è giusta mi aspetto un giorno o l'altro d'esser picchiato per le bizze che facevo quando ero piccino di due anni!...

16 dicembre.

Oggi ho avuto una gran soddisfazione.

Era stato stabilito che appena tornato da scuola dovessi andare con la mamma e l'Ada dalla signora Olga a confessare quella che chiamano la mia colpa e a chieder perdono.

Infatti siamo andati da lei, e io, tutto confuso, ho incominciato subito a raccontarle il fatto del gioco di prestigio, che la signora Olga ha ascoltato con molta curiosità.

Poi ha detto:

— Ma vedete un po' che testa ho io! Ho tenuto per tanto tempo un orologio che non è mio senza neppure accorgermene! —

Ed è corsa a pigliarlo per restituirlo alla mamma che diceva:

— Ma le pare! Ma le pare! —

Ecco! Questo si chiama ragionare! Infatti se la signora Olga si fosse accorta subito dell'orologio, tutto si sarebbe spiegato a suo tempo. È colpa mia dunque, se la signora Olga è tanto distratta?

Ma il più bello è stato quando la mamma e l'Ada hanno dovuto raccontare la faccenda della *cleptomanìa*.

Via via che procedeva il racconto, la signora Olga si interessava divertendosi come se si fosse trattato di un'altra persona invece che di lei, e da ultimo dette in una solenne risata, agitandosi sul canapè esclamando:

— Ah bella! Ah bellissima! Come! Mi hanno fatto prendere anche delle medicine per guarire della *cleptomanìa*? Ah! Ma questo è un episodio graziosissimo, degno di un romanzo!... E tu, birichino, ti ci divertivi, eh? Chi sa quanto hai riso!... Sfido! mi ci sarei divertita anche io!... —

E mi ha acchiappato per la testa e mi ha coperto di baci.

Come è buona la signora Olga! Come si capisce subito che è una donna piena di cuore e piena d'ingegno, senza tutte le esagerazioni che hanno le altre donne!

La mamma e l'Ada son rimaste molto confuse perchè si aspettavano, invece, chi sa che scena! Ma quando siamo venuti via non ho potuto far a meno di dir loro:

— Imparate dalla signora Olga come si devono trattare i ragazzi!... —

E mi son grattato dove mi duole tanto a camminare.

Questo è Cecchino Bellucci

17 dicembre.

Oggi a scuola ho avuto che dire con Cecchino Bellucci per causa di Virginia.

— È vero — mi ha detto il Bellucci — che tua sorella ha sposato quell'arruffapopoli dell'avvocato Maralli?

— È vero — gli ho risposto — ma il Maralli non è quello che dici tu: invece è un uomo d'ingegno, e presto sarà deputato.

— Deputato? Bum!... —

E il Bellucci si è coperto la bocca, soffocando una risata.

Io, naturalmente, ho incominciato a riscaldarmi.

— C'è poco da ridere ! — gli ho detto scotendolo per un braccio.

— Ma non sai — ha ripreso lui — che per fare il deputato ci vogliono dimolti, ma dimolti quattrini? Sai chi sarà deputato? Mio zio Gaspero: ma lui è commendatore e il Maralli no; lui è stato sindaco e il Maralli no; lui è amico di tutte le persone più altolocate e il Maralli no; lui ha l'automobile e il Maralli no....

— Che c'entra l'automobile? — gli ho detto.

— C'entra, perchè con l'automobile mio zio Gaspero può andare in tutti i paesi di campagna e anche in cima ai monti a fare i discorsi, mentre il Maralli, se ci vuole andare, bisogna che ci vada a piedi....

— Nei paesi di campagna? Il mio cognato, per una certa regola tua, è il capo di tutti gli operai e di tutti i contadini, e se il tuo zio va in campagna anche con l'automobile ci troverà delle brave bastonate !

— Bum ! A parole !

— C'è poco da far *bum*....

— Bum !

— Smetti di fare *bum*, t'ho detto.

— Bum ! bum !

— Quando poi s'esce di scuola, te lo do io il *bum!* —

Lui s'è chetato perchè sa, come sanno tutti, che Giannino Stoppani riffe non se ne lascia far da nessuno.

Difatti dopo scuola l'ho raggiunto alla porta d'uscita dicendogli:

— Ora facciamo i conti fra noi ! —

Ma lui ha affrettato il passo e, appena fuori, è montato sull'automobile di suo zio che lo aspettava e s'è messo a suonar la tromba tra l'ammirazione di tutti i nostri compagni, mentre lo scioffèr girava il manubrio e via di gran corsa....

Non importa. Gliele darò domani !

23 *dicembre*.

È quasi una settimana che non scrivo in questo mio caro giornalino.

Sfido ! Come avrei potuto farlo con la clavicola spostata e il braccio sinistro ingessato?

Ma oggi finalmente il dottore mi ha tolto l'apparecchio, e alla meglio posso descrivere qui, dove confido tutti i miei pensieri e tutti i casi della mia vita, la tremenda avventura che mi successe il 18 dicembre, data memorabile per me perchè fu un vero miracolo che non segnasse l'ultimo giorno della mia vita.

Quella mattina, dunque, appena Cecchino Bellucci venne a sedermi accanto in scuola, lo trattai di vigliacco perchè era scappato in automobile per paura della lezione che gli avevo promesso.

Lui allora mi spiegò che in questi giorni essendo i suoi genitori a Napoli per la malattia di suo nonno, che sarebbe il babbo della sua mamma, era stato accolto in casa del suo zio Gaspero il quale lo mandava a prendere a scuola tutti i giorni con l'automobile per lo scioffèr, e che perciò non poteva trovarsi a solo a solo con me, almeno per un certo tempo.

Dietro queste spiegazioni mi calmai, e ci mettemmo a discorrere dell'automobile che è una cosa che mi interessa assai; e il Bellucci mi spiegò tutto il meccanismo, dicendomi che lui lo conosce benissimo e ci sa andare anche solo e ci è andato più d'una volta, perchè basta saper girare il manubrio e stare attenti alle voltate, anche un ragazzo lo sa manovrare.

Io veramente ci credevo poco, perchè mi pareva impossibile che lasciassero l'automobile nelle mani a un ragazzetto come Cecchino Bellucci. E siccome glielo dissi, lui per punto d'impegno mi propose una scommessa.

— Senti, — mi disse — lo scioffèr oggi deve fermarsi alla Banca d'Italia per sbrigare una commissione che gli ha dato lo zio Gaspero, e io rimarrò solo sull'automobile. Tu cerca il modo di uscir prima dalla scuola, e fatti trovare sul portone della Banca; mentre lo scioffèr si tratterrà dentro tu monterai sull'automobile e io ti farò fare un giretto intorno alla piazza, e così vedrai se son capace o no. Va bene?

— Benone! —

E si scommise dieci pennini nuovi e un lapis rosso e turchino.

Detto fatto, una mezz'oretta prima dell'uscita cominciai a dimenarmi sulla panca, finchè il professor *Muscolo* mi disse:

— Tutti fermi! Che cos'ha lo Stoppani che si divincola come un serpente? Tutti zitti!

— Mi dole il corpo, — risposi. — Non ne posso più....

— Allora vada a casa.... tanto c'è poco all'uscita. —

E io, come s'era stabilito con Cecchino, uscii e andai difilato alla Banca d'Italia, dove aspettai fuori del portone.

Poco dopo eccoti l'automobile del Bellucci. Lo scioffèr discese, e quando fu entrato nella Banca, a un cenno di Cecchino, montai su e mi misi a sedere accanto a lui.

— Ora vedrai se so mandarla anche da me, — mi disse. — Tieni intanto la tromba, e suona.... —

Si chinò dicendo:

— Vedi? Per andare, basta girar questo.... —

E girò il manubrio.

L'automobile fece: *putupum!* due o tre volte, e via di gran carriera.

Io lì per lì mi divertii molto e mi misi a sonar la tromba a tutt'andare ed era un ridere a veder tutta la gente sgambettar di qua e di là per scansarsi, guardandoci spaventata.

Ma fu un attimo; capii subito che Cecchino non sapeva regolar l'automobile in nessuna maniera, nè frenarla, nè fermarla.

— Suona, suona! — mi diceva, come se il sonare la tromba potesse influire sul meccanismo.

Si uscì dalla città come una palla di schioppo, e via per la campagna con una velocità vertiginosa, tanto che non si respirava.

Cecchino a un tratto lasciò il manubrio e si abbandonò sul sedile, bianco come un cencio lavato.

Dio mio, che momento!

Solamente a ripensarci, mi sento rizzare i capelli sulla testa.

Fortunatamente la strada era larga e diritta, e io vedevo come in sogno sfuggirmi dinanzi agli occhi la campagna intorno. Di questa visione mi è rimasta un'impressione così viva, che posso qui riprodurla come in una istantanea.

Ricordo benissimo che un contadino che badava ai buoi, vedendoci passare come una saetta, urlò con una voce formidabile che arrivò a coprire il rumore dell'automobile:

— L'osso del collo!... —

Il mal augurio si avverò anche troppo presto, e se non ci si ruppe proprio l'osso del collo, andaron rotte altre ossa non meno utili. Io ricordo appena che a un certo punto vidi dinanzi a me sorgere a un tratto dalla terra come un grande fantasma bianco che si riversasse sull'automobile.... e poi più nulla.

Dopo ho saputo che a una svoltata della strada eravamo andati contro una casa, che la violenza dell'urto era stata tale, che io e Cecchino avevamo fatto un volo per aria di una trentina di metri e che nella disgrazia avevamo avuto la fortuna di cascare dentro una macchia che ci servì come di una molla, attutendo il colpo della caduta, in modo che non fu – come poteva essere – mortale.

Dice che dopo mezz'ora del disastro arrivò lo scioffèr del Bellucci con un'altra automobile, che era corso a prendere a nolo appena si era accorto della nostra fuga, e ci trasportò tutti e due all'ospedale dove a Cecchino ingessarono la gamba destra e a me il braccio sinistro.

Io non mi potevo muovere, e dovettero accompagnarmi a casa in lettiga.

Certo è stato un brutto azzardo, e i miei poveri genitori e Ada hanno provato un gran dispiacere; ma però è stata anche una bella soddisfazione per me il raccontare a tutti quelli che son venuti a farmi visita questa mia avventura: descrivendo la nostra corsa vertiginosa che faceva ripetere a ciascuno:

— È stata una vera e propria *corsa alla morte*, come quella di Parigi! —

E oltre a questo, ho la soddisfazione di aver vinto a quello sballone di Cecchino Bellucci dieci pennini nuovi e un lapis rosso e turchino che, appena saremo guariti, mi dovrà dare, se non vuole che gli dia quella famosa lezione che deve avere per i suoi *bum* contro mio cognato!

24 dicembre.

Il dottore ha detto che il braccio ritornerà certo come prima, ma intanto io non posso moverlo.

Luisa, alla quale il babbo aveva scritto di questa mia malattia, ha risposto proponendo di mandarmi da lei a Roma dove il dottor Collalto dice che c'è un suo amico specialista che mi farebbe la cura elettrica e il massaggio sicché potrei trattenermi da loro durante le vacanze di Natale e poi ritornare a casa guarito.

Io ho incominciato a urlare dalla contentezza, e avrei anche battuto le mani se mi riuscisse d'alzare il braccio.

— Però — ha detto il babbo — con che coraggio ti si può mandar fuori di casa?

— Io starei sempre in pensiero di qualche disgrazia — ha aggiunto la mamma.

L'Ada ha messo la nota finale:

— Bisogna proprio dire che il Collalto sia un buon uomo a invitarti a casa sua dopo il bel regalo di nozze che gli facesti.... —

Io son rimasto così avvilito da questo plebiscito, che la mamma s'è mossa a compassione e ci ha messo subito una buona parola:

— Se almeno, dopo tanti guai, promettesse proprio sul serio d'esser buono, d'esser gentile col dottor Collalto....

— Sì lo prometto! — ho gridato con quello slancio e quell'entusiasmo che metto sempre nelle mie promesse.

E così, dopo un po' di discussione, è stato stabilito che per Santo Stefano il babbo mi accompagnerà a Roma.

Io sono felice e benedico il momento in cui mi son rovinato il braccio.

Andare a Roma è un mio antico sogno, e non mi par vero di vedere il Re, il Papa, gli Svizzeri e tutti i monumenti antichi che ci sono.

Quello poi che mi solletica più di tutto è l'idea di far la cura elettrica, e solamente a pensarci mi par di sentirmi dentro il corpo una batteria di pile e non posso star fermo.

Viva Roma capitale!

In questo momento ho saputo che Cecchino Bellucci sta male.

Pare che sia proprio un affare serio, e che sia difficile che la gamba gli ritorni come prima.

Povero Cecchino! Ecco a che cosa si può andare incontro quando ci si vanta di saper fare una cosa, mentre invece non se ne sa niente!

Però mi dispiace molto di questa cosa perchè il Bellucci con tutti i suoi difetti è un buon ragazzo.

25 dicembre.

Io preferisco a tutti gli altri mesi dell'anno quello di dicembre, perchè c'è il Natale e Caterina fa sempre due bei budini, uno di riso e uno di semolino perchè alla mamma piace quello di semolino e quello di riso non lo può soffrire, e il babbo va matto per quello di riso mentre quello di semolino l'ha a noia come il fumo agli occhi; io, invece, li preferisco tutti e due, e siccome anche il dottore dice che tra i dolci i budini sono i più igienici, così ne mangio quanto mi pare e nessuno mi dice nulla.

26 dicembre.

Parto per Roma fra due ore.

C'è una grande novità; il babbo non viene ad accompagnarmi, ma mi affida invece al signor Clodoveo Tyrynnanzy, suo intimo amico, che viene appunto nella capitale per affari, e che mi consegnerà al dottor Collalto, – nelle sue proprie mani medesime – come ha detto lui.

Che tipo buffo è il signor Clodoveo!

Prima di tutto vuol far sempre il forestiero, e s'è cambiato gli *i* del suo cognome, che sarebbe Tirinnanzi, in tanti *ipsilonni* facendone un *Tyrynnanzy*, perchè dice che nel suo commercio, rappresentando le prin-

cipali fabbriche d'inchiostri dell'Inghilterra, gli giova presentarsi ai clienti con tre *ipsilonni*....

E poi è un tombolotto grosso e grasso con un faccione largo contornato da due cespugli rossi di fedine e con un nasino più rosso che mai e tondo tondo nel mezzo, che pare proprio un di que' pomodorini piccoli ma tutto sugo.

— Bada! — gli ha detto il babbo — ti prendi una bella responsabilità, perchè Giannino è un ragazzaccio capace di tutto....

— Eh! — ha risposto il signor Clodoveo — ma non sarà capace di scuotere la mia flemma inglese garantita come i miei inchiostri.... Se non è buono gli tingo la faccia e lo mando in una colonia indiana!...

— Marameo! — ho detto fra me, e son salito a prepararmi la valigia con Caterina, perchè da me solo, col braccio malato, non posso.

Ho messo tutto quel che mi può occorrere a Roma: le tinte, la palla di gomma coi tamburelli, la pistola col bersaglio, e ora metterò anche te, mio caro giornalino, che mi accompagni in tutte le vicende della mia vita....

A rivederci dunque a Roma!

27 dicembre.

Giornalino mio, ti riprendo subito, appena arrivato a Roma, perchè ho da narrare nelle tue pagine tutte le mie avventure di viaggio che non sono piccole nè poche.

Ieri, poco dopo che si fu partiti, il signor Clodoveo si mise a porre in ordine la sua roba esclamando:

— Meno male! Siamo noi due soli.... e speriamo che si rimanga così fino a Roma. Vedi, ragazzo mio? Questa è la mia cassetta coi miei campionari.... Guarda qui quante boccette e boccettine, e che varietà d'inchiostri!... Ne avresti da scrivere per tutta la vita!... Questo è inchiostro per penne stilografiche.... Questo qui è inchiostro per i ministeri dei quali ho la fornitura.... e su questi ci guadagniamo bene, sai? Vedi? E bisogna che io sappia fino a un puntino i prezzi di tutti, e la qualità chimica.... Ci vuol la testa a posto, sai, per il commercio! —

Io da principio mi son divertito molto a veder tutte quelle boccette; ma poi il signor Clodoveo ha avuto un'ispirazione infernale e mi ha detto:

— Ora sta' attento a tutte le principali stazioni dove si ferma il treno, e guarda dal finestrino; io ti spiegherò l'importanza di tutte le città e te le farò conoscere meglio che la geografia, perchè io ho la pratica commerciale e questa fa più di tutti i libri.... —

E infatti via via che si arrivava a una stazione il signor Clodoveo si affannava a far la sua brava lezione peggio del professor *Muscolo*, finchè a forza di sentire spiegazioni mi sono addormentato profondamente.

Quando mi sono destato ho visto nel divano difaccia il signor Clodoveo che dormiva, russando come un contrabbasso.

Mi sono affacciato al finestrino e mi son messo a guardar la campagna; ma poi mi son seccato e non sapevo che cosa fare.... Ho aperto la mia valigia, ho riguardato tutti i miei balocchi.... Ma ormai li conoscevo da un pezzo, e non bastavano a farmi passar la noia da dosso....

Allora ho tirato giù la cassetta dei campionari del signor Clodoveo e mi son divertito a riguardar tutte quelle boccette coi cartellini di tutti i colori.

In quel momento il treno si era fermato, e dal finestrino ho visto che un altro treno era fermo di faccia a noi, per lo scambio, a pochissima distanza, tanto che, spenzolandomi fuori, forse avrei potuto toccare la faccia dei viaggiatori che vi stavano affacciati....

È stato allora che m'è venuta un'idea terribile.

— Se avessi uno schizzetto! — ho pensato.

Mentre pensavo a questo, lo sguardo si è fermato sulla palla di gomma che era nella mia valigia rimasta aperta, e allora ho detto fra me:

— E perchè non potrei fabbricarmelo? —

E cavato di tasca il temperino ho fatto un buco nella palla; poi ho preso tre bottigliette d'inchiostro dalla cassetta del signor Clodoveo, e

sono andato nella ritirata, dove, stappate le boccette, ho versato il contenuto nella catinella allungandolo con l'acqua. Fatto questo ho sgon-
fiato la palla, e immersala nella catinella l'ho riempita....

Quando son tornato nello scompartimento, il treno di faccia si moveva
e i viaggiatori eran tutti affacciati....

Non ho fatto altro che sporgere un po' le braccia fuori del mio finestrino e stringere gradatamente la palla tra le mani, col foro rivolto in
avanti....

Ah che emozione! Che effetto! Che divertimento!...

Campassi mill'anni non riderò mai quanto ho riso in quel momento
nel veder tutti quei visi affacciati, che da principio avevano una grande
espressione di stupore e poi subito di rabbia, spenzolarsi fuori in mezzo
alle braccia che mi tendevano i pugni chiusi, mentre il treno si allonta-
nava....

Mi ricordo perfettamente di uno che ebbe uno schizzo d'inchiostro
in un occhio, e che pareva diventato pazzo e ruggiva come una tigre....

Se lo incontrassi lo riconoscerei.... ma forse è meglio che non lo in-
contri più!

Il signor Clodoveo intanto seguitava a dormire come un ghiro, sicchè
io ebbi il tempo di rimettere a posto la sua cassetta dei campionari in
modo che non potesse accorgersi di niente.

E tutto sarebbe andato a finir bene ed egli non avrebbe avuto di che
lamentarsi di me, se più tardi non mi fosse venuta un'altra idea peggiore
della prima, perchè questa ha avuto delle serie conseguenze.

Ricominciavo a seccarmi di veder sempre il signor Tyrynnanzy
sdraiato sul divano e di sentirlo stronfiare, quando disgraziatamente
mi dètte nell'occhio il manubrio del segnale d'allarme che pendeva da
una cassettina sospesa nel soffitto dello scompartimento.

Bisogna sapere che qualche altra volta mi aveva dato nell'occhio
quel gingillo, e che sempre avevo provato una grande tentazione di vedere
che cosa succede in un treno quando si dà l'allarme.

Questa volta non seppi resistere: montai sul divano, infilai la mano
nel manubrio, e tirai giù con quanta forza avevo. Il treno si fermò quasi
istantaneamente.

Allora aiutandomi alla meglio col braccio malato mi riuscì d'arrampicarmi sulla rete dove si metton le valigie e mi ci accovacciai, stando a
vedere che cosa sarebbe accaduto.

Immediatamente si aprirono tutti e due gli sportelli dello scompartimento e cinque o sei impiegati vi entrarono dentro, fermandosi dinanzi al signor Clodoveo che seguitava a dormire; e uno scotendolo disse:

— Ah! forse gli è venuto un accidente! —

Il signor Tyrynnanzy si svegliò di soprassalto, esclamando:

— Che vi pigli!... —

E allora vennero le spiegazioni:

— Lei ha dato il segnale d'allarme!

— Io? Niente affatto!...

— Eppure è stato dato da questo scompartimento!

— Ah! È Giannino!... Il ragazzo!... Dov'è il ragazzo?... — esclamò a un tratto come fuori di sè il signor Clodoveo. — Ah! Forse qualche disgrazia! Dio mio! Il figlio di un mio amico che mi era stato affidato!... —

Mi cercarono nella ritirata; guardarono sotto i divani; finalmente un impiegato mi scoprì accucciato tra due valigie sulla rete, ed esclamò:

— Eccolo lassù!...

— Disgraziato!... — gridò il signor Clodoveo. — Tu hai dato il segnale d'allarme?... Che hai fatto?...

— Ohi!... — risposi con voce piagnucolosa, perchè ora capivo tutto il male fatto — mi doleva tanto il braccio malato....

— Ah! E per questo ti sei arrampicato costassù? —

Intanto due impiegati mi avevano preso di peso e mi avevano tirato giù, mentre gli altri eran corsi via a far ripartire il treno.

— Lei sa che c'è la multa! — dissero gl'impiegati rimasti.

— Lo so: ma la pagherà il padre di questo signorino! — rispose il signor Clodoveo, guardandomi come se mi avesse voluto incenerire.

— Intanto, però, bisogna che paghi lei....

— Ma se io dormivo!

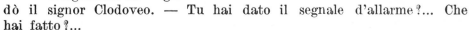

— Appunto: dal momento che le era stato affidato il ragazzo doveva vigilarlo....

— Sicuro! — esclamai io tutto contento, guardando l'impiegato che dava prova di tanto senso comune. — La colpa è del signor Clodoveo.... Ha dormito per tutto il viaggio!... —

Il signor Tyrynnanzy fece l'atto come di strozzarmi, ma non disse niente.

È stato fatto il verbale di contravvenzione, e il signor Clodoveo ha dovuto pagare la multa.

Rimasti soli, ha durato un pezzo a dirmi delle impertinenze; e il peggio è stato quando, essendosi egli ritirato nella ritirata, è riuscito fuori e, dopo aver dato un'occhiata nella sua cassetta dei campionari, s'è accorto delle boccette che mancavano.

— Che hai fatto dei miei campioni d'inchiostro, assassino!... — ha gridato.

— Ho scritto una lettera ai miei propri genitori! — ho risposto tremando.

— Come una lettera!... Qui mancano tre bottigliette!...

— Ne avrò scritte tre.... ora non mi ricordo!...

— Ma tu sei peggio di Tiburzi!... Come fa la tua povera famiglia a sopportare una canaglia come te?... —

E così ha seguitato a dirmi parolacce finchè non siamo arrivati a Roma.

Bel modo, questo, di accompagnare un ragazzo affidato da un amico!...

Ma io ho avuto prudenza e non gli ho risposto mai niente, meno che quando mi ha consegnato al mio cognato Collalto, al quale ha detto:

— Tenga: glielo consegno intatto.... ma in parola d'onore darei dieci anni di vita piuttosto che essere nei piedi di lei che è costretto, povero signore, a tenerlo per diversi giorni!... Dio gliela mandi buona!... Hanno ragione a chiamarlo Gian Burrasca! —

Allora non ne ho potuto più, e gli ho risposto:

— Con codesti piedoni che ha lei, invece, dovrebbe ringraziare Iddio se potesse essere nei piedi di chiunque altro! E in quanto a Gian Burrasca è meglio farsi chiamar così che farsi chiamare con tre *ipsilonni* come fa lei che è proprio una ridicolaggine! —

Il dottor Collalto mi ha fatto cenno di stare zitto; e mentre mia sorella mi faceva passare in un'altra stanza, ho sentito che egli diceva sospirando:

— Si comincia bene! —

28 dicembre.

Il mio braccio è molto peggiorato a causa dello sforzo fatto ieri per salire nella rete del compartimento. Il Collalto mi ha portato stamani

da quel suo amico che fa le cure elettriche, e che si chiama il professor Perussi il quale, dopo avermi visitato, mi ha detto:

— Ci vorrà una diecina di giorni e anche più....

— Meglio! — ho detto io.

— O che hai piacer a star male? — ha esclamato il professore sorpreso.

— No, ma mi piace tanto di stare a Roma, e poi a far la cura elettrica con tutte quelle macchine deve essere molto divertente.... —

Il professor Perussi ha incominciato subito a farmi il massaggio elettrico applicandomi la corrente con una macchina molto complicata che mi faceva come un gran formicolìo in tutto il braccio, mentre io ridevo a più non posso.

— Questa — ho detto — è la macchina per fare il solletico.... Ci vorrebbe per il signor Tyrynnanzy che, dopo l'affare del segnale d'allarme, è diventato così serio!

— Vergognati! — ha detto il Collalto; ma l'ha detto ridendo.

Mia sorella Luisa mi ha fatto grandi raccomandazioni di star buono e quieto in questi giorni che rimarrò presso di lei, perchè prima di tutto la sora Matilde che è sua cognata, ossia la sorella di Collalto, è una ragazza invecchiata ed è molto ordinata nelle sue cose e anche un po' meticolosa, e poi perchè il dottor Collalto è specialista per le malattie del naso, della gola e degli orecchi, come è scritto nel cartellino sull'uscio di casa, e dà le consultazioni tutti i giorni, motivo per cui non bisogna far rumore a causa dei clienti che vengono a farsi visitare.

— Del resto — ha detto — tu anderai molto fuori, a veder Roma, e ti accompagnerà il cavalier Metello che la conosce sasso per sasso. —

29 dicembre.

Ieri sono stato a girare col cavalier Metello che è un signore amico di Collalto, molto istruito e che sa la storia d'ogni monumento dall'a alla zeta. Mi ha portato a vedere il Colosseo che anticamente era un anfiteatro dove facevano i combattimenti degli schiavi con le bestie feroci, e le matrone si divertivano a veder mangiare i cristiani vivi.

Com'è bella Roma per uno che abbia passione per la storia! E che grande varietà di paste al caffè Aragno, dove sono stato iersera con mia sorella!

Stamani andiamo con lei a fare una passeggiata a Ponte Molle.

Torno ora da Ponte Molle, dove sono stato in tranvai con Luisa. Le ho domandato perchè si chiama Ponte Molle, ma lei non lo sapeva, e allora ci siamo rivolti a un uomo di lì il quale ha detto:

— Si chiama Ponte Molle perchè è sul Tevere che è sempre molle, ossia bagnato a questo modo, e non è come tanti altri fiumi che appena vien l'estate si asciugano subito. —

Quando ho detto questa cosa al cavalier Metello, che è venuto poco fa per fissar la passeggiata di domani, si è messo a ridere a crepapelle, e poi, ritornato serio, ha detto:

— Questo ponte si chiamava anticamente *Molvius* e anche *Mulvius* e v'è pure chi lo chiamava *Milvius*, ma il nome che ha ora è forse una corruzione dell'antica denominazione *Molvius*, nome che deriva probabilmente dal colle che gli sovrasta di faccia, sebbene molti si ostinino nella denominazione *Milvius*, facendola derivare da *Aemilius* ossia da Emilio Scauro che si crede sia stato il costruttore del ponte, mentre d'altra parte è provato che lo stesso ponte esisteva un secolo prima che nascesse Emilio Scauro, tanto è vero che Tito Livio dichiara che quando il popolo di Roma andò incontro ai messi che portavano la notizia della vittoria contro Asdrubale, traversarono proprio quel ponte.... —

Il cavalier Metello è molto istruito, e certo pochi posson vantarsi di sapere la storia romana come la sa lui; ma in quanto a me, dico la verità, mi persuadeva più la spiegazione che mi ha dato stamani quell'uomo che tutti i *Milvius*, i *Molvius* e i *Mulvius* del cavalier Metello.

30 dicembre.

Oggi, mentre eravamo a colazione, Pietro il cameriere è venuto a dire a Collalto:

— Professore, c'è la marchesa Sterzi, che desidera parlar con lei per quella cura che le disse ieri l'altro.... —

Il Collalto che aveva molto appetito ha incominciato a sbuffare dicendo:

— Proprio in questo momento!... Dille che aspetti.... E intanto tu va' dal farmacista, e fatti spedir questa ricetta subito!... —

E mentre il cameriere se n'andava ha aggiunto:

— Questa vecchia civetta che parla col naso come un òboe, si è messa in testa che io possa farla guarire.... Però è buona cliente, e va trattata bene.... —

Dopo questo discorso mi è venuto naturalmente una voglia pazza di vedere questa signora, e poco dopo, con una scusa, mi sono alzato da tavola e sono andato nella sala d'aspetto dove infatti ho trovato una signora buffa con una bella mantella di pelliccia, e che appena mi ha visto mi ha detto:

— Ah, bel ragazzino.... che fai? —

Io lì per lì non ho saputo resistere alla tentazione di rifarle il verso, e ho risposto discorrendo col naso:

— Io sto bene, e lei? —

Nel sentirmi discorrer col naso si è turbata, poi mi ha guardato, e vedendo che stavo serio, mi ha detto:

— Ah! forse anche tu hai la mia malattia? —

E io, parlando col naso più che mai:

— Sissignora!

— Forse — ha seguitato la marchesa — fai anche tu la cura del professor Collalto? —

E io daccapo:

— Sissignora!... —

Allora mi ha abbracciato e baciato, e poi ha detto:

— Il professor Collalto è molto bravo, è uno specialista e, vedrai, ci guarirà tutti e due.... —

E io, sempre discorrendo col naso:

— Sissignora, sissignora!... —

In quel momento è entrato il Collalto che sentendomi discorrere a quel modo è diventato pallido come questa carta, e voleva certo dirmi qualcosa, ma la signora non gliene ha dato il tempo perchè ha detto subito:

— Ecco qui un mio compagno di sventura, è vero, professore? Anche lui, mi ha detto, è ammalato come me, e viene da lei a chiederle la guarigione.... —

Il Collalto mi ha dato un'occhiata che pareva volesse fulminarmi, ma per non pregiudicare la situazione ha detto in fretta:

— Eh, già, già.... vedremo, sicuro! Intanto ecco, signora marchesa, prenda questa boccetta e faccia delle inalazioni mattina e sera, versando poche gocce del contenuto in una catinella d'acqua bollente.... —

Io sono uscito dalla sala e son corso da mia sorella, dove poco dopo mi ha raggiunto il Collalto che mi ha detto con la voce che gli tremava dalla rabbia:

— Bada bene, Giannino: se tu ardisci un'altra volta di entrare nella sala d'aspetto e di parlare con i clienti, io ti strozzo, hai capito? Ti strozzo, in parola d'onore.... Ricòrdatelo! —

Come sono interessati gli uomini, e specialmente i dottori specialisti in malattie del naso e della gola!

Per paura di perder la clientela strozzerebbero anche le persone di famiglia e perfino i poveri ragazzi innocenti.

31 dicembre.

Com'è uggioso quel cavalier Metello!

Anche oggi mi ha portato a veder Roma e questo mi fa piacere, ma lui ci mette tante spiegazioni, che è una cosa insopportabile.

Per esempio dinanzi all'arco di Settimio Severo s'è messo a dire:

— Questo splendido arco trionfale eretto dal Senato l'anno 205 dell'Era cristiana in onore di Settimio Severo e dei suoi figli Caracalla e Geta, ha sulle due facce una iscrizione nella quale è detto come in seguito alle vittorie riportate sui Parti, sugli Arabi, sugli Adiabeni.... —

Ah! Alla fine del discorso quest'arco di Settimio Severo mi pareva d'averlo tutto sullo stomaco, e la mia bocca era diventata un arco trionfale più grande di tutti gli archi trionfali di Roma messi insieme....

La sora Matilde, cioè la sorella di Collalto, è molto brutta e molto uggiosa, e non fa che sospirare e discorrere col gatto e col canarino; però con me va molto d'accordo, e anche oggi mi ha detto che in fondo sono un buon figliolo.

Mi domanda sempre come era Luisa da ragazza e che cosa faceva e diceva, e io le ho raccontato la storia delle fotografie che trovai in camera sua prima che pigliasse marito e della burletta che feci distribuendole ai rispettivi originali, e poi le ho detto anche di quando le trovai nel cassetto della toeletta un vasetto di pomata rossa con la quale mi tinsi le gote e lei s'arrabbiò tanto e mi dette perfino uno schiaffo, perchè c'era presente la sua amica Bice Rossi che era una ragazza pettegola e non le sarebbe parso il vero d'andare a dire che mia sorella si tingeva....

Bisognava vedere come si divertiva la sora Matilde a sentirmi descrivere queste cose, e basti dire che da ultimo mi ha regalato cinque gianduiotti e due caramelle di limone, e bisogna proprio dire che mi vuol bene, perchè, a quel che dice la Luisa, è più golosa lei di dolci che dieci ragazzi, e se li mangia tutti per sè.

Se li tiene tutti chiusi nell'armadio e ce n'ha di tutte le qualità, ma se mi riesce un di questi giorni di metterci le mani, può dire addio alle sue provviste!...

Ora, caro giornalino, ti lascio perchè domani è il primo dell'anno e devo scrivere una lettera ai miei genitori per chieder perdono delle mie mancanze di quest'anno, e promettere per l'anno novo d'esser bono, studioso e ubbidiente.

2 gennaio.

Eccoci nell'anno novo!

Che pranzo, ieri! Quanti dolci e liquori e rosolii e pasticcini di tutti i colori e di tutti i sapori.

Che bella cosa è il capodanno e che peccato che venga così di rado! Se comandassi io, vorrei fare una legge perchè il primo dell'anno capitasse almeno un paio di volte al mese, e ci starebbe anche la sora Matilde, la quale ieri mangiò tanti biscottini, che stamani ha dovuto pigliare l'acqua di Janos.

3 gennaio.

Ieri ne ho fatta una grossa, ma però ci sono stato spinto; e se si andasse in tribunale, credo che i giudici mi darebbero le circostanze attenuanti, perchè era un pezzo che il signor marchese mi provocava senza nessuna ragione.

Questo signor marchese è un vecchio ganimede tutto ritinto che viene dal professor Perussi, dove anche lui fa una cura elettrica ma tutta diversa dalla mia perchè lui fa i bagni di luce, mentre io fo il massaggio.... o per dir meglio lo facevo perchè dopo questo fatto non lo fo più.

Pare che a questo tale il professor Perussi avesse raccontato il fatto dell'automobile che fu causa che io mi ruppi il braccio, perchè ogni volta che ci incontravamo su nel gabinetto di consultazione mi diceva:

— Ehi, giovanotto! Quando andiamo a fare una corsa in automobile? —

E questo me lo diceva con un risolino così maligno, che non so come abbia fatto a non rispondergli male.

Io domando chi gli dava il diritto, a questo corvo spelacchiato che non so nemmeno come si chiama, di mettere in ridicolo la mia disgrazia, e se io non avevo tutte le ragioni d'averlo preso in uggia e di accarezzare l'idea di fargli qualche tiro che gli servisse di lezione....

E il tiro gliel'ho fatto ieri ed è riuscito anche peggio di come l'avevo architettato io.

Bisogna sapere prima di tutto che il bagno di luce che fa il signor marchese consiste in una specie di cassa piuttosto grande, dentro la quale il malato si mette a sedere su un apposito sedile, e ci riman chiuso dentro con tutta la persona, meno la testa, che sporge fuori da un'apertura rotonda nella parete superiore.

Dentro questa cassa vi sono moltissime lampade rosse di luce elettrica che rimane accesa e nella quale dicono che il malato fa il bagno, mentre invece non si bagna per niente e resta asciutto come quando ci è entrato, se non di più.

Io, dunque, avevo visto un paio di volte il signor marchese entrare in codesto cassettone, che è in una stanza molto distante da quella dove

io mi facevo il massaggio, e rimanervi un'ora, trascorsa la quale l'inserviente andava ad aprir la cassa e a levarlo di dentro.

E lì in quella stanza ieri si è svolta la mia feroce ma giusta vendetta.

Avevo portato con me una cipolla che avevo trovato in cucina a casa di mia sorella. E dopo fatto il massaggio, invece d'andar via, sgattaiolai nella stanza del bagno di luce dove si era recato poco prima il signor marchese.

Egli era là, infatti, ed era così buffa quella sua testa tutta ritinta, sporgente fuori da quel cassone, che non potei fare a meno di ridere.

Egli mi guardò meravigliato, e poi, col suo solito risolino canzonatorio, mi disse:

— Che venite a far qui? Perchè non andate a fare una passeggiata in automobile, oggi che è una bella giornata? —

Io non ne potevo più dalla rabbia. Tirai fuori la cipolla e gliela stropicciai forte forte sotto il naso e tutt'intorno alla bocca; ed era buffo il sentirlo agitar gambe e braccia dentro il cassone dov'era chiuso, senza poter difendersi in nessuna maniera, e vederlo fare con la faccia le più ridicole smorfie, cercando di gridare, ma inutilmente, perchè l'odore acutissimo della cipolla quasi lo soffocava....

— Ed ora, — gli dissi — se permette, vado a far una giratina in auto-mobile ! —

E me ne venni via, richiudendo la porta della stanza.

Stamani ho saputo che, passata l'ora del bagno, gli inservienti andarono per levarlo dal cassone, e vedendolo col viso rosso e tutto in lacrime, chiamarono d'urgenza il professor Perussi che esclamò subito:

— Questa è una crisi nervosa.... Presto, fategli una doccia.... —

E il signor marchese fu inaffiato ben bene, malgrado le sue proteste e le sue grida, le quali non facevano che confermar sempre più il professore nella sua opinione che si trattasse di una terribile sovraeccitazione nervosa.

Inutile dire che il professor Perussi si è affrettato a informare dell'accaduto il suo amico e mio cognato Collalto, pregandolo di non mandarmi più a far la cura elettrica; ed è anche inutile aggiungere che il Collalto me ne ha dette di tutti i colori, terminando con queste parole:

— Bravo davvero !... Gian Burrasca non poteva incominciar l'anno meglio di così.... Ma in quanto a proseguirlo, caro mio, lo proseguirai a casa tua, perchè io ne ho abbastanza ! —

4 gennaio.

Stamani Collalto aveva scritto al mio babbo una lettera col pepe e col sale (come ha detto lui), informandolo di tutte le mie birbanterie (son sempre sue parole) e pregandolo di venirmi subito a riprendere; ma poi la lettera non è stata più impostata e anzi mio cognato ha smesso il broncio e mi ha detto sorridendo:

— Via, per questa volta ci passeremo sopra, anche per non dare un dispiacere ai tuoi genitori.... Ma bada bene ! La lettera rimane qui nel cassetto del mio scrittoio, e alla prima che mi fai ancora, io l'aggiungo alle altre e le spedisco tutte insieme a tuo padre.... Règolati ! —

Il curioso è che questo cambiamento di scena è avvenuto in seguito a un'altra mia birbanteria – per dir come dice Collalto – ma che pare abbia fatto molto piacere a mio cognato.

Ed ecco come sta il fatto.

Oggi, alla solita ora, cioè quando si era a colazione, è venuta la marchesa Sterzi, quella che fa la cura per non parlar più col naso. Io allora ho pensato, che, giacchè il Collalto aveva scritto al babbo (allora credevo che avesse già impostato la lettera), potevo pigliarmi qualche altro divertimento senza pregiudicare di più la mia situazione: e còlto il momento propizio sono andato di corsa nella sala delle consultazioni.

La marchesa stava seduta in una poltrona voltando le spalle verso la porta per la quale ero entrato io.

Mi sono avvicinato piano piano alla poltrona, e, quando le sono stato proprio dietro, mi son chinato perchè non mi vedesse e ho gridato:

— Maramèo.,.! —

La marchesa ha fatto un salto sulla poltrona, e quando mi ha visto accoccolato sul tappeto ha esclamato:

— Chi è là?

— Il gatto mammone! — ho risposto, inarcando la schiena, puntandomi sulle mani e sui piedi e sbuffando come fanno i gatti.

Mi aspettavo che la marchesa Sterzi si risentisse per questo mio scherzo ma invece ella mi ha guardato un poco con ammirazione, e poi si è

chinata su me, mi ha rialzato, mi ha abbracciato, mi ha accarezzato e ha incominciato a dire con voce tremante per la commozione:

— Oh caro! Oh caro! Ah che gioia, che grande gioia mi hai recata, ragazzo mio...! Oh che grata sorpresa!... Parla, parla ancora.... Ripeti ancora quella magica parola che mi ridà la pace dell'anima e suona al mio orecchio come una dolce promessa e il più gradito augurio ch'io possa mai desiderare.... —

Io, senza farmi pregare, ho ripetuto:

— Marameo! —

E la marchesa a raddoppiare le carezze e gli abbracci, mentre io, per farle piacere, seguitavo a ripetere: Marameo, marameo....

Finalmente ho capito il motivo di tanta allegrezza: la marchesa, sentendo che non discorrevo più col naso come la prima volta che mi aveva incontrato, mi credeva guarito e non finiva di domandarmi:

— E quanto tempo è durata la cura? E quando hai cominciato a sentire il miglioramento? E quante inalazioni facevi al giorno? E quanti sciacqui? —

Io da principio le rispondevo quel che mi veniva alla bocca; ma poi, siccome cominciavo a seccarmi, l'ho piantata lì, e soltanto quando sono stato sulla porta, le ho ripetuto, sempre per farle piacere:

— Marameo! —

Ma proprio in quel momento stava per entrare il dottor Collalto il quale, avendo sentito quella parola, mi ha allungato una pedata nel corridoio che son riuscito a scansare per miracolo, e ha borbottato fremendo:

— Canaglia, ti avevo proibito di venir qui!... —

Poi è entrato nella sala di consultazione, e io, ritornando indietro per il corridoio con l'intenzione di andare in camera mia e chiudermici dentro a scanso di altre pedate, ho sentito che diceva alla marchesa Sterzi:

— Perdonerà, signora marchesa, se quel ragazzaccio maleducato.... —

Ma la marchesa lo ha interrotto subito:

— Che dice mai, caro professore! anzi non può immaginare quanto confortante sia stato per me il poter constatare i miracolosi effetti della sua cura.... Quel ragazzo è guarito in pochi giorni!... —

Qui ci è stata una pausa, e poi ho sentito il Collalto che diceva:

— Già, già.... infatti è guarito presto.... Sa, un ragazzo! Ma spero col tempo di guarire anche lei.... —

Non ho voluto sentir altro; e invece di andarmi a chiudere in camera, sono andato da mia sorella che ho trovato nel suo salottino da lavoro e alla quale ho raccontato tutta la scena.

Che risate abbiamo fatto insieme!

E così, mentre si rideva a crepapelle, ci ha sorpresi il Collalto che ha riso anche lui.... e non ha spedito più la lettera al babbo.

— Giannino — ha detto mia sorella — ha promesso di esser buono, non è vero?

— Sì, — ho risposto — e non dirò più bugie.... nemmeno alla marchesa Sterzi.

— Ah! — ha esclamato mio cognato — badiamo bene che tu non abbia a incontrarti più con lei, altrimenti c'è il caso che il bene vada a finire in male! —

5 gennaio.

Oggi ho avuto un'altra grande soddisfazione.... Pare proprio che in casa di mia sorella si incominci un po' a render giustizia ai ragazzi!

Stamani verso le dieci è venuto da mio cognato il professore Perussi, quello che fa le cure elettriche, e siccome si son chiusi tutti e due nello studio, io, dubitando che ci fosse qualche nuova complicazione nell'affare di quel signor marchese ritinto al quale sfregai una cipolla nel muso mentre era chiuso nel bagno di luce elettrica, mi son messo con l'orecchio al buco della serratura per ascoltare....

Dico la verità: se invece di aver sentito quel che ho sentito proprio con quest'orecchio me l'avesse raccontato qualcuno non ci crederei per tutto l'oro del mondo!

Il professor Perussi, appena entrato nello studio, dando in una gran risata ha detto al Collalto queste precise parole:

— Non sai che mi càpita? Quel marchese, sai bene, che veniva da me a fare i bagni di luce, dopo la canagliata che gli fece l'altro giorno quel pezzo da galera di tuo cognato, mi ha detto che in vita sua non era stato mai bene nè si era sentito così in forze come quel giorno, e che certo doveva dipendere dalle fregagioni di cipolla fattegli sul viso durante il bagno.... Conclusione: ora nel mio gabinetto gli fo una cura novissima, mai sentita rammentare nelle cronache scientifiche di tutto il mondo, che ho battezzato *bagno di luce con massaggio faciale di allium cepa*. —

A questo punto hanno dato tutt'e due in una grande risata, e questa è stata una fortuna, perchè così non hanno sentito la mia.

Poi il Collalto ha raccontato il fatto della marchesa Sterzi, e qui daccapo a ridere come due matti.

E pensare che spesso si sgridano i ragazzi per certe cose che, se i grandi aspettassero il tempo necessario per vedere come vanno a finire, dovrebbero invece lodarle e ringraziarci di averle fatte!

6 gennaio.

Evviva la Befana!

Stamani Luisa mi ha portato in camera una bella calza piena di dolci con un bel pulcinella in cima, e Collalto mi ha regalato un bel portamonete di pelle di coccodrillo. Da casa mia poi mi hanno scritto di avermi preparato altre liete sorprese per quando ritornerò....

Per me oggi è una bellissima giornata. Viva la Befana!...

8 gennaio.

Sono qui in camera mia e sto aspettando il babbo che deve venire a prendermi, perchè purtroppo ieri il Collalto gli ha spedito la famosa lettera, e quel che è peggio con l'aggiunta delle ultime mie birbanterie.

Questo è il nome che egli dà alle disgrazie che possono capitare a un povero ragazzo perseguitato dal proprio destino che pare si diverta a ricacciarlo nell'abisso proprio nel momento in cui tenta di sollevarsi alla stima dei propri genitori e parenti.

E le disgrazie, si sa, non vengono mai sole; motivo percui ieri me ne son successe diverse collegate insieme in modo che, se i grandi non fossero sempre propensi a esagerare l'importanza dei nostri errori, si dovrebbero considerare logicamente come una disgrazia sola.

Ed ecco per filo e per segno come andò la faccenda.

Ieri mattina, mentre la sora Matilde era fuori di casa, andai nel suo salottino da lavoro dove avevo visto entrare *Mascherino*, il grosso gatto bianco e nero prediletto di mia cognata.

Sul tavolino da lavoro stava la gabbia col canarino, un'altra creatura che gode la protezione della sora Matilde la quale, come dicono tutti, vuol

molto bene alle bestie, mentre non può soffrire i ragazzi, cosa, questa, assai ingiusta e che non si spiega.

E poi non ho mai capito che razza di bene sia quello di tenere, per esempio, un povero uccellino rinchiuso in una gabbia, invece di lasciarlo volare libero per l'aria come è la sua abitudine.

Povero canarino! Mi pareva che mi guardasse e cinguettando dolcemente mi dicesse come nel libro di lettura che avevo in seconda elementare:

« Fammi gustare, anche per poco, la libertà che da tanto tempo m'è negata! ».

La porta e la finestra del salottino erano chiuse: non c'era pericolo perciò che il canarino potesse scappare.... Io gli aprii la gabbietta, ed esso si affacciò girando il capino qua e là, tutto sorpreso di trovar l'usciolino aperto. Poi finalmente si decise e uscì dalla sua prigione.

Io m'ero messo a sedere su una sedia, col gatto sulle ginocchia e stave osservando con grande attenzione tutte le mosse del canarino.

Fosse l'emozione o altro, per prima cosa la povera bestiola sporcò un bel ricamo di seta che era sul tavolino; ma siccome non era ancora finito, pensai che fosse poco male, chè la sora Matilde avrebbe potuto rifarlo facilmente.

Ma il gatto, forse dando alla cosa una maggiore importanza, volle punire crudelmente l'infelice canarino; il fatto è che mi saltò via a un tratto dalle ginocchia, balzò su una sedia che era tra mezzo rovesciandola, e di lì sul tavolino, abbrancò il povero uccellino e lo divorò in un boccone prima ancora che io potessi pensare a impedire una simile tragedia.

Però a mia volta volli punire esemplarmente la crudeltà di *Mascherino* perchè in avvenire in simile occasione non avesse a ricadere nello stesso difetto.

Accanto al salottino da lavoro della sora Matilde c'è la sua stanzetta da bagno; io dunque vi entrai, e, salito su una sedia, aprii la cannella dell'acqua fredda; poi afferrai il gatto per il collo e lo tenni un pezzo con la testa sotto la doccia mentre esso si divincolava come se avesse le convulsioni.

A un certo punto dètte un tale scossone che non lo potei più reggere, e *Mascherino*, gnaolando in modo che pareva ruggisse, si slanciò nel salottino, facendo salti terribili attorno alla stanza e rompendo un vaso di vetro di Venezia che era lì sulla console.

Io intanto cercavo di richiudere la cannella dell'acqua, ma per quanti sforzi facessi non vi riuscivo. La tinozza era già piena e l'acqua incominciava a traboccare.... Peccato! Mi dispiaceva molto per l'impiantito della stanza da bagno, tutto lucido che era una bellezza; ma fortunatamente l'acqua che già vi scorreva come un fiume trovò uno sfogo nel salottino da lavoro dove anche io mi ritirai per non bagnarmi troppo le scarpe.

Ma ci rimasi poco, perchè vidi sulla console *Mascherino* accovacciato che mi guardava fisso con certi occhi gialli spaventosi, come se da un momento all'altro mi avesse voluto mangiare come aveva fatto col povero canarino. Ebbi paura e uscii chiudendo la porta.

Passando dalla stanza degli armadi, vidi dalla finestra una bambina bionda che stava facendo i balocchi sulla terrazza del piano di sotto, e siccome la finestra era molto bassa mi venne il pensiero gentile di fare una visita a quella bella bambina e mi calai di sotto.

— Oh! — esclamò la bambina. — Chi sei? Non sapevo che la signora Collalto avesse un bambino.... —

Io allora le dissi chi ero e le raccontai la mia storia che pare la divertisse immensamente. Poi mi fece passare in una stanzetta vicino alla terrazza dove aveva le sue bambole e me le fece vedere tutte, spiegandomi in quali circostanze le aveva avute, chi gliele aveva date e via dicendo.

A un tratto però incominciò a venir giù dell'acqua dal soffitto e la bambina chiamò la sua mamma dicendo:

— Mamma, mamma! Piove in casa!... —

La mamma accorse e rimase molto sorpresa di trovarmi con la sua bambina, ma io le spiegai la cosa ed ella, che doveva essere una signora molto ragionevole, sorrise dicendo:

— Ah! si è calato nella terrazza? Ecco un ragazzo che incomincia presto ad avere delle avventure galanti! —

Io le risposi molto gentilmente; e poi siccome ella si mostrava assai impensierita per l'acqua che veniva giù sempre più abbondante dal soffitto, le dissi:

— Non tema niente signora; non piove in casa.... Io credo che que-

st'acqua venga invece dalla stanza da bagno di mio cognato, dove ho lasciato il rubinetto aperto....

— Ah, ma allora bisogna avvertire di sopra.... Presto, Rosa, accompagnate questo signorino dalle signore Collalto e avvertitele che hanno la stanza da bagno allagata. —

Rosa, che era la cameriera, mi accompagnò infatti di sopra e venne ad aprire il servitore di mio cognato; ma fu inutile avvertire, perchè proprio in quel momento era tornata in casa la sora Matilde e s'era accorta di tutto.

Il servitore del Collalto, si chiama Pietro e ha un fare così serio e una voce così grave che fin dalle prime volte mi ha dato sempre una grande soggezione.

— Guardi! — mi disse con un tono solenne che mi fece fremere dal capo ai piedi. — Cinque cose aveva la signorina Matilde alle quali teneva molto e che erano, si può dire, le cose che avesse più care al mondo: il suo canarino che aveva allevato lei, il suo bel gatto bianco e nero che aveva trovato e raccolto per la strada lei stessa quando era piccino, il vaso di vetro di Venezia che era il ricordo di una sua amica d'infanzia che è morta l'anno passato, il ricamo di seta al quale lavorava da sei anni e che voleva regalare all'altar maggiore della chiesa dei Cappuccini, e il tappeto del suo salottino da lavoro, un tappeto vero persiano che le aveva portato un suo zio da un viaggio che fece.... Ora il canarino è morto, il gatto è in agonia e dà di stomaco tutta roba gialla, il vaso di vetro di Venezia è in mille bricioli, il ricamo di seta è rovinato e il tappeto vero di Persia è tutto scolorito dall'acqua che ha allagato il salottino.... —

Tutte queste cose le disse lentamente, con aria dignitosa e mesta a un tempo, come se raccontasse una storia misteriosa di paesi e di tempi lontani.

Mi sentivo così avvilito, che balbettai:

— Che devo fare?

— Io — soggiunse Pietro — se avessi la disgrazia di essere ne' suoi piedi.... li adoprerei per ritornare a Firenze di corsa. —

E disse questa freddura con una voce funebre che mi fece rabbrividire.

Eppure, in fin dei conti, il suo consiglio mi parve il solo che mi offrisse una via di salvezza nella critica situazione in cui mi trovavo.

Avrei voluto andarmene subito, sicuro com'ero di non incontrar nessuno de' miei parenti; ma potevo partire lasciando in mani nemiche queste pagine alle quali confido tutta l'anima mia? Potevo abbandonarti, giornalino mio caro, unico conforto in tante vicissitudini della mia vita?

No, mille volte no!

Zitto, zitto, in punta di piedi, salii nella mia cameretta, mi misi il cappello, presi la mia borsa e ritornai giù, pronto a lasciar la casa di mia sorella per sempre.

Ma non feci a tempo.

Proprio nel momento in cui ero per varcare la soglia di casa, Luisa mi agguantò per le spalle esclamando:

— Dove vai?

— A casa — risposi.

— A casa? A quale casa?

— A casa mia, dal babbo, dalla mamma e dall'Ada....

— E come fai a prendere il treno?

— Non prendo treno: vo a piedi.

— Disgraziato! A casa anderai domani. Collalto ha spedito al babbo, in questo momento, la lettera alla quale non ha aggiunto che queste parole: «Stamani Gian Burrasca, in meno di un quarto d'ora, ha fatto tante birbanterie che ci vorrebbe un volume a descriverle. Venga a prenderlo domattina, e gliele dirò a voce». —

Mi sentivo accasciato sotto il peso delle mie sventure e non replicai.

Mia sorella mi spinse in camera sua, e vedendomi in quello stato, cedette a un sentimento di pietà, e passandomi una mano sul capo esclamò:

— Ma Giannino, Giannino mio ! Come hai fatto a far tanti danni in pochi minuti che sei rimasto solo?

— Tanti danni? — risposi singhiozzando. — Io non ho fatto niente.... È il mio destino infame che mi perseguita sempre, perchè son nato disgraziato.... —

In quel momento entrò il Collalto che, avendo udito le mie ultime parole, esclamò a denti stretti:

— Disgraziato? Disgraziati son quelli che devono tenerti in casa.... ma per me, questa volta, puoi star sicuro, è una disgrazia che finisce domani ! —

L'accento ironico di mio cognato mi fece tanta rabbia in quel momento, che le lacrime mi si seccarono a un tratto negli occhi e scattai:

— Sì, disgraziato ! Qualche volta, è vero, m'è successo di far del male che poi è riuscito in bene per gli altri, come il fatto di quel marchese che faceva i bagni di luce dal professor Perussi il quale guadagna ora dei bei quattrini con la cura della cipolla che ho inventata io....

— Ma chi te l'ha detto?...

— Lo so e basta. E come quell'altro fatto della marchesa Sterzi alla quale ho fatto credere che tu mi abbia guarito dalla voce nasale....

— Zitto !

— No, non voglio stare zitto ! E siccome quel fatto ti fece dimolto comodo, così tu non mandasti la lettera a casa mia, per non dare un dispiacere ai miei genitori ! Succede sempre così: quando il male che può fare un ragazzo vi torna utile, voialtri grandi siete pieni di indulgenza; mentre poi se facciamo magari qualcosa a fin di bene e che ci riesce male, come è successo a me stamani, allora ci date tutti addosso senza remissione !...

— Come ! Ardiresti di sostenere che quel che hai fatto stamani era a fin di bene?

— Sicuro ! Io volevo far godere un poco di libertà a quel povero canarino che s'era annoiato a star sempre rinchiuso in quella gabbia; è forse colpa mia se il canarino appena fuori ha sporcato il ricamo di seta della sora Matilde? Allora il gatto l'ha voluto castigare e gli è saltato addosso; è colpa mia se *Mascherino* è troppo severo e si è mangiato il canarino? Per questo fatto si meritava una lavata di testa e io l'ho messo sotto la cannella del bagno.... È colpa mia se l'acqua gli ha fatto male allo stomaco? È colpa mia se ha rotto il vaso di vetro di Venezia? È colpa mia se, non riuscendomi di chiudere la cannella del bagno, l'acqua ha allagato il salotto e ha fatto scolorire il tappeto di Persia della sora Matilde? E poi io ho sempre sentito dire che i tappeti veri di Persia non sbiadiscono.... Se è sbiadito vuol dire che non era persiano....

— Come non era persiano ! — urlò in quel momento la sora Matilde entrando in camera di mia sorella come una bomba. — Anche le calunnie ! E che calunnie ! Si osa calunniare la buon'anima di mio zio Prospero che

era un galantuomo, incapace di regalarmi un tappeto persiano falso!...
Ah! quale profanazione, mio Dio!... —

E la sora Matilde appoggiò un gomito sul cassettone alzando gli
occhi al cielo e prendendo una posa malinconica che mi è rimasta così

impressa da poterla riprodurre come
un ritratto con la fotografia, e che lì
per lì mi fece proprio ridere.

— Andiamo, via! — esclamò mia
sorella. — Non bisogna poi esagerare:
Giannino non voleva certo mancar di
rispetto a tuo zio....

— Non è forse mancar di rispetto
a mio zio il dire che mi ingannava regalandomi dei tappeti coi colori falsi?
Sarebbe come se dicessi a te che hai le
gote tinte col rossetto!

— Eh no! — rispose piccata mia
sorella. — Non è lo stesso caso perchè
il tappeto alla fin fine è scolorito, mentre io ho in faccia una tinta che non
sbiadisce, e, grazie a Dio, non divento
mai gialla....

— Dio, come prendi le cose sul
serio! — esclamò la sora Matilde sempre più indispettita. — Io ho fatto un
paragone, e non ho voluto dir niente
affatto che tu ti tinga. Se mai lo dice
qui il tuo signor fratello che mi ha
raccontato che quando eri ragazza
avevi il rossetto sulla toelette.... —

A queste parole mi sentii arrivare uno scapaccione che veniva certo
da mia sorella, e corsi a chiudermi in camera mia, dalla quale sentii una
gran lite che si accendeva tra le due donne che facevano a chi urlava di
più, mentre ogni tanto la voce del Collalto cercava invano di calmarle
esclamando:

— Ma no.... Ma sì.... Ma senti.... Ma pensa.... —

E rimasi nella mia camera finchè non venne Pietro a prendermi per
andare a pranzo, durante il quale il Collalto e Luisa, tra i quali ero a sedere, mi tenevano a turno per la giacchetta come se io fossi stato un
pallone senza frenare, e loro avessero avuto paura che volassi via da un
momento all'altro.

La stessa scena si è ripetuta stamani per la colazione, dopo la quale
Pietro mi ha riaccompagnato qui in camera dove sto aspettando l'arrivo
del babbo il quale certamente considererà la cosa dal lato peggiore, come
fanno tutti!

Intanto Pietro mi ha detto che Luisa e la sora Matilde non si parlano più da ieri !... E anche di questo si dirà che la colpa è mia come se dipendesse da me il fatto di avere una sorella con la faccia troppo rossa e una cognata con la faccia troppo gialla !...

9 gennaio.

Scrivo in casa del Maralli.

Ho un nodo alla gola e duro fatica a riordinare le idee per raccontare qui la scena di ieri che è stata come la scena d'una tragedia, ma non di quelle che fa D'Annunzio che sentii recitare una volta e che anche la mamma diceva che non poteva stare, benchè le mie sorelle le dessero sulla voce, dicendo che dipendeva che lei non era intellettuale. La mia, invece, è una tragedia vera, che si potrebbe intitolare: *Il piccolo bandito*, ossia *La vittima della libertà*, perchè in fin dei conti, tutto quello che mi succede è stato per dare la libertà a un povero canarino che la sora Matilde voleva tenere chiuso in gabbia.

Ieri mattina, dunque, il babbo venne a prendermi a Roma, naturalmente ebbe dal Collalto la descrizione di tutte le mie *birbanterie*, meno, s'intende, quella della marchesa Sterzi e del marchese che fa la cura della cipolla.

Il **babbo** è stato a sentir tutto, e da ultimo ha detto:

— Ora il vaso è colmo. —

E non mi ha detto più una parola finchè non siamo arrivati a casa.

Lì ho trovato la mamma e l'Ada che mi hanno abbracciato tutte piangenti, ripetendo come un lamento:

— Ah Giannino ! Oh Giannino !... —

Il babbo mi staccò da loro, mi accompagnò in camera mia e lì mi disse serio serio, con voce calma, queste precise parole:

— Ho già fatto tutte le carte necessarie e domani andrai in collegio. —

E se n'andò richiudendo l'uscio.

Più tardi venne l'avvocato Maralli con mia sorella Virginia, e l'uno e l'altra fecero di tutto per rimuovere il babbo dalla sua risoluzione, ma io sentivo che il babbo ripeteva sempre questo ritornello:

— Non lo voglio più vedere ! Non lo voglio più vedere ! —

Bisogna che renda questa giustizia all'avvocato Maralli: è un uomo di cuore che difende i deboli contro la persecuzione e contro le ingiustizie, e che a tempo e luogo sa mostrarsi grato dei beneficî ricevuti. E per questo, ricordando la pistolettata che gli tirai nell'occhio ha detto al babbo:

— Che vuole? quel ragazzo fu lì per accecarmi e dopo, il giorno in cui sposai Virginia, andai anche a rischio di essere seppellito vivo sotto le rovine del caminetto nel salotto da ricevere. Ma non posso dimenticare che o e Virginia dobbiamo a lui se siamo uniti.... E poi prese anche le mie difese, a scuola, contro il nipote di Gaspero Bellucci che diceva male di me.... Io l'ho saputo, e questo indica che Giannino è un ragazzo di sentimento, non è vero, Giannino? Perchè io gli voglio bene.... Perchè bisogna guardare al fondo delle cose: per esempio anche per quei danni commessi a Roma, dopo tutto, il movente è stato generoso: egli voleva dar la libertà a un uccellino.... —

Che avvocato d'ingegno è il Maralli!... Io che stavo fuori dell'uscio a sentire questo suo discorso così poderoso, non potei più star fermo ed entrai nella stanza gridando:

— Viva il socialismo!... —

E caddi nelle braccia di Virginia, singhiozzando.

Mio padre si mise a ridere, e poi disse, asciutto:

— Va bene: ma poichè il socialismo vuole che ciascuno abbia la sua parte di gioia nel mondo, perchè l'avvocato non ti prende con sè per qualche tempo?

— E perchè no? — esclamò il Maralli. — Scommetto che ho la maniera di farlo diventare un omino....

— Sentirai che gioia! — disse il babbo. — In ogni modo, siccome io non voglio più vederlo, per me lo scopo è ugualmente raggiunto. Piglialo pure.... —

E così fu conchiuso il patto: io sarei stato bandito da casa mia e tenuto in prova per un mese dal Maralli, dove potrò riabilitarmi e dimostrare che non sono, in fondo, quell'essere insopportabile che dicono tutti.

Virginia e suo marito, fin dal loro ritorno dal viaggio di nozze che fecero quando prese fuoco il caminetto nel salotto da ricevere, vennero ad abitare questo quartiere che è molto comodo e centrale e dove mio cognato ha messo pure il suo studio d'avvocato, che ha un ingresso a sè ma che comunica con la casa per mezzo d'un usciolino che mette nella stanza degli armadi.

Io ho una cameretta piccola, ma elegante, che dà sul cortile e dove sto benissimo.

In casa, oltre mia sorella e il Maralli, c'è il signor Venanzio, zio del Maralli, che è venuto da qualche giorno a passare un po' di tempo presso il nipote, perchè dice che questo clima gli giova di più alla salute. Però la salute non si sa dove l'abbia: è un vecchio cadente, sordo al punto che bisogna parlargli col corno acustico, e ha una tosse che pare un tamburo.

Dicono però che è ricco sfondato, e che bisogna trattarlo con tutti i riguardi.

Domani ritorno a scuola.

10 gennaio.

In questo momento vorrei avere la penna di Edmondo De Amicis perchè la scena che è successa a scuola stamani è una di quelle da far piangere la gente come vitelli.

Appena sono entrato in classe si è sentito un gran brusio: tutti i compagni avevano gli occhi fissi su me.

Certo è una bella soddisfazione l'essere stato il protagonista di un'avventura come quella dell'automobile, e io non stavo in me dalla gioia, e guardavo tutta quella massa di ragazzi dall'alto al basso, perchè nessuno di loro s'era mai trovato a un pericolo come quello che avevo passato io....

Ma però sbagliavo: ce n'era uno, invece, che ci s'era ritrovato come me.... e quest'uno uscì faticosamente dal suo posto, puntellandosi con le mani sul banco e mi venne incontro reggendosi su una stampella.

Io mi sentii tutto un rimescolio dentro l'anima e il corpo, e in un baleno mi andò via tutta la vanità d'essere stato un eroe, mentre mi saliva un nodo alla gola e, pallido come un morto, ripetevo dentro di me:

«Oh povero Cecchino! Oh povero Cecchino!».

In un momento io e il Bellucci ci si ritrovò avvinghiati insieme, tutti bagnati di pianto, singhiozzando, senza poter dire una parola. Tutti i ragazzi avevano le lacrime agli occhi e persino il professor Muscolo che aveva incominciato dire: *Tutti fermi*, rimase sull'*effe* che gli uscì di bocca come un lungo soffio; il quale finì da ultimo in un dirotto pianto.

Povero Cecchino, davvero!

Malgrado tutte le cure che gli hanno fatto fare gli è rimasto la gamba destra più corta e dovrà andare zoppo per tutta la vita.

Ah credi pure, giornalino mio! il vederlo ridotto a quel modo, con la stampella, mi ha fatto una grande impressione, e io che mi ero ormai quasi dimenticato il fatto dell'automobile, dinanzi allo spettacolo di sì terribili conseguenze, mi accorgo di tutta la leggerezza che mettiamo spesso noi ragazzi nell'affrontare certi rischi senza dar loro l'importanza che devono avere.

Naturalmente mi son guardato bene dal chiedere al povero Cecchino Bellucci i dieci pennini nuovi e il lapis rosso e turchino che avevamo scommesso e che gli avevo vinto.

13 gennaio.

Il mio cognato è proprio una brava persona. Egli mi tratta come se io fossi un uomo, non mi dà mai mortificazioni e ripete sempre:

— Giannino in fondo è un bravo ragazzo e diventerà qualche cosa. —

Or ora mi ha sorpreso mentre avevo dinanzi a me il giornalino e lo ha sfogliato guardando le figure che vi ho disegnato.

— Ma sai — ha detto — che tu hai una grande disposizione per il disegno? E poi si vede che osservi e ti vai migliorando.... Vedi un po' dalle prime figure che hai fatto a queste ultime che progresso! Bravo Giannino! Faremo di te un artista! —

Queste sono cose che fanno piacere a un ragazzo, e io voglio dimostrare a mio cognato quanto gli sono riconoscente per tutto quello che fa per me; perciò ho deciso di fargli un regalo, e non avendo neppure un soldo, ho pensato di ricorrere al signor Venanzio, che è tanto ricco, e di chiedergli in prestito un paio di lire.

Oggi a desinare il Maralli ha parlato ancora del mio giornalino.

— Tu non l'hai mai visto? — ha domandato a Virginia.

— No.

— Faglielo vedere, Giannino: vedrai ci siamo tutti, e come somiglianti! Giannino è un artista! —

Io tutto contento ho preso il giornalino e ho mostrato a mia sorella le figure, ma ho proibito a tutti di leggerlo, perchè voglio che i miei pensieri rimangano segreti.

Però, nonostante la mia proibizione, a un certo punto, Virginia ha esclamato:

— Ah, guarda: qui c'è il nostro sposalizio di San Francesco al Monte!

A queste parole mio cognato s'è slanciato sul giornalino e ha voluto leggere quelle pagine dove è descritto il mio viaggio sulla traversa dietro la carrozza e la scena che successe quando li sorpresi tutti in chiesa e li rimproverai perchè non mi avevano detto nulla.

Dopo aver letto quello che avevo scritto, il Maralli mi ha fatto una carezza e poi mi ha detto:

— Senti, Giannino, mi devi fare un gran piacere.... Me lo prometti? Io gli ho risposto di sì.

— Bene: — ha ripreso il mio cognato. — Tu devi permettermi di strappare dal tuo giornalino queste pagine....

— Questo poi no!

— Come! Ma se mi hai detto di sì!

— Ma scusa, perchè mi vuoi strappar quelle pagine?

— Per bruciarle.

— Ma perchè bruciarle?

— Perchè.... perchè.... Il perchè lo so io, e non è una cosa che possa capire un ragazzo. —

Ecco le solite ragionacce! Ma oramai avevo giurato a me stesso di esser buono e ho voluto accondiscendere anche a questo sacrifizio, ma molto a malincuore, perchè l'idea di sottrarre al mio caro giornalino una parte delle mie confidenze, mi pareva una cosa fatta male e mi faceva un gran dispiacere.

Il Maralli, dunque, ha strappato le pagine del suo sposalizio a San Francesco al Monte, ne ha fatto una palla e l'ha buttata nel caminetto.

Quand'ho visto che il fuoco s'è attaccato a un angolo di una pagina che era rimasto arricciato sulla palla di carta fatta da mio cognato, mi son sentito una stretta dolorosa al cuore; ma ne ho sentita subito un'altra, e questa volta era di gioia, vedendo che la fiamma appena lambito quel pezzo di carta accartocciata s'è spenta rispettando la palla che era stata molto compressa ed era perciò assai resistente; e da quel punto, quanti palpiti a ogni minaccia del fuoco contro le pagine del mio giornalino! Ma fortunatamente ormai la fiamma aveva esulato dalla parte ove il Maralli l'aveva gettato, e poco dopo, mentre nessuno badava a me, svelto svelto, ho raccattato dal caminetto la palla di carta, me la son nascosta nella *blouse*, e ora ho steso per bene le pagine e con la gomma le ho riappiccicate al loro posto.

C'è l'angolo di una pagina un po' abbruciacchiato, ma lo scritto e l'illustrazione sono rimasti intatti, e io, caro giornalino mio, sono felice di riaverti intero, così, con tutti i miei sfoghi, buoni o cattivi, belli o brutti, spiritosi o stupidi ch'essi sieno, secondo il momento.

Ora voglio andare a chiedere due lire al signor Venanzio.

Me le darà?

Ho preso il momento buono: mia sorella è fuori, il Maralli è nel suo studio, e io ho afferrato la trombetta, l'ho ficcata in un orecchio al signor Venanzio e gli ho gridato:

— Per piacere mi presterebbe due lire?

— Il paniere per poter partire? — ha risposto lui. — Che paniere? — Io ho ripetuto la domanda con quanta voce avevo, e allora ha risposto:

— I ragazzi non devono aver mai quattrini. —

Questa volta aveva capito!

Allora io gli ho detto:

— Ha ragione la Virginia a dire che lei è un grande avaraccio!... —

A queste parole il signor Venanzio ha dato un balzo sulla poltrona, e ha cominciato a brontolare:

— Ah, dice così? Brutta pettegola! Eh! Si sa!... se avesse molti denari, lei li spenderebbe tutti in vestiti e cappellini!... Ah!... Ha detto che sono un avaraccio! Eh! Eh!... —

Io per consolarlo ho creduto bene di dirgli che per questo il Maralli
l'aveva sgridata, come infatti era vero; e lui tutto contento mi ha domandato:

— Ah, mio nipote l'ha sgridata? Meno male! Volevo ben dire io!

Mio nipote è un buon giovane e mi è stato sempre molto affezionato....
E che le ha detto?

— Le ha detto: È bene che lo zio sia avaro: così mi lascerà più
quattrini. —

Il signor Venanzio è diventato rosso come un tacchino, e s'è messo a
balbettare in modo che credevo gli venisse un colpo.

— Si faccia coraggio! — gli ho detto — forse questo è il colpo
apoplettico che il Maralli dice sempre che un giorno o l'altro le deve
venire.... —

Egli ha alzato le braccia al cielo, ha borbottato dell'altre parole e
poi alla fine s'è levato di tasca il suo borsellino, ha preso una moneta di
due lire e me l'ha data dicendomi:

— Eccoti le due lire.... E te le darò spesso, ragazzo mio, a patto che
tu mi dica sempre quello che dicono di me mio nipote e tua sorella....

perchè sono cose che mi fanno molto piacere! Tu sei un bravo ragazzo e fai bene a dir sempre la verità!... —

È un fatto che a esser buoni e a non dir bugie ci si guadagna sempre. Ora penserò a fare il regalo a mio cognato, perchè se lo merita.

14 gennaio.

Il giovane di studio del Maralli è, invece, un vecchio tentennone che sta sempre nella stanza d'ingresso, seduto a un tavolino, con lo scaldino

tra le gambe, e scrive sempre, dalla mattina alla sera, sempre copiando e ricopiando le medesime cose....

Io non so come fa a non rincretinire; ma forse dipende perchè è cretino di suo.

Eppure mio cognato ha molta fiducia di lui, e ho sentito spesso che l'ha incaricato d'incombenze anche difficili che non so come faccia a disimpegnarle, con quella faccia di Piacciaddio che si rimpasta....

Invece, se il Maralli avesse giudizio, quando ha qualche commissione da sbrigare alla svelta e per la quale c'è bisogno d'un po' d'istruzione e d'intelligenza, dovrebbe affidarla a me, e così piano piano farmi impratichire nella professione e tirarmi su per avvocato.

Mi piacerebbe tanto di diventar come lui e d'andar nei tribunali a difendere i birbanti, ma quelli buoni però, cioè che son diventati cattivi per disgrazia e per forza delle circostanze nelle quali si son trovati, come è successo a me; e lì vorrei fare certi bei discorsi, urlando con tutto il fiato che ho in corpo (e mi par d'averne più di mio cognato) per fare stare zitti gli avversarii e far trionfare la giustizia contro la prepotenza delle classi sfruttatrici, come dice sempre il Maralli.

Io qualche volta mi trattengo a discorrere con Ambrogio che è appunto il giovane di studio e che è dello stesso mio parere.

— L'avvocato Maralli si farà strada, — mi dice spesso — se lei diventasse avvocato troverebbe qui nel suo studio la nicchia bell'e fatta. —

Oggi intanto ho incominciato a impratichirmi un poco di processi e di tribunali.

Mio cognato era fuori; e Ambrogio a un certo punto ha posato lo scaldino, è uscito di dietro il suo tavolino e mi ha detto:

— Che mi potrei fidar di lei, sor Giannino, per un piacere? —

Gli ho risposto di sì, e lui allora mi ha detto che aveva da andare un momento a casa sua, dove aveva dimenticato certe carte importantissime, che avrebbe fatto presto....

— Lei stia qui finchè torno io: e chiunque venga lo faccia aspettare.... Mi raccomando però; non si muova di qui.... Posso star sicuro, sor Giannino? —

L'ho rassicurato e mi son messo a sedere dove sta lui, con lo scaldino tra le gambe e la penna in mano.

Di lì a poco è entrato un contadino, un tipo buffo con un ombrellone verde sotto il braccio, e che, rigirandosi il cappello tra le mani, ha detto:

— Che è qui che ho a venire?

— Chi cercate? — gli ho domandato.

— Del sor avvocato Maralli....

— L'avvocato è fuori.... ma io sono il suo cognato, e potete parlare liberamente.... È come se ci fosse lui in persona. E voi chi siete?

— Chi sono io? Io son Gosto

contadino del Pian dell'Olmo, dove mi conoscono tutti, e anzi mi chiamano *Gosto grullo* per distinguermi da un altro Gosto che sta nel podere accanto, e sono, come lei saprà, ascritto alla Lega dove pago due soldi tutte le settimane che Dio mette in terra, e il sor Ernesto lo può dire che è il nostro segretario e sa far di conto perchè lui non è un contadino come noialtri disgraziati.... Sicchè i' ero venuto a sentire per quel processo dello sciopero con la ribellione, che deve andare fra due giorni e dove son testimonio, come qualmente il giudice istruttore mi ha mandato a chiamare per farmi l'interrogatorio, ma io prima di andar da lui son venuto qui per sentire come mi devo regolare.... —

Io non ne potevo più dal ridere, ma mi son trattenuto, e anzi ho preso un'aria molto seria e gli ho detto: — Come andò il fatto?

— Gua'! Il fatto andò che quando noi ci si trovò di fronte ai soldati si cominciò a vociare, e poco dopo Gigi il Matto e Cecco di Merenda cominciarono a tirar sassate e allora i soldati spararono. Ma che le ho a dire queste cose al giudice istruttore? —

S'intende esser bestie, ma a questo punto non credevo mai che un contadino ci potesse arrivare. Hanno proprio ragione a chiamarlo *Gosto grullo!* Come si fa, dico io, a non sapere che in Tribunale i testimoni devono dire la verità, tutta la verità e nient'altro che la verità, che sono cose che le sanno anche i bambini d'un anno?

Io gli ho detto di dire le cose come stavano, che in quanto al resto poi ci avrebbe pensato il mio cognato.

— Ma i compagni di Pian dell'Olmo però mi hanno raccomandato di negare il fatto delle sassate!

— Perchè sono ignoranti e grulli come voi. Fate come vi dico io: non dite nulla a nessuno di quel che avete fatto, e vedrete che tutto anderà a finir bene.

— Gua'!... Lei non è il cognato del sor avvocato Maralli?

— Sicuro.

— E a discorrer con lei non è lo stesso che discorrer con lui?

— Precisamente.

— E quand'è così vo via tranquillo e dico come stanno le cose per filo e per segno. Arrivedella e grazie. —

E se n'è andato. Io son rimasto molto soddisfatto d'aver sbrigato quest'affare a mio cognato.... Pensare che se stessi qui sempre potrei preparare i processi, dare il parere ai clienti ed essergli utile e nello stesso tempo divertirmi chi sa quanto!...

Sento proprio d'esser nato per far l'avvocato....

Quando è tornato Ambrogio e mi ha domandato se c'era stato nessuno gli ho risposto:

— C'è stato un grullo.... ma me lo son levato di tra i piedi. —

Ambrogio ha sorriso, è tornato al suo posto, s'è messo lo scaldino tra le gambe e la penna tra le dita e ha ricominciato a scrivere sulla carta bollata....

15 gennaio.

Il signor Venanzio è uggioso, ne convengo, ma ha delle buone qualità. Con me, per esempio, è pieno di gentilezze e dice sempre che sono un ragazzo originale e che si diverte un mondo a sentirmi discorrere.

È di una curiosità straordinaria. Vuol saper tutto quello che si fa in casa e tutto quello che si dice di lui, e per questo mi dà quattro soldi al giorno.

Stamani, per esempio, si è molto interessato ai soprannomi coi quali lo chiamano in casa, e io glie ne ho detti parecchi.

Mia sorella Virginia lo chiama *vecchio spilorcio, sordo rimbambito, spedale ambulante;* il Maralli lo chiama *lo zio Tirchio,* lo *zio Rùdero,* e spesso gli dice anche *vecchio immortale* perchè non muore mai. Perfino la donna di servizio gli ha messo il soprannome: lo chiama *Gelatina* perchè trema sempre.

— Meno male! — ha detto il signor Venanzio. — Bisogna convenire che, fra tutti, la più gentile verso di me è la serva. La ricompenserò! —

E s'è messo a ridere come un matto.

16 gennaio.

Ho già pensato al regalo che debbo fare a mio cognato. Gli comprerò una bella cartella da tenere sulla sua scrivania invece di quella che ha ora, che è tutta strappucchiata e sudicia d'inchiostro.

E poi comprerò anche un paio di razzi che manderò dalla terrazza in segno di gioia per esser finalmente diventato un buon ragazzo come desiderano i miei genitori.

17 gennaio.

Ieri mattina me n'è successa una bella.

Nel ritornare a casa, dopo aver comprato la cartella per il Maralli e i due razzi, passai dallo studio, e vedendo nella stanza d'aspetto che Ambrogio non c'era e che aveva lasciato sotto il tavolino lo scaldino spento, mi venne l'idea di fargli una sorpresa e gli ci misi dentro i due razzi, nascosti ben bene sotto la cenere.

Veramente, se avessi potuto immaginare le conseguenze, questo scherzo non lo avrei fatto; ma come si fa, santo Dio, a immaginarsi le conseguenze che hanno il torto di venir sempre dopo, quando nelle cose non c'è più rimedio?

Però da qui in avanti voglio pensarci ben bene prima di fare una burla in modo che non mi succeda più di sentirmi dire, come per questo fatto, che io fo gli scherzi di cattivo genere.

È stata proprio una faccenda seria, ma per me che sapevo che non c'era pericolo è stata una cosa da morire dal ridere.

Io avevo visto Ambrogio andare in cucina ad assettare lo scaldino, come fa tutte le mattine, e naturalmente stavo in vedetta. A un certo punto, si è sentito un gran tonfo ed un urlo e allora mio cognato e due clienti che erano nello studio si son precipitati nella stanza d'aspetto e son corse pure Virginia e la donna di servizio per vedere quel che era successo. Ma ecco, che, quando tutti erano lì riuniti, scoppia nello scaldino un tonfo più grosso di prima, e allora via tutti come pazzi a scappar di qua e di là, lasciando quel povero Ambrogio solo, incastrato fra il tavolino e la seggiola e che non aveva la forza di moversi e balbettava:

— Che sarà mai? Che sarà mai? —

Io ho cercato di fargli coraggio, dicendogli:

— Non è niente di pericoloso.... Anzi! Io credo che sieno certi razzi che avevo messo lì per fare un po' di festa.... —

Ma il povero Ambrogio non capiva più niente e non mi sentiva neppure; però mi ha sentito il Maralli, che dopo essere scappato via con gli altri ora ritornava piano piano e faceva capolino alla porta.

— Ah! — ha gridato mostrandomi il pugno — sei stato tu, ancora coi tuoi fuochi d'artifizio? Ma dunque hai giurato proprio di farmi rovinar la casa in capo? —

Io allora ho cercato di rinfrancare anche lui dicendogli:

— Ma no, via; t'assicuro che non è rovinato altro che uno scaldino.... Non è niente, vedi? È stata più la paura che il danno.... —

Non l'avessi mai detto! Mio cognato è diventato rosso dalla rabbia, e ha incominciato a gridare:

— Che paura e non paura, brutto imbecille che non sei altro! Io non ho paura di nulla, per tua regola.... ma ho paura a tenerti in casa mia, perchè sei un flagello, e vedo che, prima o poi, finiresti col farmi la pelle.... —

Io allora mi son messo a piangere e sono scappato in camera mia, dove poco dopo è venuta mia sorella che mi ha fatto una predica d'un'ora, ma poi ha finito col perdonarmi e col persuadere il Maralli a non riportarmi a casa mia per esser mandato in collegio.

E io, per dimostrargli la mia gratitudine, stamani prima che egli andasse nello studio, gli ho messo sulla scrivania la cartella nuova che gli comprai, e ho buttato quella vecchia nel caminetto.

Speriamo che anche lui mi sia grato della mia gratitudine....

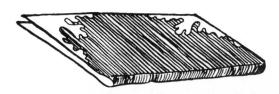

Oggi ho pensato tutto il giorno a correggermi del difetto di fare gli scherzi di cattivo genere, e perciò mi è venuto in mente di farne uno che non può aver nessuna seria conseguenza nè recar danno a nessuno.

Mentre ero dal signor Venanzio, che tra parentesi si è divertito un mondo al racconto del fatto d'ieri, ho colto il momento in cui aveva posato le lenti sul tavolino e gliele ho prese. Poi sono andato nella stanza d'aspetto, e quando Ambrogio è andato nello studio a parlare col Maralli, lasciando le sue lenti sul tavolino, ho preso anche le sue e son corso in camera mia.

Lì ho rotto una delle due punte di un pennino facendone un piccolo cacciavite; e con questo, svitando i perni delle lenti, ho messo quelle di Ambrogio nei cerchietti d'oro del signor Venanzio e le lenti del signor Venanzio nei cerchietti d'acciaio di Ambrogio, riserrando poi i pernetti con le viti com'eran prima.

L'operazione è stata fatta così alla lesta, che ho potuto rimettere le due paia di lenti al loro posto senza che nè Ambrogio nè il signor Venanzio si fossero accorti della loro mancanza.

Non mi par vero di vedere come anderà a finire questo scherzo che non potrà essere certo giudicato uno scherzo di cattivo genere.

18 gennaio.

Mi convinco sempre più che è molto difficile per un ragazzo il prevedere le conseguenze di quello che fa, perchè anche la burla più innocente può causare a volte delle complicazioni straordinarie, che neppure a esser grandi si saprebbero immaginare.

Iersera, dunque, appena Ambrogio ritornò al suo solito tavolino e si mise le lenti sul naso, fece un atto di meraviglia: e dopo averle rigirate tra le dita e ben considerate da tutte le parti e averle appannate più volte col fiato e ben ben ripulite col suo fazzolettone a scacchi turchini ed essersele rimesse sul naso, incominciò a mugolare:

— O Dio, o Dio, o Dio! Che diamine mai m'è accaduto? Non ci veggo più.... Ah! Ho capito.... questa è una conseguenza dello spavento di ieri! Vuol dire che sono ammalato grave.... Pover'a me! Son rovinato.... —

E andò a rammaricarsi col Maralli, al quale chiese il permesso di assentarsi subito dallo studio per recarsi in una farmacia, perchè sentiva di non reggere e certo gli era per venire qualche cosa di molto serio.

E questa è una conseguenza. L'altra è anche più strana e complicata.

Stamani il signor Venanzio s'è messo nella poltrona per leggere come fa sempre il *Corriere della Sera* che, invece, gli arriva la mattina; ma appena s'è messo le lenti ha incominciato a dire: — Uh! mi si appannano le pupille.... Uh! mi si confonde la vista.... Mi gira la testa.... Ah, ci siamo! Per carità, mandate subito a chiamare il medico.... e un notaro, mi raccomando! Un notaro! —

Allora in casa è successo una rivoluzione. Il Maralli è accorso al fianco dello zio e ficcatogli il corno acustico nell'orecchio ha cominciato a dirgli: — Coraggio, zio.... Ci son qui io, non tema di niente! Penso a tutto io.... Non si spaventi, è un deliquio passeggero.... —

Ma il signor Venanzio aveva chiuso gli occhi ed era stato preso da un tremito che andava aumentando sempre più.

Arrivato il medico l'ha visitato e ha detto che il malato era in condizioni disperate. A questa notizia il Maralli è diventato di tutti i colori, non poteva star più fermo, e non faceva che ripetere:

— Zio, coraggio.... Sono qui io! —

Per metter fine a questa scena tragica son corso nella stanza d'aspetto e ho preso le lenti d'Ambrogio (che egli aveva lasciato iersera sul suo tavolino) con l'intenzione di portarle al signor Venanzio, e che avrebbero fatto il miracolo di guarirlo immediatamente. Ma quando son ritornato la porta era chiusa e di fuori stava mio cognato e Virginia.

Il Maralli era piuttosto allegro, e ho sentito che diceva:

— Ha detto al notaro che sarebbe stata una cosa lesta.... e questo, capirai, è un buon segno perchè vuol dire che ci saranno pochi legati.... —

E a me che avevo steso la mano per aprir la maniglia della bussola ha soggiunto:

— Lascia andare.... Non si può entrare. C'è il notaro.... fa il testamento.... —

Di lì a poco mio cognato se n'è andato nello studio perchè gli è venuto un cliente, e anche Virginia è andata via, raccomandandomi di star lì e di avvertirla appena fosse uscito il notaro.

Ma io, invece, quando il notaro è uscito sono entrato in camera e presa la trombetta ho gridato al signor Venanzio:

— Non dia retta al dottore! Lei si è impaurito perchè non ci vedeva più coi suoi occhiali.... Ma si tratta probabilmente di un indebolimento di vista. Provi questi d'Ambrogio che sono più forti dei suoi.... —

E messegli sul naso le lenti che avevo con me gli ho presentato davanti agli occhi il *Corriere della Sera*.

Il signor Venanzio allora, nel vedere che ci vedeva, s'è calmato subito, poi ha fatto il confronto fra le due paia di lenti, e abbracciandomi mi ha detto:

— Ma tu, ragazzo mio, sei un portento! Tu hai un acume molto superiore alla tua età e diventerai certamente qualcosa di grosso.... E mio nipote dov'è?

— Era lì fuori, ma ora è nel suo studio.

— E che diceva?

— Diceva che se lei si sbrigava presto col notaro era buon segno, perchè significava che c'erano pochi legati. —

A queste parole il vecchio ha dato in una tal risata che credo non ne abbia mai fatte di simili in tutta la sua vita, e poi regalandomi i suoi occhiali d'oro che gli avevo chiesto e che gli erano oramai inutili, ha esclamato:

— Ah questa poi è la più carina di tutte! E ora non mi dispiace che di una cosa: di non potere, quando sarò morto, risuscitare per assistere all'apertura del testamento.... Rimorirei dal ridere! —

È tornato Ambrogio, tutto impensierito perchè il medico gli ha detto che ha una nevrastenia acuta, e gli ha ordinato di smettere di fumare e di mettersi in assoluto riposo.

— Pensare — diceva quel pover'uomo — che non posso fare nè una cosa nè l'altra! Come fo a mettermi in riposo se ho bisogno di lavorare per vivere? E come farò io, digraziato, a smettere di fumare.... Se non ho mai fumato in vita mia neppure una sigaretta? —

Ma io l'ho tolto da ogni imbarazzo, e presentandogli gli occhiali d'oro del signor Venanzio, gli ho detto:

— Si provi un po' queste lenti, e vedrà che gli passerà la nevrastenia.... —

Bisognava vedere la gioia d'Ambrogio! Pareva diventato pazzo e voleva sapere una quantità di come e di perchè; ma io ho tagliato corto dicendogli:

— Questi occhiali mi son stati regalati dal signor Venanzio e io li regalo a lei. Se li tenga e non cerchi altro!... —

19 gennaio.

Il Maralli da iersera è di un umore terribile.

Prima di tutto se la prese con me perchè non lo avevo avvertito, come mi era stato detto, quando il notaro era uscito dalla camera del signo

Venanzio, e poi era molto preoccupato perchè non riusciva a spiegarsi il miglioramento avvenuto nelle condizioni di salute di suo zio, così a un tratto, senza una causa, mentre il medico aveva detto prima che si trattava di una cosa grave.

Stamani era anche più nero di iersera e me ne ha dette di tutti i colori perchè gli buttai nel caminetto la sua vecchia cartella tutta strappata e scarabocchiata mettendogli invece sulla scrivania una cartella nuova, tutta dorata che è una bellezza. E questa è la gratitudine per avere avuto il gentile pensiero di fargli un regalo!

Pare, a quanto ho potuto capire, che nella cartella vecchia vi fossero delle carte e dei documenti importantissimi che riguardavano un processo, e che ora, per la loro mancanza, il Maralli non sappia più dove battere la testa....

Fortunatamente era l'ora della scuola e me ne sono andato via lasciando che si sfogasse con Ambrogio.

Quando son tornato di scuola ho trovato mio cognato anche più nero di stamani.

Il signor Venanzio gli aveva detto che ero stato io che l'avevo guarito dandogli le lenti d'Ambrogio e Ambrogio poi gli aveva raccontato d'essere stato guarito pure da me per avergli dato le lenti del signor Venanzio.

— Voglio assolutamente sapere come sta questa faccenda! — ha detto il Maralli sgranandomi tanto d'occhi in faccia.

— Ma io che c'entro?

— C'entri benissimo. Com'è che mio zio non ci vede più con le sue lenti mentre ci vede con quelle d'Ambrogio? E com'è che Ambrogio non ci vede più con le sue e ci vede con quelle dello zio Venanzio?

— Uhm! Bisognerebbe sentire un oculista.... —

In quel momento però è venuto Ambrogio, esclamando:

— Tutto è spiegato! Guardi: lo vede questo sgraffietto in questa lente? Ebbene: da questo sgraffietto ora riconosco che la lente è mia.... Queste sono le mie lenti che ho sempre avute: soltanto sono state messe nei cerchietti d'oro di suo zio.... Capisce? —

A questa rivelazione il Maralli ha cacciato un grido e ha fatto un passo verso di me, stendendo un braccio per afferrarmi, ma io ho fatto più presto di lui e son corso a chiudermi in camera.

Che anche questo di cambiar le lenti a due paia d'occhiali sia stato uno scherzo di cattivo genere?

Ma chi avrebbe potuto prevedere che per questo scherzo il signor Venanzio e Ambrogio si sarebbero impauriti a quel modo?

Ed è colpa mia se i loro medici per questo fatto hanno riscontrato nel primo un caso disperato e nel secondo una nevrastenia acuta?

È un'ora che son chiuso in camera mia. Tanto per passare il tempo, con un bastoncino, una gugliata di refe e uno spillo ritorto, mi son fabbricato una lenza e mi son divertito a pescare nella mia catinella certi pesciolini ritagliati nella carta....

20 gennaio.

Stamani Virginia s'è intromessa nella questione tra me e il Maralli e pare che egli non mi riporti a casa mia come aveva minacciato di fare.

— Che badi bene, però — ha detto a mia sorella — che badi di rigar diritto! Io mi son già pentito di quel che ho fatto per lui, e ormai basta una goccia per far traboccare il vaso!... —

21 gennaio.

Altro che goccia! Su quel vaso di mio cognato che era lì lì per traboccare c'è cascato addirittura un diluvio e.... non so proprio di dove cominciare.

Dovrei piangere dal dispiacere, strapparmi i capelli dalla disperazione.... ma le disgrazie che mi son capitate ieri tra capo e collo sono tante e si sono scatenate così improvvisamente, tutte insieme, che io son rimasto rimbecillito e mi par di sognare....

Andiamo per ordine.

La prima causa della mia rovina è stata la passione per la pesca.

Ieri, appena ritornato da scuola, presi in camera mia quella lenza che mi ero fabbricato ieri l'altro e andai nella stanza del signor Venanzio con l'intenzione di pescare nella sua catinella per farlo divertire.

Disgraziatamente il signor Venanzio dormiva; e dormiva in un modo curioso, con la testa arrovesciata sulla spalliera della poltrona e con la bocca spalancata dalla quale gli usciva un rantolino che andava a finire in un piccolo fischio....

Allora cambiai idea. Dietro alla poltrona c'era una tavola, e io montatovi sopra, stando seduto su un panchettino, mi misi, per ridere, a pescare nella bocca del signor Venanzio, tenendo la lenza al disopra della sua testa e l'amo sospeso all'altezza della bocca spalancata....

— Ora quando si sveglia — pensavo — chi sa come rimarrà sorpreso!

Disgraziatamente gli venne a un tratto da starnutire; e nello starnuto, avendo egli chinata la testa, l'amo andò a posarglisi sulla lingua e, avendo poi richiusa la bocca, gli restò dentro, mentre io senza accorgermene, per un semplice istinto di pescatore, detti una stratta alla lenza tirando in su....

Si udì un grido acutissimo, e io vidi, con mia grande meraviglia, attaccato all'amo un dente con due barbe!

Nello stesso tempo il signor Venanzio sputava una boccata di sangue....

In quel terribile istante, preso da un grande sgomento, gettai la lenza e, sceso con un salto dalla tavola, scappai come un pazzo in camera mia.

Dopo un'oretta è venuto mio cognato, seguito da mia sorella che gli raccomandava: — Riportalo a casa magari subito, ma non lo picchiare!

— Picchiarlo? Se mi ci mettessi dovrei ammazzarlo! — rispondeva il Maralli. — No, no; ma voglio che sappia almeno quel che mi costa l'averlo tenuto una settimana in casa mia! —

Quando mi fu dinanzi mi guardò ben bene in faccia e poi disse lentamente con una calma che mi faceva più paura che se avesse urlato come tante altre volte:

— Sai? Ora son convinto anche io che tu anderai a finire in galera.... e t'avverto che io non sarò certo il tuo avvocato difensore.... Io, vedi, ho conosciuto molta canaglia: ma tu hai nelle tue intraprese di delinquente delle risorse misteriose, ignorate a tutti gli altri.... Per esempio, come avrai fatto a fare un taglio alla lingua di mio zio Venanzio e a portargli via un dente che è stato trovato attaccato a uno spillo ricurvo legato a un filo di refe? E perchè hai fatto questo? Chi lo sa! Ma quello che devi sapere è che mio zio vuole assolutamente andar via da casa mia, dove dice di non sentirsi sicuro, e che così, per causa tua, io vado a rischio di perdere una vistosa eredità della quale, senza di te, potevo dirmi sicuro. —

Il Maralli s'è asciugato il sudore, mordendosi al tempo stesso le labbra; poi ha ripreso lentamente:

— Tu mi hai dunque rovinato come uomo; ma aspetta, che c'è dell'altro! E quest'altro, purtroppo, l'ho scoperto in tribunale, al processo, che è andato tutto a rotoli, e che ha segnato la mia rovina nella mia professione e nella mia carriera politica. Tu parlasti quattro o cinque giorni fa con un contadino chiamato *Gosto grullo?*

— Sì — confessai io.

— E che gli dicesti? —

A questo punto mi parve che la constatazione di una buona azione compiuta dovesse compensare il fallo rimproveratomi precedentemente e risposi con accento trionfale:

— Gli dissi che in tribunale doveva dire la verità, tutta la verità, nient'altro che la verità, come ho visto scritto nel cartello che è sulla testa del presidente.

— Sicuro! E infatti l'ha detta! Egli ha raccontato che gli imputati avevan tirato dei sassi ai soldati e gli imputati sono stati condannati. Hai capito?... E li hai fatti condannar te! E io che ero avvocato difensore ho perso la causa per te! E per te i giornali avversari mi attaccheranno ora con violenza, e per te il nostro partito avrà in paese meno credito di quel che aveva.... Hai capito? Sei contento ora? Sei soddisfatto dell'opera tua? Vuoi far qualche cos'altro? Hai in mente altre rovine, altri cataclismi da compiere? Ti avverto che nel caso hai tempo fino a domattina alle otto, perchè ora è troppo tardi per riaccompagnarti a casa tua. —

Io non capivo più nulla, non avevo la forza nè di parlare nè di muovermi....

Il Maralli mi lasciò lì come inebetito; mia sorella mi disse:

— Disgraziato! — e se ne andò anche lei.

Ah sì, disgraziato: disgraziato io e più disgraziati tutti quelli che hanno a che far con me....

Sono già le otto, caro giornalino: il Maralli mi aspetta nello studio per ricondurmi a mio padre che mi metterà subito in collegio!

Si può essere più disgraziati di me!

Eppure non mi riesce di piangere.... Anzi! Con tutta la tremenda prospettiva del mio triste avvenire, non so levarmi dalla mente l'immagine di quel dente con quelle due barbe che ho pescato ieri nella bocca spalancata del signor Venanzio e ogni tanto mi scappa da ridere....

22 gennaio.

Ho appena due minuti di tempo per scrivere due righe. Sono a Mon aguzzo, nel collegio Pierpaoli, e profitto di questo momento in cui mi rovo solo, in camerata, con la scusa di prendere dal mio baule la biancheria che mi è necessaria per la mia *toilette*.

Proprio così. Ieri mattina il Maralli mi riaccompagnò dal babbo al quale raccontò tutto quello che gli era successo per causa mia, e allora il babbo – a racconto finito – non disse altro che queste parole:

— Me l'aspettavo: tant'è vero che il suo baule con tutto il corredo richiesto dal collegio Pierpaoli è su bell'e pronto. Partiremo subito, con la corsa delle nove e quarantacinque! —

Giornalino mio, non ho coraggio di descrivere qui la scena della separazione dalla mamma, dall'Ada, dalla Caterina.... Si piangeva tutti come tante fontane, e anche ora nel ripensarci mi vengon giù, su queste pagine, i goccioloni a quattro a quattro....

Povera mamma! In quel momento ho capito quanto bene mi vuole, e ora che sono così lontano da lei capisco quanto bene le voglio io....

Basta: il fatto è che, dopo due ore di treno e quattro di diligenza, sono arrivato qui, dove il babbo mi ha consegnato al signor direttore e mi ha detto lasciandomi:

— Speriamo che quando ritornerò a prenderti possa trovare un ragazzo diverso da quello che lascio! —

Mi riescirà di diventare diverso da quel che sono?

Sento la voce della direttrice....

Mi hanno messo la divisa del collegio che è bigia, col berrettino da soldato, la tunica con una doppia fila di bei bottoni d'argento e i calzoni lunghi con le bande rosso-scure.

I calzoni lunghi mi stanno benissimo; ma però la divisa del collegio Pierpaoli non ha sciabola e anche questo per me è stato un bel dispiacere!

29 gennaio.

È una settimana, giornalino mio, che non ho scritto più un rigo in queste tue pagine, nelle quali in questi giorni avrei avuto pur tante cose tristi e comiche da confidare e anche tante lacrime da versare!...

Ma qui, in questo stabilimento carcerario che chiamano collegio, non siamo mai soli, neppure quando si dorme, e la libertà non penetra mai per nessuno, neppure per un minuto secondo....

Il Direttore si chiama il signor Stanislao ed è un uomo secco secco e lungo lungo, con due gran baffoni brizzolati che quando s'arrabbia gli treman tutti, e con una zazzera di capelli nerissimi che gli vengono in avanti appiccicati sulle tempie e che gli dànno l'aria di un grand'uomo, ma dei tempi passati.

È un tipo militare, che parla sempre a forza di comandi e facendo gli occhi terribili.

— Stoppani, — mi ha detto un paio di giorni fa — stasera starete a pane e acqua! Per fianco destro.... *March!* —

E questo perchè? Perchè mi aveva sorpreso nel corridoio che conduce alla sala di ginnastica mentre scrivevo col carbone sul muro: *Abbasso i tiranni!*

Più tardi la Direttrice mi disse:

— Sei un sudicione e un malvagio. Sudicione perchè hai sporcato il muro, e malvagio perchè offendi le persone che cercano di farti del bene correggendoti. Chi hai voluto indicare come tiranni? Sentiamo....

— Uno è Federigo Barbarossa, — risposi pronto — un altro è Galeazzo Visconti, un altro è il generale Radeschi, e un altro è....

Questo è il signor Stanislao

— Siete anche un impertinente, ecco tutto! Andate in classe subito! —

Questa Direttrice non capisce nulla; invece d'aver piacere che io mi appassioni contro i peggiori personaggi della storia patria, s'è messa in testa, da quella volta, che io la canzoni, e non mi leva mai gli occhi di dosso.

La Direttrice si chiama la signora Geltrude ed è la moglie del signor Stanislao, ma è un tipo tutto diverso da lui. È bassa bassa e grassa grassa,

Questa è la sig.ª Geltrude

con un naso rosso rosso e declama sempre, e fa dei grandi discorsi per delle cose da nulla, e non si cheta mai un minuto, corre per tutto e discorre con tutti e su tutto e su tutti trova a ridire.

Gli insegnanti che fanno lezione alle diverse classi sono tutti dipendenti dal Direttore e dalla Direttrice e paion loro servitori. Il professore di francese arriva perfino a baciare la mano alla signora Geltrude tutte le mattine quando le dà il buon giorno e tutte le sere quando le dà la buona sera; e il professore di matematiche dice sempre al signor Stanislao quando va via: « Servo suo, signor direttore ! ».

Noi collegiali siamo ventisei in tutti: otto grandi, dodici mezzani e sei piccoli. Io sono il più piccino di tutti. Si dorme in tre camerate, una accanto all'altra, si mangia tutti in un gran salone, due pasti al giorno e la mattina il caffè e latte col pane inzuppato, ma senza burro e sempre con poco zucchero.

Il primo giorno, a desinare, vedendo venir la minestra di riso esclamai:

— Meno male ! Il riso mi piace moltissimo.... —

Un ragazzo di quelli grandi che sta di posto accanto a me (perchè a tavola ci mettono sempre alternati, uno piccino e uno più grande) e che si chiama Tito Barozzo ed è napoletano, dètte in una gran risata e disse:

— Tra una settimana non dirai più così ! —

Io allora non capii niente, ma ora ho compreso benissimo il significato di quelle parole.

Sono sette giorni che sono qui e, meno l'altro ieri che era venerdì, si è sempre mangiato la minestra di riso due volte al giorno....

Mi è venuta così a noia, che l'idea di una minestra di capellini, che prima mi era così antipatica, ora mi manda tutto in solluchero !...

Oh mamma mia, cara mammina che mi facevi fare spesso da Caterina gli spaghetti con l'acciugata che mi piacciono tanto, chi sa come ti dispiacerebbe se tu sapessi che il tuo Giannino in collegio è obbligato a mangiare dodici minestre di riso in una settimana !

1° febbraio.

È appena giorno e io che mi sono svegliato presto ne profitto per continuare a registrare le mie memorie nel mio caro giornalino, mentre i miei cinque compagni dormono della grossa.

In questi due giorni passati ho due fatti notevoli da narrare: una condanna alla prigione e la scoperta della ricetta per fare un'eccellente minestra di magro.

Ieri l'altro dunque, cioè il 30 gennaio, dopo colazione, mentre stavo chiacchierando con Tito Barozzo, un altro collegiale grande, un certo Carlo Pezzi, gli si accostò e gli disse sottovoce:

— Nello stanzino ci son le nuvole....

— Ho capito! — rispose il Barozzo strizzando un occhio.

E poco dopo mi disse: — Addio, Stoppani, vo a studiare — e se n'andò
dalla parte dove era andato il Pezzi.

Io che avevo capito che quella d'andare a studiare era una scusa
bella e buona e che invece il Barozzo era andato nello stanzino accennato
prima dal Pezzi fui preso da una grande curiosità e, senza parere, lo seguii
pensando:

— Voglio vedere le nuvole anch'io. —

E arrivato a una porticina dove avevo visto sparire il mio compagno
di tavola, la spinsi e.... capii ogni cosa.

In una piccola stanzetta che serviva per pulire e assettare i lumi a
petrolio (ve n'erano due file da una parte e in un angolo una gran cassetta
di zinco piena di petrolio e cenci e spazzolini su una panca) stavano quattro collegiali grandi che nel vedermi si rimescolarono tutti, e vidi che uno,
un certo Mario Michelozzi, cercava di nascondere qualcosa....

Ma c'era poco da nascondere, perchè le nuvole dicevano tutto; la
stanza era piena di fumo e il fumo si sentiva subito che era di sigaro toscano.

— Perchè sei venuto qui? — disse il Pezzi con aria minacciosa.

— Oh bella! Son venuto a fumare anch'io.

— No, no! — saltò a dire il Barozzo. — Egli non è avvezzo.... gli
farebbe male, e così tutto sarebbe scoperto.

— Va bene: allora starò a veder fumare.

— Bada bene però, — disse un certo Maurizio Del Ponte. — Guai se....

— Io, per tua regola, — lo interruppi con alterezza, avendo capito quel che voleva dire — la spia non l'ho mai fatta e spero bene! —

Allora il Michelozzi che era rimasto sempre prudentemente con le mani didietro, tirò fuori un sigaro toscano ancora acceso, se lo cacciò avidamente tra le labbra, tirò due o tre boccate e lo passò al Pezzi che fece lo stesso passandolo poi al Barozzo che ripetè la medesima funzione passandolo al Del Ponte che, dopo le tre boccate di regola, lo rese al Michelozzi.... e così si ripetè il passaggio parecchie volte, finchè il sigaro fu ridotto a una misera cicca e la stanza era così piena di fumo che ci si asfissiava....

— Apri il finestrino! — disse il Pezzi al Michelozzi. E questi si era mosso per eseguire il saggio consiglio quando il Del Ponte esclamò:

— Calpurnio! —

E si precipitò fuori della stanza seguito dagli altri tre.

Io, sorpreso da quella parola ignorata, indugiai un po' nella istintiva ricerca del suo misterioso significato, pur comprendendo ch'era un segnale di pericolo; e quando a brevissima distanza dagli altri feci per uscir dalla porticina, mi trovai a faccia a faccia col signor Stanislao in persona che mi afferrò per il petto con la destra e mi ricacciò indietro esclamando:

— Che cosa succede qua? —

Ma non ebbe bisogno di nessuna risposta; appena dentro la stanza comprese perfettamente quel che era successo e con due occhi da spiritato, mentre gli tremavano i baffi scompigliati dall'ira, tonò:

— Ah, si fuma! Si fuma, e dove si fuma? Nella stanza del petrolio, a rischio di far saltar l'istituto! Sangue d'un drago! E chi ha fumato? Hai fumato tu? Fa' sentire il fiato.... *march!* —

E si chinò giù mettendomi il viso contro il viso in modo che i suoi baffoni grigi mi facevano il pizzicorino nelle gote. Io eseguii l'ordine facendogli un gran sospiro sul naso ed egli si rialzò dicendo:

— Tu no.... difatti sei troppo piccolo. Hanno fumato i grandi.... quelli che sono scappati di qui quando io imboccavo il corridoio. E chi erano? Svelto.... *march!*

— Io non lo so.

— Non lo sai? Come! Ma se erano qui con te!

— Sì, erano con me.... ma io non li ho visti.... Sa, con questo fumo!... —

A queste parole i baffi del signor Stanislao incominciarono a ballare una ridda infernale.

— Ah! Sangue di un drago! Tu ardisci rispondere così al direttore? In prigione! In prigione! *March!*

E afferratomi per un braccio mi portò via, chiamò un bidello e gli disse:

— In prigione fino a nuov'ordine! —

La prigione è una stanzetta su per giù come quella dei lumi a petrolio, ma più alta della metà e c'è una finestra lassù per aria, con una barra di ferro che le dà proprio l'aspetto triste di una prigione.

Fui serrato lì dentro a catenaccio, e vi rimasi solo con i miei pensieri finchè non venne a farmi visita la signora Geltrude la quale mi fece una lunga predica sul pericolo dell'incendio che avrebbe potuto succedere se il fuoco del sigaro si fosse appiccato al petrolio, e seguitò a declamare per un bel pezzo per finire poi, con voce patetica, a scongiurarmi di dire a lei la verità, assicurandomi che non era per dare delle punizioni ai colpevoli, ma per prendere delle precauzioni nell'interesse di tutti....

Io naturalmente seguitai a dire che non sapevo niente e che non avrei detto niente mai, anche se mi avessero tenuto in prigione per una settimana, che dopo tutto era meglio stare a pane e acqua che essere obbligati a mangiar la minestra di riso due volte al giorno....

La Direttrice se ne andò tutta invelenita dicendomi con voce drammatica:

— Vuoi essere trattato con tutto il rigore? Tal sia di te! —

Rimasto solo daccapo, mi sdraiai sul lettuccio che era in un canto della prigione e non tardai ad addormentarmi perchè era già tardi e io ero stanco da tante emozioni.

La mattina dopo, cioè iermattina, mi svegliai di lietissimo umore.

Il mio pensiero, considerando i miei casi, corse ai tempi delle cospirazioni, quando i patriotti italiani marcivano nelle prigioni piuttosto che dire i nomi dei congiurati ai tedeschi, e mi sentivo pieno d'allegria, e avrei voluto magari che la prigione fosse stata più stretta e magari anche umida, e con qualche topo.

Però in mancanza di topi, c'era qualche ragno, e io mi misi in testa di ammaestrarne uno, come Silvio Pellico, e mi misi all'opera con tutto l'impegno, ma dovetti smettere. Non so se dipenda perchè i ragni d'allora fossero più intelligenti di quelli d'ora o perchè i ragni di collegio siano più zucconi degli altri, ma il fatto è che quel maledetto ragno faceva tutto il contrario di quel che gli dicevo di fare, e mi fece tanto arrabbiare che da ultimo lo schiacciai con un piede.

Allora mi venne in mente che, se avessi potuto chiamare dalla finestra qualche passerotto, sarebbe stato molto più facile di ammaestrarlo; ma la finestra era così alta !...

Non so che cosa avrei dato per potere arrampicarmi su quella finestrina; e a furia di pensarci mi era venuto come una frenesia e non potevo più star fermo, nè mi riusciva di levarmi dal cervello quell'idea....

Cominciai dal trascinare il lettuccio sotto la finestra per diminuirne la distanza; poi presi un pezzo di corda che avevo in tasca, levai la cinghia dei calzoni e l'aggiunsi a quella.... Ma con tutt'e due si arrivava appena alla metà dell'altezza cui era posta la finestra. Allora mi cavai la camicia, la strappai a strisce, che attorcigliai a uso fune e che aggiunsi alla corda che avevo già; ne venne una corda assai lunga che lanciai mirando alla finestra. Ora ci arrivava, ma occorreva una lunghezza maggiore per farne ritornar giù una parte dopo averla fatta passare sulla sbarra che era nel mezzo alla finestra. Mi cavai anche le mutande delle quali feci altre strisce che aggiunsi alle altre. Così ottenni una corda sufficiente a tentare la scalata che mi ero prefisso di dare alla finestra.

Da un capo di essa attaccai una scarpa; e incominciai i miei esercizi di tiro a segno lanciando con la destra la scarpa contro la sbarra di ferro e tenendo nella sinistra l'altro capo della corda.

Quanti vani tentativi! Non avevo orologio per calcolare quanto tempo occupassi in questo lavoro, ma potevo giudicarne la durata dal sudore che mi bagnava tutto per la fatica.

Finalmente mi riuscì di fare in modo che la scarpa lanciata al disopra della sbarra girasse al disotto, ritornando dentro la stanza; e dopo, piano piano, a forza di piccole e prudenti scosse date con la parte di corda che avevo in mano, mi riuscì di far calare giù l'altro capo tanto da arrivare ad acchiapparlo.

Che felicità! Su quella doppia corda mi arrampicai su fino alla finestra, dove mi riuscì di accoccolarmi, alla meglio, e salutai il cielo che mai mi era parso così limpido e così bello come in quel momento.

Ma oltre alla bellezza del cielo che scorgevo al disopra di me mi commosse l'animo un grato odorino di soffritto che veniva dal di sotto.... La finestrina, infatti, dava sul cortiletto della cucina in un angolo del quale era una enorme caldaia piena d'acqua bollente.

Allora mi ricordai che era venerdì, il giorno sacro alla famosa minestra di magro che in mezzo a tutte le minestre di riso della settimana veniva ad allietare i nostri stomachi, a quella eccellente minestra di magro così saporita e che pareva riunire in sè le fragranze più care dell'umano palato....

Mi sentivo venir l'acquolina in bocca e una grande malinconia mi scendeva giù nella desolata solitudine delle mie povere budella....

Fortunatamente questo atroce supplizio durò poco, perchè ogni desiderio mi sparì come per

incanto dallo stomaco appena scoprii la ricetta con la' quale il cuoco del collegio faceva la sua ottima minestra di magro.

Stando appollaiato sulla finestra avevo visto più volte andare e venire lo sguattero, un ragazzettaccio che da quel che capii era stato preso da poco perchè sentivo il cuoco che gli diceva continuamente: — Fa' così, fa' cosà, piglia qui, piglia là — e gli insegnava tutto quel che aveva a fare e dove stavano gli utensili e come dovevano essere adoperati....

— Tutti i piatti sudici di ieri, — gli domandò ad un certo punto il cuoco — dove li hai messi?

— Lassù su quell'asse come mi diceste voi.

— Benone! Ora rigovernali nella solita caldaia dove hai rigovernato ieri e ier l'altro, chè l'acqua calda dev'essere al punto giusto.... E poi risciacquali come le altre volte nell'acqua pulita. —

Lo sguattero portò tutti i piatti sudici nel cortiletto e a due a due li fece scivolare dentro il caldaione dell'acqua calda. Poi si mise a tirarli su, a uno per volta, sciaguattandoli e strisciandovi sopra l'indice della destra steso, per levarvi bene l'unto....

Quand'ebbe tirato su l'ultimo piatto, lo sguattero esclamò immergendo la mano nella caldaia:

— Che brodo! Si taglia col coltello!...

— Benone! — disse il cuoco comparendo sull'uscio della cucina. — Gli è come deve essere per la minestra d'oggi. —

Lo sguattero sgranò tanto d'occhi, proprio come feci io lassù sul mio osservatorio.

— Come! La minestra d'oggi?

— Sicuro! — spiegò il cuoco, accostandosi al caldaione. — Questo è il brodo per la minestra di magro alla casalinga del venerdì che piace tanto a tutte queste carogne di ragazzi. Capirai! Qui ci son tutti i sapori....

— Sfido io! Ci ho rigovernato i piatti di due giorni di seguito....

— E prima che tu venissi tu c'erano stati rigovernati i piatti d'altri due giorni.... Insomma, per tu' regola, in questa caldaia si comincia a rigovernar la domenica e si dura fino al giovedì, sempre nella medesima acqua; e capirai bene che quando si arriva al venerdì l'acqua non è più acqua, ma è un brodo da leccarsi i baffi....

— Vo' direte bene, — disse lo sguattero sputando — ma io i baffi non me li voglio leccare un accidente....

— Grullaccio! — ribattè il cuoco. — Ti par'egli che noi si mangi di questa roba? Il personale di cucina mangia la minestra speciale che si fa per il Direttore e per la Direttrice....

— Ah! — fece lo sguattero, tirando un gran respiro di sollievo.

— Ora, via: portiamo la caldaia sul fuoco, che c'è già il pane bell'e affettato e il soffritto è pronto. E tu impara il mestiere, e mosca! Il personale di cucina, questo te l'ho già spiegato, non deve mai far parola con nessuno al mondo di quel che si fa intorno ai fornelli. Hai capito? —

E, uno da una parte uno dall'altra, afferrarono la caldaia e l'alzarono di peso; ma allo sguattero nel chinarsi cadde nella caldaia il berrettaccio tutt'unto che aveva in testa, ed egli fermatosi dette in una grande risata e ritiratolo su strizzandovelo dentro esclamò:

— Gua'! Ora gli è anche più saporito di prima! —

A questo punto non ne potetti più dallo schifo e dall'ira; e cavatomi la scarpa rimastami in piedi la tirai giù con forza nella caldaia urlando:

— Porci! allora metteteci anche questa!... —

Il cuoco e lo sguattero si voltarono in su, come due spiritati, e mi par di vedere anche ora quei quattro occhi dilatati, fissi su me in una comica espressione di maraviglia e di sgomento.

Io intanto seguitavo a lanciar loro tutti i titoli che si meritavano, finchè essi, riavutisi finalmente dallo sbalordimento, si precipitarono dentro la cucina.

Pochi minuti dopo, la piccola porta della mia prigione si apriva e vi entrava di profilo – chè altrimenti non ci sarebbe potuta passare – la signora Geltrude declamando:

— Ah disgraziato! Uh, che vedo!... A rischio di cader giù e sfracellarsi!... In nome di Dio, Stoppani, che cosa fate costassù?

— Eh! — risposi — sto a veder preparare la minestra di magro alla casalinga....

— Ma che dici? sei impazzato? —

In quel momento entrò un bidello con una scala.

— Appoggiatela lì, e fate scendere quello sciagurato! — impose con aria drammatica la signora Geltrude.

— No, non scendo! — risposi aggrappandomi alla sbarra di ferro. — Se devo rimanere in prigione voglio starmene quassù perchè c'è più aria.... e poi si impara come si cucinano i ragazzi in collegio!...

— Scendi, via! Non capisci che ero venuta appunto per farti uscire dalla prigione? Purchè, s'intende, tu prometta di essere buono e ubbidiente, chè se no, figliuolo mio, è un affar serio!... —

Io guardai la direttrice sorpreso.

« Perchè questa improvvisa liberazione? » pensavo fra me. « Eppure non ho rivelato i nomi dei ragazzi che fumavano nello stanzino del petrolio.... Dunque? Ah! Ho capito! Ora cercan di pigliarmi con le buone maniere perchè non racconti ai miei compagni la scoperta della ricetta per la zuppa di magro alla casalinga ».

In ogni modo non c'era più ragione di rimanere appoggiato sulla finestrina e discesi.

Appena ebbi toccato terra, la signora Geltrude ordinò al bidello di riportar via la scala, e poi, presomi per un braccio, mi disse con tono imperioso:

— Di' su: che volevi dire della minestra di magro che si fa in collegio?

— Volevo dire che io non intendo di mangiarla più mai. Guardi! Mi assoggetto piuttosto a mangiare quella di riso anche il venerdì.... a meno che non mi dia la minestra speciale che fanno per lei e per il signor Direttore....

— Ma che dici? Io non t'intendo.... Dimmi tutta la verità.... tutta, capisci? —

Allora le raccontai semplicemente tutto quello che avevo visto e sentito dalla finestrina della mia prigione; e con mia grande sorpresa la signora Geltrude, molto impressionata dal mio racconto, esclamò:

— La cosa che dici, ragazzo mio, è molto seria.... Bada bene! Si tratta di far perdere il pane a due persone: al cuoco e allo sguattero.... Pensaci: hai detto proprio la verità?

— L'ho detta e la sostengo.

— Allora vieni a far rapporto dal signor Direttore! —

Difatti mi condusse nell'ufficio di Direzione dove, dietro a una scrivania piena di libri, stava il signor Stanislao.

— Lo Stoppani — gli disse la signora Geltrude — ha un rapporto molto grave da fare contro il personale di cucina. Via, racconta! —

E io raccontai da capo la scena alla quale avevo assistito.

Passavo di sorpresa in sorpresa. Anche il Direttore mi apparve indignato del racconto fatto. Chiamò il bidello e ordinò:

— Fate venir qui il cuoco e lo sguattero. *March!* —

Poco dopo, eccoli tutti e due; e io daccapo a ripetere il racconto per la terza volta.... Ma la mia meraviglia giunse al colmo quando, invece di rimanere confusi, com'io mi aspettavo, sotto il peso delle mie rivelazioni, essi dèttero in una grande risata, e il cuoco, presa la parola, disse indirizzandosi al signor Stanislao:

— La mi scusi, signor Direttore, ma le par possibile che si faccia tutto questo? Deve sapere che io ho per abitudine di far sempre la burletta, e ora specialmente che ho per le mani questo sguattero, che è nuovo del mestiere, mi diverto un mondo a dargliene ad intendere delle cotte e delle crude.... Quello che ha raccontato il signorino è sacrosantamente vero: soltanto, come le ho detto, si trattava di parole dette per ischerzo....

— Va bene, — disse il Direttore. — Ma il mio dovere mi impone di procedere immediatamente a un'ispezione in cucina. Precedetemi.... *March!* E voi, Stoppani, attendetemi qui.... —

E uscì impettito, con passo militare.

Quando ritornò poco dopo mi disse sorridendo:

— Tu hai fatto bene a riferirmi quel che avevi visto.... Ma fortunatamente la cosa sta come aveva raccontato il nostro cuoco.... e puoi mangiar tranquillo la tua brava scodella di minestra alla casalinga. Cerca di esser buono.... Va'! —

E mi dètte un colpetto di mano su una guancia.

Io me ne andai tutto contento e persuaso in mezzo ai miei compagni, che giusto in quel momento uscivano di classe.

Poco dopo andammo tutti a pranzo, e il Barozzo che, come dissi già, è di posto accanto a me, mi strinse forte la mano sotto la tovaglia e mi disse sottovoce:

— Bravo Stoppani! sei stato forte.... Grazie! —

Quando venne in tavola la minestra di magro alla casalinga, il mio primo movimento fu di repulsione. Ma le parole del cuoco mi avevano persuaso.... E poi avevo molta fame.... E poi, appena assaggiata dovetti riconoscere che quella minestra era proprio buona e mi pareva impossibile che una cosa tanto prelibata potesse esser preparata in un modo così ripugnante.

Avrei voluto raccontare al Barozzo tutta la scena che si era svolta nel cortiletto della cucina e poi nell'ufficio di Direzione.... Ma la signora Geltrude, che quando si mangia gira sempre intorno alla tavola, non mi levava gli occhi di dosso, e mi accòrsi che mi vigilava in modo speciale, proprio per vedere se mangiavo la minestra e se raccontavo l'avventura della mattinata ai miei compagni di tavola.

Anche dopo, durante l'ora di ricreazione, la signora Geltrude continuò la sua sorveglianza speciale; la quale non impedì che il Pezzi, il Del Ponte e il Michelozzi mi facessero una gran festa, dichiarandomi che benchè io sia piccino, dopo quel fatto d'aver sostenuto la prigione piuttosto che far la spia, mi consideravano un amico grande come loro, e mi avrebbero ammesso nella loro società segreta che si chiama: *Uno per tutti e tutti per uno.*

La sorveglianza speciale è durata fino a ieri sera; ma a cena mi parve che il mio contegno avesse finalmente persuaso la Direttrice che mi ero dimenticato di quel che avevo visto la mattina.

Così potei narrar tutto per filo e per segno al Barozzo, il quale prese la cosa molto sul serio e dopo aver pensato un po' disse:

— Vorrei sbagliare.... Ma per me l'interrogatorio del cuoco e dello sguattero è tutta una commedia.

— Come!

— Sicuro. Prendiamo a considerare la faccenda dal momento in cui il cuoco, accortosi che tu avevi assistito alla preparazione della minestra di magro alla casalinga, è corso ad avvertire il direttore o la direttrice. Qual era il consiglio che dovevano seguire nel loro interesse? Quello di rabbonirti e di cancellare dalla tua mente lo spettacolo che avevi visto. Essi dunque hanno detto al cuoco e allo sguattero: quando sarete chiamati dite che è stata una burletta!... Ed ecco che la Direttrice viene ad aprirti la prigione, finge di scandalizzarsi al tuo racconto e ti conduce dal Direttore il quale finge di fare un tremendo processo al cuoco e allo sguattero, i quali fingono di avere scherzato.... e tu, persuaso di tutto questo, mangi e gusti, come al solito, la tua brava minestra di magro alla casalinga e.... tutto sarebbe andato bene per loro se tu non avessi raccontato la cosa al tuo amico Barozzo che ha più esperienza di te e che riferirà la cosa alla società.... —

Per questa faccenda, in tempo di ricreazione faremo un'adunanza e decideremo. Non mi par vero che arrivi quell'ora !...

Ma è già sonata la sveglia e bisogna che mi affretti a nasconderti, giornalino mio !

L'adunanza della Società segreta *Tutti per uno e uno per tutti* è andata benissimo.

Ci siamo riuniti tutti in un angolo del cortile; questo disegno che ho fatto qui stasera, prima di addormentarmi, rappresenta il momento più

solenne della discussione, con Tito Barozzo che presiedeva alla mia sinistra, e accanto a lui Mario Michelozzi, alla mia destra Carlo Pezzi e, tra questi e il Michelozzi, Maurizio Del Ponte.

Prima di tutto c'è stato un voto di plauso per me, perchè quel giorno in cui i soci si erano riuniti a fumare nello stanzino del petrolio piuttosto che far la spia mi ero fatto condannare in prigione. Poi un altro voto di plauso per avere scoperto l'affare della minestra di magro.... Insomma sono stato trattato come un eroe, e tutti mi hanno dimostrato una grande ammirazione.

Dopo aver discusso ben bene ci siamo trovati d'accordo su questo punto: che per accertarsi se la minestra del venerdì è fatta con la rigovernatura dei piatti serviti ai pasti degli altri giorni, bisogna, incominciando da domani, dopo mangiato, mettere nel piatto qualche cosa che dia un colore all'acqua nella quale i piatti saranno rigovernati....

— Ci vorrebbe dell'anilina ! — ha detto il Del Ponte.

— Ci penso io a procurarla ! — ha aggiunto Carlo Pezzi — ne ho vista nel gabinetto di chimica.

— Benissimo. Domani allora principieremo la prova. —

E ci siamo separati dandoci la mano; quello che la stendeva diceva:

— *Tutti per uno!* —

E l'altro, stringendo la mano, rispondeva:

— *Uno per tutti!* —

Sono molto contento di essere entrato in questa società; ma ero incerto, caro giornalino mio, di scriverne nelle tue pagine, avendo giurato di non confidare il segreto a nessuno.... Però ho pensato che a te potevo confidar tutto perchè mi sei fedele e poi io ti custodisco bene, chiuso a chiave nella mia valigetta.

A proposito; la mia valigia è riposta con la mia biancheria in un piccolo armadietto scavato nel vano della parete a capo del letto, al disopra del comodino.

Tutti i collegiali hanno un armadietto simile, chiuso da uno sportello bigio.

L'altra sera, dunque, mentre gli altri dormivano, per riporre nella valigia il giornalino mi ficcai addirittura dentro il mio armadino, e sentii delle voci.

Rimasi in ascolto, pieno di curiosità. Non mi ero sbagliato: le voci erano al di là del muro in fondo all'armadietto... e mi parve perfino di riconoscere la voce della signora Geltrude.

Dev'essere una parete sottilissima.

2 febbraio.

Si incomincia la prova.

Prima di mezzogiorno Carlo Pezzi aveva già distribuito a ciascuno di noi un involtino nel quale sono dei granellini minutissimi come quelli della rena.

Per l'appunto oggi, essendo domenica, abbiamo avuto una pietanza di più e cioè il pesce con la maionese, e così noialtri soci della Società segreta abbiamo messo un granellino nel piatto che aveva servito per il pesce, e un altro nel piatto dei muscoletti in umido (anche questa dei muscoletti in umido è una pietanza che ritorna spesso in tavola, come la minestra di riso) e così abbiamo rimandato in cucina due granellini d'anilina a testa, cioè dieci in tutto.

Stasera a cena poi, essendoci una pietanza di stracotto, abbiamo messo nei piatti sudici un altro granellino, sicchè nella giornata sono quindici granellini che sono andati in cucina nel famoso caldaione....

— Capirai, — mi ha detto il Barozzo — anche se di qui a giovedì ne mettiamo un altro solo al giorno (perchè bisogna mettere il granellino soltanto nei piatti dove si è mangiato una pietanza in umido) sono altri venticinque granellini e cioè quaranta in tutti, tanti quanti bastano per colorire di rosso il brodo della minestra di venerdì.... ammesso che l'inchiesta del signor Stanislao sia stata, come séguito a credere, una burletta.

— Sicchè avremo la minestra col brodo rosso?

— Eh no! Molto probabilmente in settimana lo sguattero non si accorgerà affatto del colore che aumenterà gradatamente, giorno per giorno; e se n'avvedrà solo il cuoco il venerdì mattina quando si disporrà a manipolare la sua famosa minestra alla casalinga.

— Ma allora farà un'altra minestra!

— Sicuro: e, dovendo rimediare alla svelta, farà una minestra di riso.... Ebbene: se venerdì non ci sarà la tradizionale minestra di magro alla casalinga, vorrà dire.... che questa era proprio fatta col brodo della rigovernatura e allora noi insorgeremo. —

Che ingegno ha il Barozzo! Egli prevede tutto e sa rispondere a tutto, sempre....

Ora, giornalino mio, ti rimetto a posto e.... E poi lo sai che cosa fo? Ho qui uno scalpello che ho preso oggi nell'ora di ricreazione giù nel cortile, mentre il muratore che viene da qualche giorno a far dei lavori era uscito.... E con questo scalpello voglio incominciare piano piano a fare un buco nella parete in fondo all'armadino per vedere di dove vengono le voci che sentii l'altra sera.

I miei compagni dormono: ora spengo il lume e mi ficco dentro l'armadietto a lavorare....

3 febbraio.

Oggi dopo desinare durante una riunione della nostra Società segreta abbiamo, tra altre cose, parlato anche della continuità di questa stomachevole minestra di riso, e ci siamo tutti trovati daccordo nel pensare che sarebbe davvero ora di finirla.

Mario Michelozzi ha detto:

— Io ho un'idea. Se mi riesce di procurarmi i mezzi per metterla in esecuzione ve la comunicherò, e domanderò l'aiuto del nostro bravo Stoppani. —

Per me è un piacere di sentirmi così stimato dai ragazzi più grandi, e di godere tutta la loro fiducia, mentre gli altri ragazzetti della mia classe non son considerati nulla e non li guardano neppure.

Però c'è un mio compagno che ha l'età mia e si chiama Gigino Balestra il quale è un bravo figliolo e siamo diventati amici. Questo meriterebbe di entrare nella Società segreta perchè mi pare fedele e sicuro.... Ma prima voglio accertarmi meglio, perchè mi dispiacerebbe troppo di farmi canzonare presentando un traditore.

Mi è venuta una lettera della mamma la quale mi dice tante belle cose e mi ha consolato un poco nella vita di collegio che è una vitaccia impossibile, sia per la mancanza di libertà, sia perchè si mangia molto male, e più di tutto perchè siamo lontani dalle nostre famiglie e, per quanto dicano di tener le veci dei nostri genitori, il signor Stanislao e la signora Geltrude non arriveranno mai a farci dimenticare il babbo e la mamma.

4 febbraio.

Grande novità!

Stanotte, dopo un lungo e paziente lavoro, dovendo fare in modo di non far rumore per non svegliare i compagni del dormitorio, son riuscito finalmente a fare un buco nella parete in fondo all'armadietto che è nel vano del muro a capo del mio lettino.

Subito è apparso un chiarore, una luce opaca che veniva dall'altra parte, ma riparata da qualche cosa che era frapposta al di là della parete.

Spingendo lo scalpello fuori del buco sentii che l'ostacolo era cedevole e dopo averne studiata per un pezzo la natura, mi convinsi che doveva essere un quadro attaccato nella parete che avevo forata.

Ma se la tela mi vietava la vista non mi impediva l'udito; e io sentivo, sebbene non riuscendo ad afferrar le parole, la voce del signor Stanislao e della signora Geltrude che parlavano tra di loro.

Mi giunse solo distintamente questa frase pronunziata con vivacità dalla Direttrice:

— Tu sarai sempre un imbecille! Queste carognette mangiano anche troppo bene! Intanto ho fatto un contratto col fattore del marchese Rabbi per trenta quintali di patate.... —

Con chi parlava la signora Geltrude? L'altra voce che io sentivo era certamente quella di suo marito; ma è impossibile che il signor Stanislao, con quella sua aria rigida di vecchio militare, permettesse alla signora Geltrude di trattarlo a quel modo....

L'argomento delle patate mi ha fatto pensare che vi fosse presente anche il cuoco e che il dialogo corresse con lui.

Tito Barozzo al quale ho raccontato la cosa mi ha risposto:

— Chi sa! In ogni modo questa è una faccenda secondaria. La questione principale è che si presentano dinanzi al nostro immediato avvenire di infelici collegiali trenta quintali di patate, cioè trenta volte cento chilogrammi, ovverosia tremila chilogrammi che è quanto dire centoquindici chilogrammi per ogni stomaco, dovendosi certo escludere dal conto gli stomachi direttoriali e del personale di cucina, per i quali è fatto un trattamento diverso!... —

Oggi durante l'ora di ricreazione si è riunita la Società segreta, e io ho raccontato l'affare del buco nell'armadietto, e tutti hanno applaudito dicendo che quel posto d'osservazione era importantissimo e poteva essere di molta utilità per tutti, ma che bisognava prima accertarsi che stanza fosse quella dalla quale venivano le voci del Direttore e della Direttrice.

Di questo si è preso l'incarico Carlo Pezzi che ha uno zio ingegnere e che sa come si fa a sviluppare le piante delle case.

5 febbraio.

Stamani mentre attraversavo il corridoio che conduce alla scuola di disegno, Mario Michelozzi mi si è avvicinato mormorando:

— *Uno per tutti!*

— *Tutti per uno!* — ho risposto.

— Vai nello stanzino del petrolio che è aperto. Dietro la porta troverai un bottiglione pieno di petrolio coperto con un asciugamano: prendilo, portalo nel tuo dormitorio e nascondilo sotto il tuo letto. Maurizio Del Ponte fa la guardia: se senti gridare: « *Calpurnio!* » lascia andare il bottiglione e scappa. —

Io ho eseguito l'ordine e tutto è andato benissimo.

Oggi, durante la ricreazione, Carlo Pezzi ha studiato molto per scoprire quale stanza è quella al di là del mio armadino. Ma più che con la sua scienza d'ingegnere si è aiutato chiacchierando con i muratori che seguitano a lavorare a certe riparazioni del collegio.

Il Michelozzi mi ha detto:

— Stasera tienti pronto: mentre tutti dormiranno noi ci occuperemo del riso.... e rideremo! —

6 febbraio.

È vicina la sveglia, giornalino mio, e io ho molti fatti da registrare.

Prima di tutto una lieta notizia: i convittori del collegio Pierpaoli non mangeranno più minestra di riso per un pezzo!

Iersera quando tutti dormivano, io che stavo sull'attenti sentii nella porta del dormitorio un lieve sgretolìo a più riprese, come quello di un tarlo. Era il segnale convenuto: il Michelozzi raschiava la porta con l'unghia per avvertirmi di portar fuori il bottiglione pieno di petrolio, ciò che io feci in un batter d'occhio.

Egli lo prese e porgendomi la mano mi sussurrò in un orecchio:

— Vieni dietro a me rasentando il muro.... —

Che palpiti nell'avventurarsi così, nel buio dei corridoi, fermandosi in ascolto a ogni più lieve rumore, trattenendo il respiro....

A un certo punto, sboccando da un corridoio stretto stretto, la scena fu rischiarata da una finestra le cui imposte erano aperte, e ci fermammo dinanzi a una porticina nascosta nel muro.

— Il magazzino! — mormorò il Michelozzi. — Prendi questa chiave.... È quella del gabinetto di fisica e apre benissimo anche questa porta.... Fa' piano.... —

Presi la chiave, la introdussi pian piano e la girai nella serratura adagino adagino.... La porticina si aprì ed entrammo.

Il magazzino era fiocamente illuminato dal chiarore che veniva da un finestrino aperto sulla parete difaccia alla porta, in alto; e a quella luce incerta vedemmo da un lato una fila di balle aperte, con della roba bianca....

Vi misi le mani: era il riso, quell'odiato riso che nel collegio Pierpaoli ci era servito a tutti i pasti, tutti i giorni, meno il venerdì e la domenica....

— Aiutami! — mormorò il Michelozzi.

Lo aiutai ad alzare il bottiglione, e giù! innaffiammo ben bene le balle col petrolio.

— Ecco fatto! — aggiunse il mio compagno posando il bottiglione in terra e incamminandosi verso l'uscita. — E ora questa bella provvista di riso posson farsela fritta. —

Io non risposi. Avevo adocchiato un sacco di fichi secchi e me ne ero empite già le tasche e la bocca.

Dopo aver richiusa la porticina tornammo cautamente per la strada già fatta e ci separammo dinanzi al mio dormitorio.

— Tutto è andato bene! — disse a bassa voce il Michelozzi — e abbiamo reso un grande servigio a tutti i nostri compagni. Ora vo a riportare la chiave del gabinetto di fisica al suo posto e poi a letto.... *Uno per tutti!*

— *Tutti per uno!* — e ci stringemmo la mano.

Io zitto zitto andai a letto; ma ero così commosso per questa avventurosa spedizione notturna che non potevo prender sonno.

Alla fine mi decisi a ripigliare il mio lavoro dentro l'armadietto; il segnale col quale il Michelozzi mi aveva prima annunziato la sua presenza mi aveva suggerito il modo di forare senza pericolo la tela che rendeva inutile il mio osservatorio.

Ma prima di accingermi a tal lavoro ho voluto allargare la buca, e adoperando con tutta la prudenza possibile lo scalpello nelle connessiture dei quattro lati di un mattone riuscii ad indebolirlo talmente che finì con lo staccarsi.

Ora avevo dinanzi a me un vero e proprio finestrino che potevo a mio talento richiudere e riaprire, rimettendo o rilevando il mattone, a seconda del bisogno.

Restava da bucar la tela che vi era dinanzi. Un po' con le unghie e un po' con lo scalpello mi misi a grattarla a riprese cadenzate, pensando:

— Anche se di dentro sentono questo rumore crederanno che sia un tarlo e io potrò seguitare il mio lavoro fino a che non abbia raggiunto lo scopo. —

Difatti ho seguitato a grattare finchè non ho sentito, tastando col dito sulla tela, un forellino.... Ma nella stanza che era oggetto di tante faticose ricerche da parte di Maurizio Del Ponte v'era buio perfetto.

Allora, non essendovi, per il momento altro da fare, me ne ritornai a letto soddisfatto del mio lavoro.

In verità la mia coscienza non poteva rimproverarmi di essermi abbandonato all'ozio che è il padre dei vizii.... e io mi addormentai placidamente pregustando già in sogno le grandi sorprese che mi riserba questo mio osservatorio che mi costa tanti sudori e per il quale ho perduto tanti sonni....

Non mi par vero d'arrivare a stasera!

Evviva, evviva!...

Oggi a desinare si è finalmente cambiato minestra!... Abbiamo avuto una eccellente pappa col pomodoro alla quale le ventisei bocche dei convittori del collegio Pierpaoli han rivolto con ventisei sorrisi il più caldo e unanime saluto....

Noi della Società segreta ci si guardava ogni tanto con un sorriso diverso da tutti gli altri perchè sapevamo il mistero di questo improvviso cambiamento.

Chi sa che tragedia era successa in cucina!...

La signora Geltrude girava attorno alla tavola con gli occhi iniettati di sangue che pareva una belva, volgendo lo sguardo qua e là sospettosamente....

Per me e per Mario Michelozzi è stata una grande soddisfazione quella di aver fatto cambiar regime ai nostri pasti, e ripensando alla nostra audace spedizione di stanotte, ai pericoli affrontati con tanto sangue freddo, mi par d'essere uno degli eroi di quelle imprese gloriose che si trovano in tutte le storie di tutti i popoli e che a farle devono essere state molto divertenti per chi le ha fatte, quanto sono noiose a leggerle per i poveri scolari perchè devono poi impararle a mente con tutte le date....

E alla fin dei conti non si tratta forse, sia pure in un campo più ristretto, delle medesime cause e dei medesimi fatti nei quali chi ha più core e più coraggio si sacrifica per il bene comune?

Anche nelle storie delle nazioni ci sono i popoli che ogni tanto si stancano d'aver sempre minestra di riso, e allora avvengono le congiure, i complotti, e saltan fuori i Michelozzi e gli Stoppani che affrontano i pericoli finchè, per la loro abnegazione, non si passa alla pappa al pomodoro....

I due Petrolieri d'onore della Società Segreta

Che fa se il popolo ignora chi è stato che ha fatto cambiar minestra? A noi ci basta la coscienza d'aver fatto quel che abbiamo fatto per la felicità di tutti.

Però gli altri soci della nostra Società segreta ci han fatto molta festa, a me e al Michelozzi, per la riuscita dell'impresa, e Tito Barozzo stringendoci la mano ci ha detto:

— Bravi! Vi nomineremo i nostri petrolieri d'onore!... —

Intanto Maurizio Del Ponte ci ha fatto una comunicazione molto importante.

— Ho visto la stanza sulla quale il nostro bravo Stoppani ha aperto il suo finestrino che ci sarà di un'utilità incalcolabile. Ho potuto penetrarvi perchè in questi giorni i muratori stanno rifacendovi un pezzo d'impiantito. È la sala particolare della direzione, quella dove il signor Stanislao e la signora Geltrude ricevono le persone più intime e di riguardo. Questa stanza a destra comunica con l'ufficio di direzione e a sinistra con la camera da letto dei coniugi direttori. In quanto al quadro che impedisce al nostro Stoppani di spingere lo sguardo su questa importante piazza nemica, è il grande ritratto a olio del professor Pierpaolo Pierpaoli, benemerito fondatore di questo collegio, zio della signora Geltrude alla quale passò in eredità.... —

Benissimo!

Stasera mi godrò dunque lo spettacolo nella sala riservata di Pierpaolo Pierpaoli buonanima, dal mio palchetto su all'ultimo ordine stando comodamente sdraiato nel mio armadietto.

— Come vorremmo essere al tuo posto! — mi hanno detto i compagni della Società *Uno per tutti e tutti per uno.*

7 febbraio.

Iersera, appena i miei piccoli compagni si furono addormentati, saltai su nel mio armadietto richiudendo lo sportello per di dentro e levato il mattone aprii il mio finestrino, vi ficcai la testa e appiccicai l'occhio al buchino fatto ieri notte nella tela in cui è effigiato il compianto professor Pierpaolo Pierpaoli che ebbe l'infelicissima idea di fondare questo odioso collegio.

Da principio tutto era buio: ma poco dopo la scena si rischiarò a un tratto e vidi comparire giù dalla porta a sinistra la signora Geltrude impugnando un doppiere con le candele accese, seguita dal signor Stanislao che diceva con accento di preghiera:

— Ma cara Geltrude, è certo che quest'affare del petrolio nelle balle del riso è inesplicabile.... —

La Direttrice non rispose e seguitò lentamente a camminare verso la porta di destra.

— Possibile che si annidi tra i collegiali un tipo così audace da compiere un fatto simile? In ogni modo farò di tutto per scoprirlo.... —

A questo punto la signora Geltrude si fermò, si rivoltò verso il marito e con voce stridula gli disse:

— Voi non scoprirete niente. Perchè voi siete un imbecille! —

Ed entrò nella camera lasciando la sala del defunto Pierpaolo Pierpaoli nella più completa oscurità.

La scena alla quale avevo assistito dal palchetto era stata brevissima, ma abbastanza interessante.

Se non altro essa mi aveva dimostrato che l'altra notte la Direttrice parlando delle patate non si era rivolta al cuoco come mi aveva fatto supporre la grande libertà di linguaggio adoperato, ma aveva parlato col Direttore....

La signora Geltrude quando diceva: *imbecille!* si rivolgeva proprio al suo marito in persona!...

Oggi è una grande giornata; è venerdì, e noi della Società segreta aspettiamo con ansia l'esito del nostro strattagemma per scoprire se la minestra di magro è fatta o no con la rigovernatura dei piatti....

8 febbraio.

Ieri sera avrei voluto scrivere in queste pagine l'ultima parte della cronaca della giornata, ma mi premeva di vigilare il campo nemico dal mio osservatorio.... E poi bisogna da ora in avanti adoperare una grande prudenza perchè siamo spiati da tutte le parti e tremo al solo pensiero che mi possano trovare questo mio giornalino....

Fortuna che la chiave della valigia nella quale lo tengo rinchiuso è assai complicata.... E poi i sospetti sono contro i convittori grandi e.... E poi in fin dei conti, se fossi messo alle strette potrei dir delle cose che farebbero smascellar dalle risa tutti quanti, come rido io in questo momento soffocando a stento l'ilarità per non svegliare i miei compagni....

Ah, giornalino mio, quante cose ho da scrivere!... E che cose!...

Ma andiamo per ordine, e cominciamo dal fatto meraviglioso strabiliante della minestra di magro di ieri.

Dunque a mezzogiono in punto, tutti i ventisei convittori del collegio Pierpaoli erano, come al solito, seduti intorno alla tavola del refettorio in attesa del pranzo.... E qui mi ci vorrebbe la penna del Salgari oppure di Alessandro Manzoni per descrivere l'ansietà di tutti i compagni della nostra Società segreta, mentre si aspettava che portassero la minestra.

A un tratto eccola!... I nostri colli si allungano, i nostri occhi seguono con grande curiosità le zuppiere.... e appena la minestra incomincia a riempire le scodelle, tutte le bocche si arrotondano in un lungo *ooooh!...* di meraviglia e un mormorio generale si leva, nel quale son ripetute queste parole:

— L'è rossa!... —

La signora Geltrude, che gira qua e là dietro le nostre sedie, si ferma ed esclama sorridendo:

— Si capisce! ci sono le barbabietole rosse, non vedete? —

E la minestra di magro, infatti questa volta, è piena di piccole fette di barbe rosse, testimoni muti e terribili, per la nostra Società segreta, della ingegnosa nequizia del cuoco....

— E ora che si fa? — dico piano al Barozzo.

— Ora si fa così! — mormora egli con gli occhi sfavillanti di sdegno.

E alzatosi in piedi, girando lo sguardo intorno ai compagni, esclama con la sua voce energica:

— Ragazzi! nessuno mangi questa minestra rossa.... Essa è avvelenata! —

A queste parole i collegiali lasciano cadere il cucchiaio sulla tavola e fissano gli occhi in faccia a Barozzo esprimendo il massimo stupore.

La Direttrice, il cui volto è diventato anche più rosso della minestra, accorre e afferrato il Barozzo per un braccio gli grida con la sua voce stridula:

— Che dici?

— Dico — ripiglia il Barozzo — che non sono le barbe che tingono di rosso la minestra ma è l'anilina che ci ho messo io! —

L'affermazione fatta con tanta precisione e tanta fermezza dal co raggioso presidente della Società *Uno per tutti e tutti per uno* sconvolge addirittura la signora Geltrude che resta lì per qualche minuto confusa, senza poter nulla rispondere; ma infine, l'ira sua terribile esplode in questa frase piena di recondite minacce:

— Tu!... tu!... tu!... Ma sei pazzo?...

— No, non sono pazzo — ribatte il Barozzo. — E ripeto che questa minestra è rossa in causa dell'anilina che vi ho messo io, mentre avrebbe avuto tutte le ragioni di diventar rossa di vergogna per il modo col quale è fatta! —

Questa bella frase, detta con quell'accento meridionale così sonoro, ha finito di sconvolgere la povera Direttrice che non sapeva far altro che ripetere:

— Tu! Tu! Proprio tu!... —

E infine, scostando la sua sedia, ha concluso in un sibilo: — Va' giù in Direzione! Bisogna che tutto sia spiegato! —

E ha fatto un cenno al bidello che lo accompagnasse.

Questa scena si è svolta così fulmineamente che i convittori, anche dopo l'uscita del Barozzo dal Refettorio, rimanevano lì, ringrulliti, sempre con gli occhi fissi sulla sedia rimasta vuota.

Frattanto la Direttrice aveva dato ordine di portar via la minestra rossa e di portare in tavola l'altra pietanza – che era baccalà lesso – sul quale i convittori si scagliarono così affamati che esso oppose invano ai loro denti la più dura e stopposa resistenza.

Io invece, per quanto avessi non meno appetito degli altri, spelluzzicai la mia porzione di baccalà con fare impacciato. Mi sentivo nell'anima lo sguardo fisso, acuto della signora Geltrude che, fin dal primo momento in cui s'era alzato da sedere il Barozzo gettando l'allarme contro la minestra di magro, non mi aveva mai levato gli occhi da dosso.

Durante l'ora della ricreazione continuò la vigile sorveglianza della Direttrice e non potei parlare che di sfuggita col Michelozzi.

— Che si fa?

— Prudenza! Bisogna prima sentire il Barozzo. —

Ma il Barozzo non fu visto da nessuno in tutto il giorno.

La sera ricomparve a cena, e pareva un altro. Aveva gli occhi rossi e infossati e sfuggiva gli sguardi curiosi dei suoi compagni, specialmente di noi della Società segreta.

— Che è stato? — gli domandai piano.

— Zitto....

— Ma che hai?

— Se mi sei amico non parlarmi. —

Il suo fare era imbarazzato, la sua voce mal sicura.

Che era dunque accaduto?

Ecco la domanda che mi rivolgevo ieri senza trovarvi una risposta.

Ieri sera appena i miei piccoli compagni di dormitorio si furono addormentati, mi ficcai dentro il mio armadietto, senza neppur pensare a scrivere in queste pagine i fatti della giornata, per quanto fossero di grande importanza. Era per il momento assai più importante il vedere quel che accadeva nella sala del defunto professor Pierpaolo Pierpaoli cercando di scoprire le batterie nemiche.

E per la verità, la mia aspettazione non fu punto delusa.

Appena dentro nel mio osservatorio sentii la voce della signora Geltrude che diceva:

— Sei un perfetto imbecille! —

Capii subito che parlava con suo marito; e difatti, accostato l'occhio al forellino fatto nel ritratto del compianto fondatore di questo collegio, ho visto giù nella sala i due coniugi direttori, l'uno di fronte all'altra, la Direttrice con le mani sui fianchi, col naso addirittura paonazzo e gli occhi

sfavillanti, e il Direttore dritto, rigido, in tutta la sua lunghezza, nell'attitudine di un generale che si prepari a sostenere un assalto.

— Sei un perfetto imbecille! — ripeteva la signora Geltrude. —
E si deve a te, naturalmente, se abbiamo tra i piedi quel pezzente napoletano che finirà col rovinare l'istituto propalando l'affare della minestra....

— Calmati, Geltrude, — rispondeva il signor Stanislao — e cerca di
considerare seriamente la cosa. Prima di tutto il Barozzo fu accettato di
comune accordo a condizioni eccezionali per riguardo al suo tutore che
ci procurò altri tre convittori a retta intera....

— D'accordo? E, sfido! Non la finivi più con le tue ragionacce stu-
pide....

— Via, Geltrude, cerca di moderarti e di ascoltarmi. Il Barozzo,
vedrai, non abuserà della scoperta fatta con la sua anilina. Tu sai che egli
ignorava di esser tenuto qui a patti speciali; e io profittando di questo e
toccando la corda sensibile della sua dignità gli ho fatto considerare con
un discorso molto efficace, che egli era tenuto qui quasi per compassione e
che perciò aveva, lui più degli altri, il dovere di mostrarsi grato e
affezionato a noi e al nostro istituto. A questa rivelazione il Barozzo è
rimasto talmente turbato che non ha avuto più parola ed è diventato
un pulcino. Dopo la mia reprimenda ha balbettato: « Signor Stanislao,
mi perdoni.... Capisco ora di non avere qui dentro nessun diritto.... e
può esser sicuro che non avrò mai nè una parola nè un atto contro il
suo collegio.... Glielo giuro ».

— E tu, imbecille, ti fidi dei suoi giuramenti?

— Certamente. Il Barozzo ha un fondo di carattere serio ed è rimasto
molto impressionato dal quadro che gli ho fatto delle sue condizioni di
famiglia. Sono assolutamente sicuro che da parte sua non avremo nulla
da temere....

— Non capisci nulla. E lo Stoppani? Lo Stoppani che è la causa
prima dello scandalo? Lo Stoppani che è proprio quello che ha messo il
campo a rumore per la minestra di magro?

— Lo Stoppani è meglio lasciarlo stare. Per lui è un altro paio di
maniche; egli è addirittura un bambino e le sue chiacchiere non possono
nuocere alla buona fama dell'istituto....

— Come! Non lo vuoi neppur punire?

— Ma no, cara. Il punirlo lo irriterebbe maggiormente. E poi chi
ha messo l'anilina nei piatti è il Barozzo: mi ha confessato egli stesso di
essere stato lui, lui solo.... —

A questo punto la signora Geltrude ebbe un tale accesso di bile che
credetti le pigliasse lì per lì un accidente.

Alzò le braccia al cielo e si mise a declamare:

— Ah, numi! Ah, eterni dèi!... E tu fai il Direttore di un collegio? Tu
così cretino da credere a quel che ti dice un ragazzaccio come il Barozzo,
pretendi di stare alla testa di questo istituto? Ma tu sei da rinchiudere in

un manicomio!... Tu sei un idiota come non ve ne sono mai stati nel mondo! —

Il Direttore sotto questa valanga di ingiurie reagì e abbassata la testa al livello della sua violenta consorte la guardò negli occhi esclamando:

— Ora poi basta! —

E a questo punto io vidi, giornalino mio, la cosa più straordinaria, più lontana da ogni previsione e insieme più comica che si possa immaginare.

La signora Geltrude, allungando la destra sul capo del signor Stanislao, come un artiglio, gli afferrò i capelli esclamando:

— Ah! che vorresti fare? —

E mentre ella ringhiava queste parole io vidi con profondo stupore che la chioma corvina del Direttore era rimasta nelle grinfie della Direttrice la quale agitava la parrucca in aria ripetendo furiosa:

— Ah! Vorresti anche minacciarmi? Tu? Me?... —

E gittata via a un tratto la parrucca afferrò un battipanni di giunco ch'era su un tavolino e si mise ad inseguire il signor Stanislao che, avvilito, con la testa completamente nuda, cercava goffamente di sfuggire alle minacce coniugali girando attorno alla tavola....

La scena era così supremamente ridicola che, per quanti sforzi facessi, non potei trattenere completamente le risa e mi uscì dalla bocca un mugolìo acuto.

Questo mugolìo fu la salvezza del signor Stanislao. I due coniugi si voltarono in su stupiti verso il ritratto; e la signora Geltrude passando dalla irritazione a una vaga paura mormorò:

— Ah! La buonanima dello zio Pierpaolo!... —

Ed io prudentemente mi ritirai lasciando i due coniugi pacificati a un tratto da un comune sentimento di timore, a fantasticare intorno al mugolìo del compianto fondatore di questo malaugurato collegio.

9 febbraio.

Stamani fra i componenti la società *Uno per tutti, tutti per uno* è passata la solita parola d'ordine che significa: Nell'ora di ricreazione c'è adunanza.

E infatti l'adunanza c'è stata e io non mi ricordo d'aver mai assistito a una seduta di società segreta più emozionante di questa.

Nel rileggere il resoconto che ne ho fatto nella mia qualità di segretario, mi par d'avere davanti agli occhi una scena della vita dei cristiani nelle catacombe o un episodio della Carboneria, come si trovano descritti nei romanzi storici.

Figurati dunque, giornalino mio, che all'adunanza non mancava nessuno della nostra società, perchè il contegno del Barozzo aveva dato nell'occhio a tutti, e s'era tutti ansiosi di sapere come mai tutto ad un tratto egli aveva cambiato così, dopo essere stato chiamato in Direzione, a proposito dell'affare dell'anilina.

Ci siamo riuniti nel solito angolo del cortile, con molta precauzione, per non dare nell'occhio alla Direttrice, la quale pare che diventi più sospettosa un giorno dell'altro, e me specialmente non mi abbandona mai con lo sguardo, come se da un momento all'altro temesse qualche gherminella.

Per fortuna non sospetta neppure lontanamente che la voce del signor Pierpaolo, che le ha fatto tanta paura, fosse invece la mia voce, se no mi ammazzerebbe per lo meno; perchè quella donna, io la credo capace di tutto!

Dunque appena ci siamo raccolti in circolo, il Barozzo, che era pallido in modo da fare impressione, ha detto sospirando, con aria cupa:

— Assumo la presidenza dell'assemblea.... per l'ultima volta.... —

Tutti siamo rimasti male e ci siamo guardati in viso con espressione di grande meraviglia, perchè il Barozzo era stimato da tutti un giovine pieno di coraggio, d'ingegno e di un carattere molto cavalleresco: insomma proprio il presidente ideale per una società segreta.

È seguito un momento di silenzio che nessuno ha osato interrompere; poi il Barozzo con la voce sempre più cupa ha continuato:

— Sì, amici miei, fino da questo momento io debbo declinare l'alto onore di presiedere la nostra associazione.... Ragioni gravi, gravissime, per quanto indipendenti dalla mia volontà, mi costringono a dimettermi. Se non mi dimettessi sarei una specie di traditore.... e questo non sarà mai! Di me tutto si potrà dire, ma nessuno deve potermi accusare mai di aver conservato per un giorno solo una carica di cui mi considero indegno.... —

Qui il Michelozzi, che ha un indole piuttosto tenera, per quanto di fronte al pericolo si comporti da eroe, ha interrotto, con una voce strozzata dalla commozione:

— Indegno? Ma è impossibile che tu ti sia reso indegno di restare fra noi.... di conservare la presidenza della nostra società!

— È impossibile — abbiamo ripetuto tutti in coro.

Ma il Barozzo tentennando la testa ha proseguito:

— Io non ho fatto nulla per diventare indegno.... la coscienza non mi rimprovera nessuna azione contraria alle leggi della nostra società o a quelle dell'onore in generale. —

Qui il Barozzo si mise una mano sul cuore in modo straordinariamente drammatico.

— Non posso dirvi nulla! — proseguì l'ex presidente. — Se avete ancora un po' d'affetto per me non dovete domandarmi nè ora nè mai quale motivo mi costringe ad abbandonare la presidenza. Vi basti sapere che io non potrei, d'ora innanzi, aiutare e tanto meno promuovere la vostra resistenza contro le autorità del nostro collegio.... Dunque vedete bene che la mia posizione è insostenibile e la mia decisione immutabile. —

Tutti si guardarono di nuovo in faccia e qualcuno si scambiò anche le proprie impressioni a bassa voce. Io capii subito che le parole del Barozzo sembravano a tutti molto significanti, e, che, passata la prima impressione di stupore, le sue dimissioni sarebbero state accettate.

Anche il Barozzo lo capì, ma rimase fermo nel suo atteggiamento, come Marcantonio Bragadino quando aspettava d'essere scorticato dai Turchi.

Allora io non ne potei più e pensando a quello che avevo visto e sentito la sera prima dal buco fatto attraverso il fondatore del collegio, gridai con quanto fiato avevo:

— Invece tu non ti dimetterai!

— E chi me lo può impedire? — disse il Barozzo con molta dignità. — Chi può vietarmi di battere la strada che mi suggerisce la voce della coscienza?

— Ma che voce della coscienza! — risposi io. — Ma che strada da battere! La voce che ti ha turbato così è stata quella della signora Geltrude: e quanto al battere, ti assicuro che non c'è bisogno d'altre battiture dopo quelle che ha ricevuto ieri sera il signor Stanislao! —

A queste parole i componenti la società *Uno per tutti e tutti per uno* sono rimasti così meravigliati che m'hanno fatto compassione, e ho subito sentito il bisogno di raccontar loro tutta la scena avvenuta in Direzione.

E non ti so dire, giornalino mio, se tutti sono stati soddisfatti di sentire che nessun motivo serio costringeva il Barozzo a dimettersi, perchè non era vero nulla che lo tenessero in collegio per compassione, mentre anzi ci avevano trovato il loro tornaconto per via dei molti convittori procurati dal tutore del nostro presidente.

Ma più specialmente i componenti la società s'interessarono al racconto della bastonatura, e della perdita della parrucca, perchè nessuno si sarebbe immaginato che il Direttore con quella sua aria militare si lasciasse maltrattare in quel modo dalla moglie; e tanto meno si poteva supporre che i suoi capelli fossero presi a prestito appunto come l'aria militare.

Il Barozzo però era rimasto sempre distratto e come concentrato in sè stesso. Si vedeva che le mie spiegazioni non lo avevano consolato dalla terribile delusione provata quando aveva saputo di trovarsi nel collegio a condizioni diverse dagli altri.

E infatti, nonostante la nostra insistenza, non volle recedere dalla grave deliberazione presa, e concluse dicendo:

— Lasciatemi libero, amici miei, perchè io prima o dopo farò qualcosa di grosso.... qualcosa che voi non credereste in questo momento. Io non posso più essere della vostra Società perchè uno scrupolo me lo vieta, e ho bisogno di riabilitarmi, e non di fronte a voi, di fronte a me stesso. —

E disse queste parole in un modo così deliberato che nessuno osò aprir bocca. Si decise di riunirsi al più presto possibile per eleggere un altro presidente, perchè ormai s'era fatto tardi e c'era il caso che qualcuno venisse a cercarci.

— Gravi avvenimenti si preparano! — mi disse Maurizio Del Ponte mentre ci stringevamo la mano scambiandoci le fatidiche parole: *Uno per tutti! Tutti per uno!*

Vedremo se il Del Ponte avrà indovinato, ma anche a me l'animo presagisce qualche grossa avventura, per un'epoca forse molto prossima.

Altra strepitosa notizia!

Iersera dal mio osservatorio ho scoperto che il Direttore, la Direttrice e il cuoco sono spiritisti....

Sicuro! Quand'ho messo l'occhio al solito forellino essi eran già riuniti tutti e tre attorno a un tavolino tondo e il cuoco diceva:

— Eccolo! Ora viene! —

E chi doveva venire era proprio lo spirito del compianto professor Pierpaolo Pierpaoli benemerito fondatore del nostro collegio e dietro alle cui venerate sembianze io stavo in quel momento vigilando i suoi indegni evocatori....

Non mi ci volle dimolto tempo nè dimolto ingegno per comprendere la causa e lo scopo di quella seduta spiritistica.

Evidentemente il signor Stanislao e la signora Geltrude erano rimasti molto impressionati dal mugolìo che avevan sentito la sera avanti discendere dal ritratto del loro predecessore, e ora, spinti un po' dal rimorso per la scenata fatta in presenza alla rispettabile effigie del compianto fondatore dell'istituto e forse anche da un vago timore che incutevan nel loro animo i recenti avvenimenti, evocavano lo spirito dell'illustre defunto per domandargli perdono, consiglio ed aiuto.

— Ora viene! Eccolo! — ripeteva il cuoco.

A un tratto la signora Geltrude esclamò:

— Eccolo davvero! —

Infatti il tavolino s'era mosso.

— Parlo con lo spirito del professor Pierpaoli? — domandò il cuoco fissando sul piano del tavolino due occhi spalancati che luccicavano come due lumini da notte.

Si udirono alcuni colpi battuti sul tavolino e il cuoco esclamò convinto:

— È proprio lui.

— Domandagli se era lui anche ieri sera — mormorò la signora Geltrude.

— Fosti qui anche ieri sera? Rispondi! — disse il cuoco in tono di comando.

E il tavolino a ballare e a picchiare, mentre i tre spiritisti si alzavano dalla sedia e si dondolavano qua e là e si rimettevano a sedere seguendone tutti i movimenti.

— Sì, — disse il cuoco — era lui anche ieri sera. —

Il signor Stanislao e la signora Geltrude si scambiarono un'occhiata come per dire: «Eh! Ci abbiamo fatto una bella figura!».

Poi il signor Stanislao disse al cuoco:

— Domandagli se posso rivolgergli la parola.... —

Ma la signora Geltrude lo interruppe bruscamente, fulminandolo con una occhiata:

— Niente affatto! Se qualcuno ha il diritto di parlare con lo spirito del professor Pierpaolo Pierpaoli sono io, io sua nipote e non voi che egli non conosceva neanche per prossimo! Avete capito? —

E rivolta al cuoco soggiunse:

— Domandagli se vuol parlare con me! —

Il cuoco si concentrò in se stesso e poi, sempre figgendo gli occhi sul piano del tavolino, ripetè la domanda.

Poco dopo il tavolino ricominciò a ballare e a scricchiolare.

— Ha detto di no — rispose il cuoco.

La signora Geltrude rimase male, mentre il signor Stanislao, non sapendo padroneggiarsi, diè libero sfogo alla gioia che provava per la meritata sconfitta della sua prepotente consorte, esclamando con accento di giubilo infantile degno più di me che di lui:

— Hai visto? —

E non l'avesse mai detto!

La signora Geltrude si rivoltò tutta inviperita scagliando in volto al povero Direttore l'ingiuria abituale:

— Siete un perfetto imbecille! —

— Ma Geltrude! — rispose egli imbarazzato con un fil di voce. — Ti prego di moderarti.... almeno in presenza al cuoco.... almeno in presenza allo spirito del compianto professore Pierpaolo Pierpaoli! —

La timida protesta di quel pover'uomo in quel momento mi commosse e volli vendicarlo contro la violenza di sua moglie. Perciò con voce rauca e con accento di rimprovero esclamai: — Ah.... —

I tre si voltarono di botto verso il ritratto, pallidi, tremanti di paura.

Vi fu una lunga pausa.

Il primo a ritornare padrone di sè fu il cuoco, il quale fissando verso di me i suoi occhi di fuoco esclamò:

— Sei tu ancora lo spirito di Pierpaolo Pierpaoli? Rispondi! —

Io feci un sibilo: — Sssssssss.... —

Il cuoco continuò: — Ti è concesso di parlare direttamente con noi? —

Mi venne un'idea. Contraffacendo la voce come prima risposi:

— Mercoledì a mezzanotte! —

I tre tacquero commossi dal solenne appuntamento. Poi il cuoco disse a bassa voce.

— Si vede che stasera e domani gli è vietato di parlare.... A domani l'altro! —

Si alzarono, misero il tavolino da una parte, rivolsero uno sguardo supplichevole verso di me e poi il cuoco uscì ripetendo con voce grave:

— A domani l'altro. —

Il signor Stanislao e la signora Geltrude restarono un po' in mezzo alla stanza, impacciati. Poi il Direttore dolcemente disse alla moglie:

— Geltrude.... Geltrude.... Cercherai di moderarti? Sì, è vero? Non mi dirai più quella brutta parola?... —

Ella, combattuta tra la paura e il suo carattere arcigno, rispose a denti stretti:

— Non ve la dirò più.... per rispettare il desiderio di quell'anima santa di mio zio.... Ma anche senza dirvelo, credete a me, rimarrete sempre quel perfetto imbecille che siete! —

A questo punto lasciai il mio osservatorio perchè non ne potevo più dal ridere.

Stamani dopo aver scritto in queste pagine il fatto della seduta spitistica di iersera, mi sono accorto che uno dei miei compagni di dormitorio era sveglio.

Gli ho fatto cenno di stare zitto, e del resto anche se non glielo avessi raccomandato sarebbe stato zitto lo stesso, perchè si trattava di un amico fidato, di Gigino Balestra del quale ho già parlato in questo mio giornalino.

Gigino Balestra è un ragazzo serio, che mi è molto affezionato e ormai ho potuto riscontrare in più circostanze che posso contare su lui senza pericolo d'esser compromesso. Prima di tutto siamo concittadini. Egli è figlio del famoso pasticciere Balestra dal quale si serve sempre mio padre, rinomato per le meringhe che ha sempre fresche, molto amico del mio cognato Maralli perchè è anche lui un pezzo grosso del partito socialista.

E poi ci sentiamo anche legati di amicizia per la rassomiglianza delle vicende della nostra vita. Anche lui è disgraziato come me e mi ha raccontato tutta la storia delle sue sventure, l'ultima delle quali, che fu la più grossa e che fece prendere al suo babbo la risoluzione di cacciarlo in collegio, è così interessante che voglio raccontarla qui nel mio giornalino.

— Campassi mill'anni — mi diceva Gigino — non mi scorderò mai del primo maggio dell'anno passato che è e rimarrà sempre il più bello e il più brutto giorno della mia vita! —

E in quel giorno evocato da Gigino – io stesso me ne ricordo benissimo – c'era una grande agitazione in città perchè i socialisti avrebbero voluto che tutti i negozi fossero stati chiusi mentre molti bottegai volevano tenere aperto; anche nelle scuole c'è un certo fermento perchè alcuni babbi di scolari, essendo socialisti, volevano che il Preside desse vacanza, mentre molti altri babbi non ne volevan sapere.

Naturalmente i ragazzi in quella circostanza si schierarono tutti dalla parte dei socialisti, anche quelli che avevano i babbi di un altro partito, perchè quando si tratta di far vacanza io credo che tutti gli scolari di tutto il mondo sieno pronti a dichiararsi solidali nello stesso sacrosanto principio che sarebbe quello d'andare a fare piuttosto una bella passeggiata in campagna col garofano rosso all'occhiello della giacchetta.

Difatti successe che molti ragazzi in quel giorno fecero sciopero, e mi ricordo benissimo che lo feci anche io, e che per questo fatto il babbo mi fece stare tre giorni a pane e acqua.

Ma pazienza ! Tutte le grandi idee hanno sempre avuto i loro martiri....

Al povero Gigino Balestra però successe qualche cosa di peggio.

Egli, dunque, a differenza di me, aveva fatto sciopero dalla scuola col consenso di suo padre; anzi suo padre lo avrebbe obbligato a far vacanza se, per una ipotesi impossibile ad avverarsi, Gigino avesse voluto andare a scuola.

— Oggi è la festa del lavoro — gli aveva detto il signor Balestra — e io ti do il permesso di andare fuor di porta con i tuoi compagni. Sta' allegro e abbi giudizio. —

Gigino non aveva inteso a sordo: e con alcuni suoi amici era andato a fare una visita a certi compagni che stavano in campagna.

Arrivati sul posto, tutti insieme si misero a fare il chiasso e, via via, il numero della comitiva era andato aumentando, tanto che da ultimo erano non meno di una ventina di ragazzi di tutte le età e di tutte le condizioni sociali, tutti affratellati in una grande baldoria d'urli e di canti.

A un certo punto Gigino che si dava una cert'aria per essere il figlio di uno dei capi del partito socialista, entrò a parlare del primo maggio, della giustizia sociale e di altre cose delle quali aveva sentito parlare spesso in casa e che aveva imparato a ripetere pappagallescamente: ma ad un tratto uno della comitiva, un ragazzaccio tutto strappucchiato gli rivolse a bruciapelo questa inopportuna domanda:

— Tutti bei discorsi; ma che è giusta, ecco, che tu abbia una bottega piena di paste e di pasticcini a tua disposizione, mentre noi poveri non si sa neppure di che sapore le sieno? —

Gigino a questa inaspettata osservazione rimase male. Ci pensò un poco e rispose:

— Ma la bottega non è mica mia: è del mio babbo !...

— E che vuol dire? — ribattè il ragazzaccio. — Non è socialista anche il tuo babbo? Dunque, oggi che è la festa del socialismo dovrebbe distribuire almeno una pasta a testa a tutti i ragazzi, specialmente a quelli che non ne hanno mai assaggiate.... Se non comincia lui a dare il buon esempio non si può pretendere certo che lo facciano i pasticcieri retrogradi !... —

Questo tendenzioso ragionamento ebbe la virtù di convincere l'assemblea e tutta la comitiva si mise ad urlare:

— Ha ragione Granchio ! (Era questo il soprannome del ragazzaccio tutto strappato). Evviva Granchio !... —

Gigino, naturalmente, era mortificato perchè gli pareva, di fronte a tutti quei ragazzi, di farci una cattiva figura, e non solo lui ma anche il suo babbo; sicchè si struggeva dentro di trovar qualche ragione colla quale ribattere il suo avversario, quando gli venne una idea che da principio lo spaventò quasi per la sua arditezza, ma che gli apparve poi di possibile esecuzione e l'unica che avesse la virtù in quel frangente di salvare la reputazione politica e sociale sua e di suo padre.

Aveva pensato che in quel momento il suo babbo era alla Camera del Lavoro a fare un discorso, e che le chiavi di bottega erano in casa, nella sua camera, dentro il cassetto del comodino.

— Ebbene! — gridò. — A nome mio e di mio padre vi invito tutti nel nostro negozio ad assaggiare le nostre specialità.... Ma intendiamoci, eh, ragazzi! Una pasta a testa! —

L'umore dell'assemblea si mutò come per incanto e un solo grido echeggiò, alto, entusiastico, ripetuto da tutte quelle bocche in ciascuna delle quali serpeggiava la medesima acquolina tentatrice.

— Evviva Gigino Balestra! Evviva il suo babbo! —

E tutti quanti mossero dietro di lui, compatti, con l'ardore e la velocità di un eroico drappello alla conquista di una posizione lungamente vagheggiata o il cui possesso si presenti a un tratto privo di ogni ostacolo.

«Sono una ventina fra tutti» pensava intanto Gigino «e per una ventina di paste.... mettiamo pure una venticinquina.... dall'esserci al non esserci in bottega dove ce ne sono a centinaia, nessuno se ne può accorgere.... In verità non varrebbe la pena che per una simile miseria compromettessi il mio prestigio, quello di mio padre e perfin quello del partito al quale apparteniamo!».

Arrivati in città, Gigino disse ai suoi fedeli seguaci:

— Sentite: ora vo a casa a pigliar le chiavi di bottega.... fo in un lampo. Voialtri intanto venite dall'usciolino di dietro.... ma alla spicciolata, per non dar nell'occhio!

— Bene! — gridarono tutti.

Ma Granchio osservò:

— Ohè!... Non ci farai mica la burletta, eh? Se no, capisci?... —

Gigino ebbe un gesto di grande dignità:

— Sono Gigino Balestra! — disse — e quando ho dato una parola si può esser sicuri! —

Andò lesto lesto a casa, dove c'era la sua mamma e una sua sorellina; senza farsi vedere sgusciò in camera del babbo, prese dal cassetto del comodino le chiavi di bottega e ritornò via di corsa lanciando alla mamma queste parole:

— Vo con i miei compagni, ma tra poco ritorno a casa! —

E se n'andò difilato al negozio, guardando a destra e a sinistra per paura che qualche persona di conoscenza della sua famiglia avesse a sorprenderlo durante quella manovra.

Aprì la porta scorrevole di ghisa e la tirò su tanto da potere entrare in bottega, e una volta dentro la richiuse. S'era provvisto in casa di una scatola di cerini e con essi accese una candela che il babbo teneva sempre vicino alla porta; così trovò il contatore del gas, l'aprì, e accese poi le lampade della pasticceria; e fatto questo andò ad aprir l'usciolino dietro il negozio che dava in un vicolo poco frequentato.

Da quell'usciolino incominciarono a entrare i compagni di Gigino, a uno, a due, a tre....

— Mi raccomando — badava a ripetere il figlio del pasticciere. — Una per uno.... al più due.... Ma non mi rovinate! —

Ma a questo punto è meglio che lasci la parola allo stesso Gigino Balestra che essendo stato il protagonista di quella avventura comica e tragica a un tempo, la racconta certamente meglio di quel che potrei fare io.

— Lì per lì — dice Gigino — mi parve che il numero dei miei compagni fosse molto cresciuto. Il negozio era addirittura invaso da una vera folla che bisbigliava girando intorno sulle paste e sulle bottiglie de' rosolii certi occhi che parevan di fuoco. Granchio mi domandò se potevano prendere una bottiglia di rosolio, tanto per non murare a secco, e avendo acconsentito, me ne versò gentilmente un bicchiere pieno dicendo che il primo a bere doveva essere il padrone di casa. E io bevvi e bevvero tutti facendomi dei brindisi e invitandomi a ribere, sicchè si dovette stappare un'altra bottiglia.... Intanto anche le paste sparivano e i più vicini a me ne offrivano dicendomi: «Prendi, senti com'è buona questa, senti com'è squisita quest'altra» proprio come se loro fossero stati i padroni della pasticceria e io il loro invitato. Che vuoi che ti dica, caro Stoppani? Si arrivò a un punto che io non capivo più nulla; ero esaltato, mi sentivo addosso un ardore e un entusiasmo che non avevo provato mai, mi pareva d'essere in un paese fantastico tutto popolato di ragazzi di marzapane col cervello di crema e il cuore di marmellata uniti da un dolce patto di fratellanza condita con molto zucchero e rosolio di tutte le qualità.... E ormai anche io seguitavo come tutti gli altri a mangiar paste a quattro ganasce e a vuotar bottiglie e boccette di tutti i colori e di tutti i sapori volgendo delle occhiate di beatitudine in quel campo aperto alla baldoria nel quale si agitavano come fantasmi tutti quei ragazzi che ogni tanto urlavano a bocca piena: «Evviva il socialismo! Evviva il primo maggio!» Io non ti so dire quanto durasse quella grande scena d'ogni dolcezza e d'ogni letizia.... So che a un certo punto la musica cambiò a un tratto e una voce terribile, quella di mio padre, rimbombò nel negozio gridando: «Ah, razza di cani, ora ve lo do io il socialismo!» e fu un diluvio di scapaccioni che piovve da tutte le parti fra le grida e i pianti di tutta quella folla di ragazzi ubriachi che si accalcava confusamente verso la porticina cercando di fuggire. Io ebbi un momento di lucido intervallo nel quale, con un volger d'occhi, abbracciai quel quadro bizzarro e sentii in un lampo tutta la terribile responsabilità che mi pesava.... Il banco prima cosparso di centinaia di paste tutte messe per ordine era vuoto, gli scaffali attorno erano tutti in disordine e vi si affacciavano qua e là i colli di bottiglie rovesciate dalle quali colavano giù rosoli e sciroppi, in terra era un piaccichiccio di pasta sfoglia pesticciata, dovunque sulle sedie, nelle cornici degli scaffali e del banco eran bioccoli di crema e di panna sbuzzata fuori dalle meringhe, e ditate di cioccolata.... Ma fu solo, come ho detto, in un lampo ch'io intravidi tutto questo, perchè un maledetto scapaccione mi fece rotolar 'sotto il banco e non vidi nè sentii più nulla. Quando mi svegliai ero a casa, nel mio letto, e accanto a me c'era la mia mamma che piangeva. Mi sentivo un gran peso nella testa e sullo stomaco.... Il giorno dopo, 2 maggio, il babbo mi dette due once d'olio di ricino; la mattina di poi, tre maggio, mi fece vestire e mi portò qui nel collegio Pierpaoli.... —

Così Gigino Balestra ha concluso il suo racconto con un accento comicamente solenne che mi ha fatto proprio ridere.

— Vedi? — gli ho detto. — Anche tu sei vittima, com'è accaduto a me in più circostanze della vita, della tua buona fede e della tua sincerità. Tu avendo il babbo socialista hai creduto nel tuo entusiasmo di dover mettere in pratica le sue teorie distribuendo i pasticcini a que' poveri ragazzi che non ne avevan mai assaggiati, e il tuo babbo ti ha punito.... È inutile: il vero torto di noi ragazzi è uno solo: quello di pigliar sul serio le teorie degli uomini.... e anche quelle delle donne! In generale accade questo: che i grandi insegnano ai piccini una quantità di cose belle e buone.... ma guai se uno dei loro ottimi insegnamenti, nel momento di metterlo in pratica, urta i loro nervi, o i loro calcoli, o i loro interessi! Io mi ricorderò sempre d'un fatto di quando ero piccino.... La mia buona mamma, che pure è la più buona donna di questo mondo, mi predicava sempre di non dir bugie perchè a dirne solamente una si va per sette anni in Purgatorio; ma un giorno che venne a cercarla la sarta col conto e che lei aveva fatto dire dalla Caterina che era uscita, io per non andare in Purgatorio corsi alla porta di casa a gridare che non era vero nulla e che la mamma era in casa.... e in premio d'aver detto la verità ci presi un bello schiaffo.

— E perchè ti hanno messo in collegio?

— Per aver pescato un dente bacato!

— Come! — ha esclamato Gigino al colmo dello stupore.

— Per uno starnuto d'un vecchio paralitico! — ho aggiunto io divertendomi a vederlo sgranar tanto d'occhi.

Poi, dopo averlo tenuto per un bel pezzo in curiosità, gli ho raccontato l'ultima mia avventura in casa del mio cognato Maralli, per la quale fu interrotto il mese di esperimento concesso da mio padre ed io fui accompagnato in questa galera.

— Come vedi, — conclusi — anche io sono stato una vittima del mio destino disgraziato.... Perchè se quel signor Venanzio, zio di mio cognato, non avesse fatto uno starnuto proprio nel momento in cui io avevo avvicinato la lenza con l'amo alla sua bocca sgangherata, io non gli avrei strappato quell'unico dente bacato che gli rimaneva e non sarei qui nel collegio Pierpaoli! Vedi un po' a volte, da che può dipendere la sorte e la reputazione di un povero ragazzo.... —

Ho voluto raccontar qui le confidenze che son corse tra me e Gigino Balestra per dimostrare che siamo legati ormai in intima amicizia e che, se stamani egli era sveglio e mi guardava mentre io scrivevo nel Giornalino, non avevo nessuna ragione – come ho già detto in principio – di diffidare di lui. Anzi gli ho detto in grande segretezza di queste mie memorie che vo scrivendo, l'ho messo a parte dei miei progetti e gli ho proposto d'entrare nella nostra Società segreta....

Egli mi ha abbracciato con uno slancio d'affetto che mi ha commosso e ha detto che si sentiva orgoglioso della fiducia che rimettevo in lui.

Oggi, infatti, durante l'ora di ricreazione, l'ho presentato ai miei amici che l'hanno accolto benissimo.

Il Barozzo non c'era. Da quando ha dato le dimissioni egli vive solitario e pensieroso e quando ci incontra si limita a salutarci con un'aria triste triste. Povero Barozzo!

Io in adunanza ho raccontato tutta la scena della seduta spiritistica di iersera e si è stabilito di riflettere tutti seriamente per trarre partito da questa nuova situazione e per preparar qualche tiro per mercoledì notte.

Domani martedì ci riuniremo per eleggere il nuovo presidente e per decidere sull'intervento dello spirito del compianto professore Pierpaoli all'appuntamento dato al signor Stanislao, alla signora Geltrude e al loro degno cuoco inventore della minestra della rigovernatura.

11 febbraio.

Ieri sera nulla di nuovo.

Dal mio osservatorio vidi il Direttore e la Direttrice traversare la sala del venerato Pierpaolo, lentamente, silenziosamente, e andarsene nella loro camera dopo aver rivolto verso il ritratto una timida occhiata, come per dire:

«A domani sera, e che Dio ce la mandi buona!».

Gigino Balestra, mentre scrivo, è là nel suo lettuccio che mi guarda e sorride....

Oggi, durante l'ora di ricreazione, c'è stata l'elezione del presidente della nostra Società segreta.

Tutti i soci avevano già scritto il nome scelto in pezzetti di carta che ripiegati sono stati messi in un berretto. Gigino Balestra, che è il socio più piccino (ha due mesi e mezzo meno di me), ha fatto lo squittinio ed è risultato eletto presidente Mario Michelozzi.

Anche io ho votato per lui perchè se lo merita, e perchè se da qualche giorno nel collegio non si mangia più la solita minestra di riso si deve a lui.

Abbiamo discusso su quello che si deve preparare per la seduta spiritica di domani sera. Ciascuno aveva la sua idea, ma è stata approvata quella di Carlino Pezzi.

Carlo Pezzi, che è quel ragazzo che ha la specialità della topografia, mentre cercava di stabilire su quale stanza dava il mio osservatorio, fece conoscenza con un ragazzo che serve da manovale ai muratori addetti ai lavori di riparazione nel collegio.

Servendosi di questa sua amicizia egli spera di poter penetrare nel salone del ritratto di Pierpaolo e fare una cosa che se riesce, avrà un effetto straordinario sui tre spiritisti....

E poi.... e poi.... ma non voglio scrivere di quel che abbiamo progettato e complottato.

Dirò solo che se quel che abbiamo pensato di fare riuscirà, noi saremo finalmente vendicati di tanti bocconi amari che abbiam dovuto ingozzare.... compresi quelli della famosa minestra di magro fatta con la rigovernatura dei nostri piatti, e quel che è peggio di quelli del signor Stanislao e della signora Geltrude.

12 febbraio.

Dio, quanti avvenimenti si accumulano per stanotte!

A pensarci, mi va via la testa e mi pare d'essere il protagonista d'uno di quei romanzi russi dove tutto, anche le cose più semplici come sarebbe quella di mettersi le dita nel naso, acquista una grande aria di tenebroso mistero.

Intanto registrerò qui due notizie importanti.

Prima: oggi Carlino Pezzi, mentre il Direttore e la Direttrice erano a pranzo, ha trovato modo per mezzo di quel suo amico manuale, di entrare nel salone di Pierpaolo dove l'imbianchino aveva lasciato una lunga scala che gli era servita per ritoccare la riquadratura del soffitto.

In un attimo il Pezzi ha drizzato la scala al ritratto di Pierpaolo e, arrampicatosi fin lassù, con un temperino gli ha fatto due buchi negli occhi. Così tutto è stato felicemente preparato per il grande spettacolo di stanotte.

Seconda notizia. Ho visto Tito Barozzo che era già stato messo a parte del nostro progetto e che mi ha detto:

— Senti, Stoppani. Devi sapere che, dal giorno in cui ebbi a patire nella stanza del Direttore la grande umiliazione che tu sai e che ha annientato nell'anima mia ogni slancio di ribellione contro le ingiustizie e i soprusi che si commettono in questo collegio dove io son tenuto per compassione, un solo pensiero, uno solo, capisci? mi ha dato la forza finora di resistere, ed è questo: la fuga. —

Io ho fatto un atto di sorpresa e di dolore all'idea di perdere un amico così simpatico e così amato da tutti; ma egli ha soggiunto subito:

— È inutile, credi, ogni argomento che mi si potesse portare in contrario. Della mia miserabile condizione qui dentro non posso esser giudice che io, e io ti so dire che essa è intollerabile e che, se si dovesse prolungare, finirebbe con l'uccidermi. Perciò ho deciso di scappare, e nulla potrà rimuovermi da questa mia risoluzione.

— E dove anderai? —

Il Barozzo s'è stretto nelle spalle allargando le braccia.

— Non lo so: anderò per il mondo che è così grande e dove io sarò libero e non soffrirò mai che nessun mio simile ardisca umiliarmi come hanno ardito il mio tutore e il Direttore del collegio. —

A queste parole pronunziate con nobile alterezza l'ho guardato con ammirazione e poi ho esclamato con entusiasmo:

— Scappo anch'io con te!... —

Egli mi ha guardato con uno sguardo pieno d'affetto che non scorderò mai e nel quale ho letto la gratitudine e il ricambio di tutto il bene ch'io gli voglio. Poi con accento grave nel quale ho sentito tutta la sua superiorità su me, ha soggiunto:

— No, caro amico mio. Tu non puoi nè devi scappare di qui perchè sei in condizioni molto diverse dalle mie. Tu stai qui con tutti i tuoi diritti e puoi insorgere ogni volta che qualcuno te li contesti con l'inganno o con la violenza. E poi tu hai una mamma e un babbo che soffrirebbero molto della tua scomparsa.... mentre io non ho che un tutore il quale non piangerà certo ignorando le mie notizie!... —

E nel dir così il povero Barozzo ha avuto un sorriso così triste e così amaro che m'ha fatto venir le lacrime agli occhi e in un impeto di affetto e di pietà l'ho abbracciato stretto stretto esclamando:

— Povero Tito!... —

E l'ho baciato bagnandolo del mio pianto.

Egli ha avuto un singhiozzo, mi ha stretto forte forte sul petto; e poi scostandomi e passandomi una mano sugli occhi ha ripreso:

— Dunque senti, Stoppani. Quello che avete combinato per stanotte può favorire splendidamente il mio progetto. Vorrete aiutarmi? È l'ultimo atto di solidarietà fraterna che chiedo ai miei compagni della Società segreta....

— Figurati!

— Allora sta' bene attento. Quando il Direttore, la Direttrice e il cuoco saranno sopraffatti dagli spiriti, tu andrai nella stanzina dei lumi a petrolio che tu conosci, l'aprirai con questa chiave e, attaccata alla porta dalla parte interna, troverai una chiave molto grossa che prenderai teco. Quella è la chiave del portone d'ingresso del collegio con la quale esso è chiuso ogni sera per di dentro. Vieni con questa chiave nel corridoio a pian terreno.... Lì ci sarò io. —

In così dire Tito Barozzo mi afferrò la destra, me la strinse e si allontanò in fretta.

Sono sopraffatto dagli avvenimenti che si preparano per stanotte.... Come anderà?

13 febbraio.

Quante cose, e quali, ho da scrivere stamani!... Ma tutto ora consiglia la massima prudenza e non posso perdermi in descrizioni e in considerazioni oziose, ma bisogna che mi sbrighi a registrare i fatti nudi e crudi.

Che notte!... e che botte!...

Ecco dunque com'è andata.

Naturalmente ieri sera non mi sono addormentato.

L'orologio della chiesa vicina suonava le undici e mezzo....

I miei compagni dormivano.... mi alzai e mi vestii. Gigino Balestra che dal suo lettuccio non mi perdeva di vista fece lo stesso e pianino pianino, in punta di piedi, mi venne accanto.

— Sdràiati sul mio letto — gli dissi all'orecchio. — Io vo nell'armadietto; a suo tempo di lassù ti darò il segnale. —

Egli obbedì e io salii sul comodino, e di lì entrai nel mio piccolo osservatorio.

Misi l'occhio al solito forellino. Tutto era buio nel salone; ma i tre spiritisti non tardarono ad arrivare.

Il cuoco che portava un lume a petrolio lo posò su una consolle, e tutti e tre si rivolsero a me..... cioè al compianto Pierpaolo Pierpaoli.

Il Direttore disse a bassa voce:

— Mi pare che stasera abbia gli occhi più neri.... —

La signora Geltrude lo guardò e schiuse le labbra in modo ch'io capii benissimo che era per dargli dell'imbecille, ma si ritenne per paura dello spirito di suo zio. E pensare che il povero sor Stanislao aveva pienamente ragione perchè i due buchi fatti da Carlino Pezzi negli occhi del ritratto, sul fondo nero dello sgabuzzino dove stavo io, dovevano fare appunto l'effetto che gli occhi del compianto fondatore del Collegio si fossero molto ingranditi !

Poco dopo il Direttore, la Direttrice e il cuoco erano seduti attorno al solito tavolino, con le mani unite e stavano aspettando silenziosamente, tutti riconcentrati, che il fluido si sviluppasse.

L'orologio della chiesa suonò dodici tocchi.

Il cuoco esclamò:

— Pierpaolo Pierpaoli ! —

Il tavolino dette un balzo.

— C'è — mormorò la signora Geltrude.

Vi fu una pausa solenne.

— Puoi parlare? — domandò il cuoco: e tutti e tre sbarrarono gli occhi verso il ritratto.

Incominciava la mia parte. Risposi assentendo con un sì che pareva un soffio.

— Sssssss.... —

I tre spiritisti erano così commossi che ci volle un bel pezzetto prima che ripigliassero un po' di fiato.

— Dove sei? —. disse finalmente il cuoco.

— In Purgatorio — risposi con un fil di voce.

— Ah zio ! — esclamò la signora Geltrude. — Voi che eravate così buono, così virtuoso !... E per quali peccati?

— Per uno solo, — risposi io.

— E quale?

— Quello di aver lasciato questo mio istituto a persone indegne di dirigerlo ! —

Dissi queste parole con voce un po' più alta e con accento adirato; e parve che esse cadessero sulla testa dei tre spiritisti come tante tegole. Si abbandonarono col capo e con le braccia stese sul piano del tavolino, affranti dalla terribile rivelazione e rimasero così sopraffatti dai loro rimorsi, per parecchio tempo.

La prima a riaversi fu la signora Geltrude che domandò:

— Ah zio.... adorato zio.... Degnatevi di dire i nostri torti e noi li ripareremo.

— Li sapete ! — risposi con voce grave.

Ella parve riflettere; poi riprese:

— Ma ditemeli.... Ditemeli !... —

Io non risposi. Mi ero già imposto di non rispondere che alle domande che favorivano il nostro progetto e oramai non ve n'era che una che aspettavo, e che non poteva indugiare a essermi rivolta.

— Zio!... Non rispondete più?... — disse ancora la Direttrice con voce insinuante.

Lo stesso silenzio.

— Sei dunque molto sdegnato con noi? — aggiunse ella.

E io sempre zitto.

— Che sia andato via? — chiese al cuoco.

— Pierpaolo Pierpaoli! — disse l'odiato manipolatore · delle minestre di magro con le rigovernature. — Ci sei sempre?

— Sssssss.... — risposi.

— C'è sempre; — disse il *medium* — se non risponde vuol dire che a certe domande non vuol rispondere e bisogna fargliene delle altre.

— Zio, zio!... — esclamò la signora Geltrude. — Abbiate pietà di noi, poveri peccatori!... —

A questo punto io mi scostai dal forellino fatto da me nella tela e piantai gli occhi nei buchi fatti da Carlino Pezzi e incominciai a roteare le pupille a destra e a sinistra, e ogni tanto a fissarle sui tre spiritisti.

Essi che tenevano sempre lo sguardo intento al ritratto, poco dopo si accorsero che esso moveva gli occhi, e presi da un gran tremito si scostarono dal tavolino e caddero in ginocchio.

— Ah, zio! — mormorò la signora Geltrude. — Ah, zio!... pietà.... pietà di noi!... Come potremo riparare ai nostri torti? —

Era qui che l'aspettavo.

— Togliete il segreto alla porta — dissi — perchè io possa venire a voi.... —

Il cuoco si alzò e pallido, camminando a zig-zag come un ubriaco, andò a togliere il segreto alla porta.

— Spengete il lume e aspettatemi tutti in ginocchio! —

Il cuoco spense il lume e lo sentii poi tornare a inginocchiarsi accanto agli altri due.

Il gran momento era giunto.

Lasciai il mio posto d'osservazione e affacciatomi all'ingresso dell'armadietto feci con la gola un suono come si fa quando si russa.

Immediatamente Gigino Balestra si alzò dal mio letto ov'era ancor disteso e, senza far rumore, uscì dalla camerata.

Egli andava a dar l'avviso ai compagni della Società segreta che eran tutti pronti per irrompere nel salone di Pierpaolo Pierpaoli e, armati di cinghie e di battipanni, farne le giuste vendette.

Io mi rivoltai nel mio sgabuzzino e accostai l'orecchio alla tela del ritratto per godermi un po' la scena.

Sentii aprire l'uscio della sala, richiuderlo col segreto, e poi ad un tratto le grida dei tre spiritisti sotto i primi colpi.

— Ah! gli spiriti!... Pietà!... Aiuto!... Soccorso!... —

Mi ritirai precipitosamente, e uscito di camerata accesi uno stoppino del quale mi ero provvisto, andai nella stanzetta dei lumi a petrolio, aprii con la chiave che mi aveva dato il Barozzo, staccai la grossa chiave che trovai attaccata dietro la porta secondo le istruzioni che mi aveva dato, e corsi al portone d'ingresso del collegio.

Tito Barozzo era lì. Prese la chiave, aprì il portone, poi si rivolse a me e mi avvinghiò con le braccia, e mi tenne stretto stretto al suo petto; mi baciò e le nostre lacrime si confusero insieme sui nostri visi....

Che momento! Mi pareva d'essere in un sogno.... e quando ritornai in me io ero solo, appoggiato al portone dell'Istituto, chiuso.

Tito Barozzo non c'era più.

Girai la mandata e ritirai la chiave dal portone e rifacendo rapidamente la strada già fatta l'andai a rimettere al suo posto, richiusi l'uscio dello stanzino dei lumi e ritornai in camerata dove mi affacciai con la massima precauzione, assicurandomi se i miei piccoli colleghi dormivano tutti.

Dormivano infatti. Il solo desto era Gigino Balestra, a sedere sul mio letto, che mi aspettava inquieto, non sapendo il motivo per il quale ero uscito.

— Siamo tutti ritornati in dormitorio — mormorò. — Ah, che scena!... —

Voleva parlare, ma io gli accennai di stare zitto; salii sul comodino, mi tirai su a sedere nell'armadietto e feci cenno a Gigino di venir su anche lui. Con molti sforzi si riuscì a ficcarci tutti e due nel mio osservatorio tra le cui anguste pareti, stavamo distesi, stretti l'uno all'altro come due sardine di Nantes, con la differenza che non eravamo senza testa come loro, ma anzi avevamo i nostri visi, anch'essi appiccicati insieme, dentro la finestrina da me aperta sulla gran sala di Pierpaolo che era nella più completa oscurità.

— Ascolta, — dissi in un soffio di voce a Gigino.

Si udiva già un singulto cadenzato.

— Geltrude — sibilò il mio compagno.

Doveva essere infatti la Direttrice che piangeva e ogni tanto borbottava con accento fioco:

— Pietà!... Perdono!... Mi pento di tutto! Non lo farò più!... Misericordia dell'anima mia!... —

A un tratto nel silenzio tragico di quel momento s'alzò una voce tremula che diceva:

— Pierpaolo Pierpaoli.... possiamo riaccendere il lume? —

Era quel mascalzone del cuoco, inventore della minestra di rigovernatura.

Non mi pareva vero di vedere come lo avevano conciato i compagni della Società segreta e mi affrettai a rispondere col solito sibilo:

— Sssssss.... —

Si udì inciampare; poi lo sfregamento scoppiettante di un fiammifero di legno contro il muro, si vide una piccola scialba fiammella giallognola vagar qua e là nel buio come un fuoco fatuo nel cimitero e finalmente un lume si accese.

Ah, che spettacolo! Non lo dimenticherò mai.

Le sedie, i tavolini erano rovesciati per terra. Sulla consolle il grande orologio, i candelabri erano in bricioli. Dovunque regnava uno spaventevole disordine.

Da un lato, accanto al lume acceso, appoggiato alla parete, il cuoco col faccione verde pieno di bitorzoli, vòlto verso di noi, guardava con gli occhi languidi e lacrimosi il ritratto.

Dall'altra parte, accovacciata in un angolo, era la Direttrice, col viso sgraffiato, i capelli disciolti e le vesti in brandelli. Anche lei aveva gli occhi gonfi, stralunati, e fissava sul ritratto le inquiete pupille.

Poi sopraffatta dal rimorso e dal dolore dètte in un pianto dirotto, balbettando sempre rivolta alla venerata effigie del defunto Pierpaolo:

— Ah, zio! hai avuto ragione di punirci! Sì.... noi siamo indegni di questa tua grande istituzione alla quale dedicasti tutta la tua vita intemerata!... E hai fatto bene a mandarci gli spiriti a punirci, a gastigarci delle nostre colpe.... Grazie, zio! Grazie.... E se ci vuoi dare altri gastighi, fa' pure!... Fa' pure! Ma ti giuro che da qui in avanti noi non ricadremo

più nel peccato tremendo dell'egoismo, dell'avarizia, della prepotenza....
Te lo giuriamo, non è vero, Stanislao!?... —

E si volse lentamente alla sua destra, poi girò lo sguardo da ogni parte, sgomenta.

— O Dio! Stanislao non c'è più!... —

Infatti il Direttore mancava, e io sentii una stretta al cuore. Che ne avevano fatto i compagni della Società segreta?...

— Stanislao!... — chiamò con voce più alta la Direttrice.

Nessuno rispose.

Allora il cuoco alzò la voce verso il ritratto:

— Pierpaolo Pierpaoli! Gli spiriti punitori hanno forse portato il nostro povero Direttore all'inferno?... —

Io rimasi zitto. Volevo dimostrare, ora, che lo spirito del fondatore del Collegio non era più presente. E vi riuscii perchè il cuoco dopo averlo più volte chiamato, disse (e nel dir questo la sua voce aveva ripreso il suo tono calmo e naturale):

— Non c'è più! —

Anche la signora Geltrude fece un sospiro di sollievo e parve liberata da una gran preoccupazione.

— Ma Stanislao? — disse. — Stanislao! Stanislao, dove sei?... —

A un tratto dall'uscio che dalla sala mette nella camera dei due coniugi venne fuori una lunga figura così comicamente fantastica che, pur essendo recente la drammatica solennità di quel terribile convegno spiritistico, il cuoco e la Direttrice non poterono frenar le risa.

Il signor Stanislao pareva diventato più secco e più allampanato di prima; ma il pezzo della sua persona cui era impossibile volger lo sguardo senza ridere era la testa tutta monda e bianca come una palla di biliardo e con un occhio tutto cerchiato di nero intorno e con espressione di così comica desolazione che tanto io che Gigino Balestra, malgrado i nostri più eroici sforzi, non potemmo frenare una risata.

Fortunatamente in quel momento ridevano anche il cuoco e la signora Geltrude, sicchè non si accorsero di noi. Ma il Direttore che non rideva dovette udire qualcosa perchè volse l'atterrito occhio cerchiato di nero verso di noi.... e noi ci frenammo ancora, resistendo finchè ci fu possibile, ma la risata ad un tratto ci scappò via dal naso in un sordo grugnito, e ci ritirammo, più in fretta che ci fu possibile in quella ristrettezza, nell'armadietto scendendo poi giù nella camerata.

Gigino raggiunse il suo lettuccio e tutti e due spogliatici in un baleno ci ficcammo sotto le rispettive lenzuola palpitanti....

Non ho chiuso occhio in tutta la notte, temendo sempre che tutto fosse stato scoperto e che un'improvvisa ispezione venisse a sorprenderci. Fortunatamente nulla di nuovo è accaduto e io posso stamani confidare al mio *Giornalino* le ultime vicende del collegio Pierpaoli.

14 febbraio.

Ho appena il tempo di segnare qui in stile telegrafico gli avvenimenti di ieri. Nel critico momento che attraversiamo se, questo mio giornalino cadesse nelle grinfie della Direttrice sarebbe una rovina per tutti.... Perciò l'ho levato dalla mia valigia e lo tengo legato sul petto con uno spago e vorrei vedere chi avesse l'ardire di venirmelo a cercare !

Ecco dunque quel che è successo in queste ventiquattr'ore.

Ieri fin dalla prima mattina in tutto il collegio ci fu un gran movimento e un gran chiacchierare sottovoce, ed anche un estraneo avrebbe capito subito che qualcosa di straordinario doveva essere avvenuto.

Si era sparsa la notizia della fuga di Tito Barozzo e mentre tutti i collegiali commentavano il fatto e andavano a caccia di particolari, i bidelli e gli inservienti dell'Istituto andavano e venivano con certe facce smunte come se avessero perso un terno al lotto e davano in giro certe occhiate torve che parevan proprio poliziotti alla ricerca di qualche bandito.

Intanto si diceva che la Direzione aveva diramato telegrammi a destra e a sinistra, avvisando le autorità di tutti i paesi vicini, dando i connotati del fuggiasco, mentre era aperta una severissima inchiesta per stabilire se, nella fuga, il Barozzo aveva avuto dei complici tra i suoi compagni o nel personale addetto al collegio.

C'era in giro anche la notizia che la Direttrice, appena scoperto il fatto, si era ammalata d'un'eruzione nella pelle ed era dovuta tornare a letto e che il Direttore per correre qua e là a dare ordini aveva battuto un occhio in uno spigolo e poi aveva preso una gran flussione sicchè aveva la testa tutta rinfagottata in una gran ciarpa di seta nera e aveva un occhio anche più nero....

Io e i miei compagni della Società segreta sapevamo il motivo di queste eruzioni e di queste flussioni, ma stavamo naturalmente zitti e cheti, limitandoci a scambiare degli sguardi che valevano cento discorsi.

A colazione apparve in refettorio il signor Stanislao e non so come si facesse tutti quanti a non scoppiare in una clamorosa e sonora risata. Si sentiva bensì qua e là qualcuno che malgrado tutti gli sforzi sghignazzava, e si vedeva dovunque un grande affaccendarsi a pulirsi la bocca col tovagliolo per nascondere alla meglio l'ilarità che aveva invaso tutti....

Com'era ridicolo, povero signor Stanislao, con quella ciarpona nera avvoltolata intorno alla zucca completamente pulita (noi della Società si sapeva che ormai non poteva più coprirsela con la parrucca ch'era stata buttata in un luogo tale che anche se l'avesse ritrovata non se la sarebbe rimessa di certo!) e con quell'occhio grosso, languido e lacrimoso come un uovo al tegamino poco cotto....

— Pare un becchino turco! — disse piano Maurizio Del Ponte alludendo a quel turbante nero che gli copriva la testa.

Più tardi si seppe che a uno a uno i collegiali erano chiamati in Direzione per subire un interrogatorio.

— Che t'hanno domandato? — chiesi a uno che incontrai nel corridoio grande mentre usciva di Direzione.

— Nulla — mi rispose.

Verso sera ne acchiappai un altro:

— Che t'ha detto il Direttore?

— Nulla. —

Capii allora perfettamente che il signor Stanislao doveva avere nei suoi interrogatorî intimiditi i ragazzi in un modo addirittura feroce con chi sa quali minacce se avessero rivelato una parola.

In questa idea mi confermò più tardi Mario Michelozzi, il quale passandomi accanto, mi disse rapidamente:

— All'erta! *Calpurnio* ha mangiato la foglia! —

Ma in camerata mi aspettava la terribile rivelazione della nostra completa rovina....

— Sei stato in Direzione? — sussurrai a Gigino Balestra mentre mi passava dinanzi.

— No, — rispose.

Come mai erano stati interrogati tutti i collegiali più piccoli e noi due no?

Questa esclusione mi dava molto da pensare e andai a letto deciso di non avventurarmi nel mio osservatorio, temendo di una vigilanza speciale notturna.

Non so quanto tempo stetti così sveglio, riflettendo sui casi della giornata, architettando deduzioni su deduzioni; ma la tentazione di salire sull'armadietto mi si riaffacciava sempre, ostinata, a traverso tutte le mie riflessioni, finchè da ultimo mi vinse e mi fece abbandonare ogni saggio consiglio di prudenza.

Mi assicurai prima se tutti i miei compagni dormivano, ficcai lo sguardo in tutti gli angoli della camerata per vedere se c'era qualche spia messa a vigilare, e alzatomi pian piano salii sul comodino ed entrai nell'armadietto....

Oh, sorpresa!... La parete in fondo era murata; murata come era prima ch'io levassi con tanto paziente lavoro il mattone, aprendomi così vasto e interessante campo di osservazione sulla vita privata dei signori Direttori del collegio Pierpaoli.

Non so come riuscii a trattenere un grido.

Sgusciai giù dall'armadietto sul comodino e di lì sotto i lenzuoli.... e in mezzo alle ipotesi più strane e fantastiche, che mi ballavano vertiginosamente nel cervello, una dominava sulle altre, e ritornava alla mia mente, tenace, implacabile, mostrandomi tutte le probabilità delle quali era armata....

— È andata così: — diceva con una terribile sicurezza l'ipotesi trionfatrice di tutte le altre — il signor Stanislao ha sentito ridere te e Gigino Balestra dietro il quadro di Pierpaolo Pierpaoli, e gli è entrato da quel momento un vago sospetto che è andato via via crescendo; e siccome gli ci voleva poco a sincerarsi, stamattina ha preso una scala, l'ha appoggiata alla parete, è salito fino al quadro, l'ha alzato, ha guardato sotto di esso, ha scoperto il finestrino che avevi fatto e.... l'ha fatto murare, dopo essersi assicurato – questo s'intende – dove rispondeva questo finestrino e avere scoperto così che esso corrispondeva proprio nell'armadietto di Giannino Stoppani, detto dai suoi nemici *Gian Burrasca!* —

Ahimè! L'ipotesi, giornalino mio caro, mi pare proprio che colga nel segno e mi aspetto qualche cosa di grosso....

Chi sa, dopo queste righe che butto giù alla meglio in questa terribile nottata insonne, quando potrò ancora confidare i miei pensieri e i casi della mia vita alle tue pagine?

20 febbraio.

Novità! Novità! Novità!

Quanti avvenimenti in questa settimana! Me ne sono accadute tante che non ho avuto mai il tempo di scriverle.... Anche perchè non volevo sciupare le mie avventure descrivendole in queste pagine troppo alla svelta, mentre meriterebbero di essere narrate in un romanzo.

Perchè la mia vita è un vero romanzo, e io quando ci penso non posso fare a meno di ripetere sempre fra me il solito ritornello:

— Ah, se avessi la penna di Salgari, che volume vorrei scrivere, da far rimanere a bocca spalancata tutti i ragazzi di questo mondo, peggio che con tutti i corsari rossi e neri!... —

Basta: scriverò come so, e tu, mio caro giornalino, non ti vergognerai, spero, se le tue pagine sono scritte con poca arte, tenendo conto in compenso che sono scritte con grande sincerità.

E veniamo dunque alle grandi novità, la prima delle quali è questa: che io in questo momento sto scrivendo sul *mio* tavolino, in camera *mia*, di fronte alla finestra che dà sul *mio* giardino....

Proprio così. Sono stato mandato via dal collegio Pierpaoli, e questa è certamente una gran disgrazia; ma sono finalmente in casa mia e questa è una grandissima fortuna.

Andiamo dunque per ordine.

La mattina del 14 avevo un triste presentimento, come appare dalle righe che scrissi in fretta e furia qui nel giornalino; e il presentimento non mi ingannava.

Uscendo dalla camerata mi accorsi subito che qualche cosa di grosso era per succedere. Si vedeva nelle facce delle persone, si sentiva nell'aria un non so che di grave e di solenne che annunziava qualche avvenimento straordinario.

Incontrai Carlo Pezzi che mi disse in fretta:

— I grandi sono stati interrogati tutti, meno io, il Michelozzi e il Del Ponte....

— E dei nostri, — risposi — sono stati chiamati tutti meno io e Gigino Balestra !

— È evidente che tutto è stato scoperto. Ho saputo che la signora Geltrude dirige il processo dal letto facendo agire *Calpurnio* che, certo, non sarebbe stato capace d'andare in fondo alla faccenda.... Noi siamo tutti d'accordo, se saremo interrogati, a non rispondere neanche una sillaba, per non compromettere di più la situazione.

— Io e il Balestra faremo lo stesso, — risposi alzando la destra in segno di giuramento.

Proprio in quell'istante venne un bidello che mi disse:

— Il signor Direttore la desidera. —

Confesso che quello fu un brutto momento per me. Mi sentii un gran rimescolìo nel sangue.... ma fu proprio un momento, e quando mi presentai in Direzione ero relativamente calmo e mi sentivo sicuro di me.

Il signor Stanislao, sempre col suo turbante nero in testa e il suo occhio maculato che era diventato violetto, mi squadrò ben bene da dietro la sua scrivania, senza parlare, credendo di incutermi chi sa che paura, mentre invece io che conoscevo quest'arte, girai in qua e in là lo sguardo distrattamente sugli scaffali pieni di libri, tutti splendidamente rilegati, con certe dorature bellissime e che lui non leggeva mai.

Finalmente il Direttore mi domandò a bruciapelo con accento severo:

— Voi, Giovanni Stoppani, la notte dal 13 al 14 siete uscito verso mezzanotte dalla vostra camerata e non vi avete fatto ritorno che dopo un'ora circa. È vero?

Io seguitai a guardare i libri degli scaffali.

— Dico a voi, — ripetè il signor Stanislao alzando la voce. — È vero o no? —

E non ricevendo risposta urlò anche più forte:

— Ehi, dico ! Rispondete; e ditemi dove siete stato e che avete fatto in quell'ora ! —

Io a questo punto fissai lo sguardo sulla carta dell'America appesa alla parete a destra della scrivania e.... seguitai a far l'indiano.

Il signor Stanislao allora si alzò dalla sedia puntando le mani sulla scrivania e protendendo la faccia stralunata verso di me; poi al colmo dell'ira gridò:

— Hai capito che devi rispondere, eh? Pezzo di canaglia! —

Ma io non mi scossi, e pensai fra me:

— Si arrabbia perchè sto zitto; dunque io sono il primo dei collegiali compromessi che egli ha chiamato in Direzione! —

A questo punto l'usciolino a sinistra della scrivania si aprì e comparve la signora Geltrude tutta rinfagottata in una veste da camera verdognola, con un viso pure verdognolo e con gli occhi tutti pesti, che si volsero subito su di me pieni di odio.

— Che c'è? — disse. — Che sono questi urli?

— C'è — rispose il Direttore — che questo pessimo soggetto non risponde alle mie domande.

— Lascia fare a me, — rispose lei — chè tanto te sarai sempre il medesimo.... —

E si fermò; ma io capii, e lo capì certo anche il signor Stanislao, che la parola che mancava al discorso era *imbecille*.

La Direttrice fece tre passi e mi si piantò dinanzi, in una attitudine minacciosa e cominciò a voce bassa, nella quale si sentiva concentrata una rabbia tanto più terribile in quanto doveva essere repressa:

— Ah, non rispondi, eh? pezzo di mascalzone.... Tu non vuoi convenire, eh? delle tue prodezze!... Chi è dunque che ha fatto scappare l'altra notte quell'altro mascalzone come te, il tuo degno amico Barozzo? Fortunatamente c'è stato chi ti ha visto e chi ha parlato.... Ah, credevi di farla liscia, eh? Sei tu che ci hai messo il collegio in rivoluzione fin dal

primo momento che ci sei capitato tra i piedi, con le tue perfide invenzioni, con le tue vili calunnie.... Ma basta, sai? E anche senza interrogarti vi sono tante prove e testimonianze delle tue canagliate che abbiamo avvertito fino da ieri tuo padre di venirti a riprendere, e a quest'ora dev'essere per la strada.... Se non

ti vuol tenere in casa ti metterà in galera, che è il solo posto degno d'un briccone come te! —

Mi afferrò per un braccio e scuotendomi riprese:

— Sappiamo tutto! Una cosa sola ci potresti dire.... Lo sai tu dov'è andato il Barozzo? —

Non risposi; ed ella scuotendomi forte:

— Rispondi. Lo sai? —

E siccome io seguitavo a tacere, ella, esasperata, allargò un braccio come per lasciarmi andare uno schiaffo; ma io balzai indietro e afferrato un gran vaso giapponese che era sulla consolle feci l'atto di buttarlo in terra.

— Brigante! Assassino! — urlò la Direttrice tendendomi il pugno. — Lascia andare! Gaspero!... —

Accorse il bidello.

— Portate via questo demonio, e fategli preparare la sua roba che se Dio vuole tra poco ce lo leveremo di torno! Portatemi qui il Balestra. —

Il bidello mi accompagnò in camerata, mi fece rivestire degli abiti da borghese che avevo quando entrai in Collegio, – e che tra parentesi mi eran diventati corti ma larghi, prova manifesta che il regime del collegio Pierpaoli fa allungare i ragazzi ma non li ingrassa – e preparare la mia valigia.

Poi fece l'atto di andarsene dicendomi: — Stia qui, chè tra poco arriverà il suo babbo e se Dio vuole si avrà dopo un po' di pace.

— Imbecille più del signor Stanislao che è tutto dire! — gli risposi al colmo dell'ira.

Egli parve offendersi e mi venne sulla faccia esclamando:

— Lo ridica! —

— Imbecille! — ripetei io.

Egli si morse un dito e si allontanò tutto stizzito, mentre io gli dicevo:

— Se vuoi che te lo ridica anche un'altra volta non far complimenti, hai capito? —

E dètti in una risata; ma era un riso sforzato, perchè nell'anima ero più arrabbiato io di lui, arrabbiato per non poter trovare il bandolo dell'arruffata matassa e per ignorare la sorte dei miei compagni della Società segreta.

Mi appariva chiara una cosa: che la risata mia e di Gigino Balestra mentre eravamo nell'armadietto ad assistere alla famosa scena notturna aveva fatto scoprire a *Calpurnio* il nostro osservatorio; che zitto zitto *Calpurnio* lo aveva fatto murare mentre noi eravamo alle lezioni; che poi con una intuizione molto facile *Calpurnio* aveva capito che le bòtte distribuite nella fatale nottata non erano state date dallo spirito dello zio di sua moglie ma dai collegiali; che aveva perciò incominciato a interrogare qualche beniamino cercando di scoprire quali collegiali in quella notte erano usciti di camerata; e che infine, aveva trovato il beniamino che in quella notte, essendosi svegliato, aveva visto uscire dalla camerata i congiurati e aveva fatto bravamente la spia.

E certamente le spie erano almeno due: una dei ragazzi grandi che aveva compromesso Mario Michelozzi, Carlo Pezzi e Maurizio Del Ponte, e una dei piccoli che aveva compromesso me e Gigino Balestra.

Un'altra cosa era chiara: che *Calpurnio*, certamente guidato dalla astuta sua moglie, aveva basato tutto il suo processo sulla nostra complicità nella fuga del Barozzo, non accennando neanche lontanamente al nostro complotto, dirò così, spiritistico che era in realtà molto più grave ma che avrebbe, se ammesso e risaputo, fatto perdere il prestigio del Direttore e della Direttrice.... e anche del cuoco!

Però in questa ridda di tetri pensieri, di deduzioni e di induzioni che mi frullava nel cervello, un'idea buffa mi si riaffacciava continuamente:

— Chi sa perchè i compagni della Società segreta hanno messo al signor Stanislao il soprannome di *Calpurnio?* —

E mi meravigliavo di non averne mai domandato una spiegazione finora che mi sarebbe stato così facile averla, mentre ora che mancava poco tempo ad abbandonare per sempre il collegio mi sentivo a un tratto una grande curiosità che mi pungeva sempre più, che a poco a poco mi invadeva tutto cacciando via, in seconda linea, tante altre preoccupazioni che pure avevano diritto d'essere accolte in prima fila....

A un certo punto vidi passare pel corridoio il Michelozzi e mi slanciai verso di lui.

— Dimmi — gli dissi rapidamente — perchè il signor Stanislao si chiama *Calpurnio?* —

Il Michelozzi mi guardò trasecolato.

— Come! — disse. — Ma non sai quel che è successo? Non sei stato chiamato?

— Sì: e sono stato mandato via. E voialtri?

— Anche noi!

— Sta bene: ma io voglio andar via sapendo il perchè il signor Stanislao si chiama *Calpurnio*.... —

Il Michelozzi rise.

— Guarda nella Storia Romana e capirai! — rispose e fuggì via.

In quel momento passava un ragazzo della mia camerata, un certo Ezio Masi, che mi guardò con un lieve risolino maligno.

Quel risolino, in quel momento, fu per me come una rivelazione. Mi ricordai d'una volta in cui avevo avuto che dire col Masi il quale infine aveva ceduto alle mie minacce di picchiarlo; sapevo che egli era uno dei collegiali più ben visti dalla signora Geltrude.... E tutto questo condusse, nella mia mente, a formular subito un'accusa:

— È stato lui che ha fatto la spia! —

Ezio Masi
spia e
traditore

Non ci stetti a ragionar sopra; lo presi per un braccio e lo spinsi così in camerata mormorando:

— Senti, Masi.... t'ho da dire una cosa. —

Sentivo che egli tremava; e intanto andavo architettando nella mia mente l'interrogatorio da rivolgergli e una vendetta nel caso ch'io lo avessi scoperto veramente colpevole.

Nel tragitto che feci trascinandolo dalla porta della camerata al mio letto feci tutto un piano strategico per l'assalto, e uniformandomi a quello rallentai la mano colla quale lo stringevo e lo invitai a sedere accanto a me col più bel sorriso del mondo.

Egli era pallido come un morto.

— Non aver paura, Masi, — gli dissi con accento mellifluo — perchè anzi ti ho portato qui per ringraziarti. —

Egli mi guardò sospettoso.

— Lo so che sei stato tu che hai detto al signor Stanislao che io l'altra notte ero uscito di camerata....

— Non è vero! — protestò lui.

— Non lo negare; me l'ha detto lui, capisci? E appunto per questo io ti voglio ringraziare, perchè mi hai fatto proprio un piacere....

— Ma io....

— Non capisci che io non ci volevo più stare qui dentro? Non capisci che ne facevo di tutte apposta per farmi mandar via? Che non mi par vero d'essere arrivato a questo momento in cui sto aspettando mio padre che sarà qui fra poco a prendermi? Dunque perchè dovrei avercela con te che m'hai fatto raggiungere il mio scopo? —

Egli mi guardò non ancora rassicurato.

— Ora giacchè mi hai fatto questo piacere, me ne devi fare un altro. Senti.... vorrei andare un momento di là a salutare un mio amico e a dargli la mia giacchetta da collegiale che ho promesso di lasciargli per ricordo: puoi aspettarmi qui, e dire al bidello, nel caso che venisse a cercarmi, che ritorno subito? —

Il Masi ora non dubitava più e manifestò una grande contentezza di essersela cavata così a buon mercato.

— Ma figurati! — mi disse — fa' pure, sto qui io !... —

Io corsi via. La scuola di disegno, ch'era lì vicina, era aperta e non c'era nessuno. Vi entrai, stesi la mia giacchetta da collegiale su un banco e preso un pezzo di gesso scrissi nella schiena della giacca, a grandi lettere, la parola: *Spia*.

Fatto questo, in un lampo, ritornai in camerata, dove entrai con passo misurato, tenendo la mia giubba per il bavero, ripiegata in due in modo che il Masi non vedesse la parola che vi avevo scritta.

— Non ho potuto trovare l'amico — dissi. — Pazienza! Ma poichè non ho potuto lasciar la mia giacchetta a lui, per ricordo, voglio lasciarla a te, mentre io mi prenderò la tua in memoria del gran servizio che mi hai reso. Vogliamo fare a baratto? Vediamo se ti sta bene! —

E appoggiata lievemente la mia giacchetta sul letto lo aiutai a levarsi la sua e poi a rimettergli la mia, facendo in modo naturalmente che non vedesse la parola che v'era scritta sulla schiena.

Quando l'ebbe indossata gliela abbottonai e gli dissi toccandolo con la mano sulla spalla:

— Caro Masi, la ti va come un guanto! —

Egli si dètte un'occhiata alla bottoniera, e si adattò facilmente a questa mia stravaganza. Si alzò, mi porse la mano.... ma io feci finta di non accorgermene, perchè mi ripugnava di stringer la destra di un traditore, e mi disse:

— Dunque, addio Stoppani! —

Io lo ripresi per il braccio e accompagnandolo alla porta risposi:

— Addio Masi: e grazie sai? —

E lo vidi allontanarsi per il corridoio recando dietro la schiena la parola infamante che s'era meritata.

Poco dopo venne il bidello che mi disse:

— Stia pronto, suo padre è arrivato ed è in Direzione a parlare col signor Stanislao. —

Mi venne un'idea:

«Se andassi anche io in Direzione, a raccontare a mio padre in faccia al signor Stanislao, tutti i fatti ai quali egli si sarebbe certo guardato bene accennare, da quello della minestra di rigovernatura a quello della seduta spiritistica? ».

Ma l'esperienza, purtroppo, mi avvertiva che i piccini, di fronte ai più grandi, hanno sempre torto, specialmente quando hanno ragione.

A che pro difendersi? Il Direttore avrebbe detto che quelle che io narravo eran fandonie, malignità e calunnie di ragazzi, e mio padre avrebbe creduto certo più a lui che a me. Meglio stare zitti e rassegnarsi al proprio destino.

Infatti quando mio padre venne a prendermi non disse nulla.

Avrei ben voluto saltargli al collo e abbracciarlo dopo tanto tempo che non lo rivedevo, ma egli mi dètte un'occhiataccia severa che mi agghiacciò e non mi disse altra parola che questa:

— Via! —

E partimmo.

In diligenza si mantenne sempre il medesimo silenzio. Esso non fu rotto da mio padre che nell'entrare in casa.

— Eccoti di ritorno, — disse — ma è un cattivo ritorno. E ormai per te non c'è che la Casa di correzione. Te lo avverto fin d'ora. —

Queste parole mi spaventarono; ma la paura mi passò subito perchè di lì a poco ero nelle braccia della mamma e di Ada, piangente e felice.

Non dimenticherò mai quel momento: e se i babbi sapessero quanto bene fa all'anima dei figlioli il trattarli così affettuosamente piangerebbero anche loro con essi quando c'è l'occasione di farlo, invece di darsi sempre l'aria di tiranni, chè tanto non giova a niente.

Il giorno dopo, cioè il giorno 15, seppi dell'arrivo di Gigino Balestra, anche lui mandato via dal collegio per l'affare della grande congiura del 12 febbraio, data memorabile nella storia dei collegi d'Italia e forse d'Europa. E anche questa è una novità che mi ha fatto piacere perchè spero di trovarmi spesso insieme col mio buon amico.... e magari di mangiar qualche volta insieme qualche pasticcino nel suo bel negozio.... però quando non vede il suo babbo che è socialista, ma che in quanto a pasticcini li vorrebbe tutti per sè.

E ieri poi ne ho saputa un'altra.

Il signor Venanzio, quel vecchio paralitico al quale pescai a canna l'ultimo dente che gli era rimasto, pare che stia di molto male, poveretto, e il mio cognàto è in grande aspettativa per la eredità.

Questo almeno ho raccapezzato dai discorsi che sento fare; e anzi ho anche saputo che il Maralli, appena ebbe la notizia del mio ritorno dal collegio, disse all'Ada:

— Per carità, badate che non mi venga in casa, perchè se no mi fa perdere quel che ho acquistato in questo tempo nell'animo di mio zio e va a finire che mi disereda davvero! —

Ma non abbia paura, che io in casa sua non ci vado. Oramai ho promesso alla mia buona mamma e all'Ada di metter la testa a partito e di fare in modo che il babbo non abbia a mettere in esecuzione la minaccia fatta di cacciarmi in una Casa di correzione chè questo sarebbe davvero un disonore per me e per la mia famiglia; e in questi cinque giorni ho dimostrato che questa volta non si tratta di promesse da marinaro, e che se voglio so anche essere un ragazzo di giudizio.

Tant'è vero che la mamma stamani mi ha abbracciato e mi ha dato un bacio dicendo:

— Bravo Giannino! seguita così e sarai la consolazione dei tuoi genitori! —

La frase non è nuova, ma però detta da una mamma buona come la mia fa sempre un effetto nuovo nel cuore di un figliolo per bene, e io le ho giurato di mantenermi sempre così.

Io l'ho sempre detto che le mamme sono più ragionevoli dei babbi. Infatti la mamma, quando le ho raccontato dell'affare della minestra di magro che ci davano in collegio il venerdì e dell'eterno riso che si mangiava in tutti gli altri giorni della settimana mi ha dato pienamente ragione e ha detto a mia sorella:

— Poverini, chi sa come si stomacavano a mangiar quelle porcherie! —

21 febbraio.

Pare che il babbo, visto che mi son corretto dai miei difetti, abbia intenzione di mettermi un maestro in casa per farmi poi pigliar l'esame regolare a fin d'anno. Speriamo bene!

Oggi finalmente ho rivisto Gigino Balestra. Per l'appunto mia sorella ha un'amica, una certa signorina Cesira Boni, che sta di casa in un quartiere accanto a quello dove abita Gigino, e siccome oggi Ada è andata a far visita a questa sua amica io ho colto l'occasione di farne una al mio amico.

Quanto abbiamo parlato delle nostre avventure passate!

A un certo punto dei nostri discorsi mi s'è riaffacciata alla mente la curiosità di sapere come mai nel collegio Pierpaoli era venuto l'uso di chiamare il signor Stanislao col nome di *Calpurnio*.

— Mi hanno detto che è levato dalla Storia Romana, e a questo ci arrivavo anche io. Ma che significa? Perchè l'hanno adattato al Direttore? Lo sai tu? —

Gigino Balestra si è messo a ridere; poi ha preso una Storia Romana che era nel suo scaffaletto, ha cercato un po' e mi ha messo il libro dinanzi agli occhi aperto nelle pagine dove sono raccontate le guerre di Giugurta; e lì ho letto questo pezzetto che mi son ricopiato perchè volevo metterlo qui nel mio giornalino proprio tale e quale:

«*Dopo che Giugurta ebbe fatto torturare e uccidere il cugino, profuse oro a destra e a sinistra perchè il misfatto fosse taciuto. Ma il tribuno Caio Memmio manifestò dinanzi al Fòro la scelleraggine di Giugurta e il Senato bandì contro lo sleale principe numida la guerra che affidò a uno dei consoli eletti, per l'anno successivo, e che chiamavasi Lucio Calpurnio Bestia....*»

— Ah! — gridai smascellandomi dalle risa. — Ora ho capito finalmente! Lo chiamavano *Calpurnio* perchè....

— .... perchè anche se sentiva, — concluse Gigino — non avrebbe capito che gli si dava della bestia! —

È un ingegnoso strattagemma, non c'è che dire. Ma sarebbe stato molto meglio che l'avessi conosciuto prima, perchè allora chiamando *Calpurnio* il signor Direttore del collegio Pierpaoli ci avrei provato più gusto.

Ho parlato con Gigino Balestra anche di un altro importante argomento: dei pasticcini.

— Vedi se puoi passare domattina dal negozio, verso le dieci. Il babbo a quell'ora ha una adunanza per le elezioni.... Ti aspetto sulla bottega. —

Infatti ho saputo che ci sono le elezioni politiche, perchè quello che era deputato è diventato pazzo a un tratto, per il motivo - dicono tutti quelli che s'intendono di politica – che aveva preso le cose troppo sul serio. E i nuovi candidati sono il commendatore Gaspero Bellucci, zio di Cecchino, e l'avvocato Maralli, mio cognato.

Pensare che nel dicembre scorso, proprio il giorno prima che ci si rovinasse in quella disastrosa corsa in automobile, con Cecchino Bellucci ci pigliammo a parole appunto sulla maggiore o minore probabilità che avrebbero avuto di diventar deputati i due che oggi si trovavano in lotta davvero.

A sentir Gigino Balestra parrebbe che l'elezione del Maralli fosse sicura; e lui è al caso di saperlo perchè il suo babbo non solamente è un pasticciere, ma è il grande elettore del suo partito e dice che di riffe o di raffe questa volta il collegio deve essere conquistato dai socialisti e che è già sicuro della vittoria.

Per questo ha messo fuori un giornaletto intitolato *Il sole dell'avvenire* che è in grande polemica con l'*Unione Nazionale* che sostiene lo zio di Cecchino.

Gigino Balestra mi ha fatto vedere questi giornali e mi ha detto:

— Il babbo ora non ripara a dar retta a tutte le commissioni, ed è sempre occupato a scrivere nel giornale.... Domani siamo sicuri che in bottega non viene. Non mancare!

23 febbraio.

Stamani mi son purgato.

Non ho mai potuto capire il perchè i pasticcini che sono tanto buoni debbano far male e i purganti che son tanto cattivi debbano far bene. Il fatto è che dei pasticcini ieri ne mangiai una ventina, tutti con le mandorle, e pare che per l'appunto le mandorle sieno molto indigeste.

Gigino Balestra all'ora che avevamo fissato, cioè alle dieci, era sulla porta del negozio e mi fece l'occhiolino come per dire che aspettassi un poco prima di entrare. Infatti fece una giratina in su e in giù e finalmente mi fece cenno di passare. In quel momento non c'era nessuno, perchè il ministro di bottega era andato a dare un'occhiata nel laboratorio.

— Bisogna far presto, — disse Gigino — perchè ritorna subito. —

Io feci in un lampo: quattro pasticcini ogni boccone.... e si vede che il mangiar così in fretta e furia mi fece male, perchè appena tornato a casa mi sentii un gran peso allo stomaco e dei giramenti di testa tali che dovettero mettermi a letto.

Naturalmente dell'affare dei pasticcini non dissi niente.... anche per non compromettere il mio amico Gigino Balestra.

24 febbraio.

Stamani ci è arrivata in casa una triste notizia; il signor Venanzio è morto stanotte.

Povero signor Venanzio! Era un po' uggioso, ne convengo, ma era un buon uomo e mi dispiace molto che se ne sia andato.

Mi pare di vederlo ancora.... Povero signor Venanzio!

25 febbraio.

Che giornata di grandi emozioni!

È vicina la mezzanotte; tutti son già andati a letto e io sono solo qui nella mia cameretta: solo col mio segreto, col mio grande segreto e piango e rido e tremo non so perchè nè di che, e stento quasi a scrivere qui questo importante avvenimento nella mia vita nella paura che sia risaputo....

Ma no! Oramai in queste pagine ho confidato ogni mio atto e ogni mio pensiero e sento come un bisogno di sfogare qui in queste, mio caro giornalino, la piena dei sentimenti che mi invade l'animo e mi commuove tutto....

Però prima di tutto voglio dare un'occhiata se il mio prezioso segreto è al suo posto....

Sì, sì! Sono lì tutti e duecento.... Non ne manca uno! Procuriamo di rimetterci in calma, dunque, e ripigliamo il discorso tranquillamente dal punto in cui è stato interrotto.

Il povero signor Venanzio dunque, è morto; e questo l'ho scritto fino da ieri.

Scrissi anche che la notizia mi aveva fatto dispiacere, ed è proprio vero, perchè in fondo quel vecchio sordo e paralitico, al quale tutti auguravano la morte, mi faceva compassione, e ora che è morto e di lassù può vedere le cose come stanno, deve capire che se gli pescai con l'amo l'ultimo dente non lo feci a fin di male ma con lo scopo di divertirlo, e che certo non avrei fatto quello che feci se ne avessi potuto prevedere le conseguenze, che del resto furono molto esagerate da mio cognato perchè in una bocca avere un dente solo e bacato e non averne punti è tutt'uno, e non credo per questo di avere abbreviato la vita d'un minuto a quel povero disgraziato.

Però, per quanto la notizia della morte del signor Venanzio mi avesse fatto dispiacere, stamani non ci pensavo più, quando un fatto stranissimo è venuto a richiamarmelo alla mente.

Verso le nove e mezzo, mentre inzuppavo il terzo panino imburrato nel mio caffè e latte con molto zucchero (non è per ghiottoneria, ma io metto sempre di molto zucchero perchè la mattina prendo sempre di molto latte con di molto caffè per poterci inzuppare di molti panini con di molto burro) mi son sentito chiamare a un tratto:

— Giannino! Giannino!... Vieni qua, subito.... —

Era l'Ada che urlava a quel modo e io certo, occupato come ero, non mi sarei mosso neanche d'un passo se nell'accento di mia sorella non avessi sentito veramente qualche cosa di insolito....

Son corso nella stanza d'ingresso dove l'ho trovata insieme alla mamma, e tutte e due stavano commentando una lettera che tenevano in mano.

— Guarda, Giannino, — mi ha detto subito la mamma — questa lettera è per te....

— E allora, — ho osservato subito — perchè l'avete aperta?

— Oh bella! Io sono la tua mamma e ho diritto, credo, di vedere chi ti scrive....

— E chi mi scrive?

— Ti scrive il cavalier Ciapi notaro.

— E che vuole da me?

— Leggi. —

Allora ho letto, pieno di meraviglia, la lettera che ricopio qui tale e quale:

CAVALIER TEMISTOCLE CIAPI

NOTARO

Signor Giovanni Stoppani.

Nella mia qualità di pubblico notaro incaricato di dare esecuzione alle disposizioni testamentarie del defunto signor Venanzio Maralli, mi pregio ricopiare qui il paragrafo 2 di dette disposizioni che La riguardano personalmente:

«§ 2. — Desidero e domando che alla lettura di questo mio testamento, oltre agli interessati e cioè mio nipote avvocato Carlo Maralli, Cesira Degli Innocenti sua donna di servizio e il commendatore Giovan Maria Salviati, sindaco della città, intervenga anche il giovinetto Giovannino Stoppani cognato del predetto Carlo Maralli, sebbene nessuna delle disposizioni testamentarie qui contenute lo interessino. Ma io desidero la sua presenza perchè avendolo conosciuto di persona amo che in queste mie disposizioni il giovinetto Stoppani trovi un efficace ammaestramento sulla vanità delle umane ricchezze e un nobile esempio verso il prossimo. A tale scopo do espresso incarico al notaro cavaliere Temistocle Ciapi di mandare a prendere il detto Giovanni Stoppani dove si trova, a tutte spese da pesare sulla somma dell'intero capitale di cui al paragrafo 9 ».

In ordine dunque al desiderio espresso nel paragrafo qui sopra riportato La prevengo che alle ore quindici di oggi manderò alla sua abitazione un mio incaricato di fiducia il quale La accompagnerà in vettura fino al mio studio in via Vittorio Emanuele numero 15, piano 1°, dove sarà data lettura del testamento del defunto signor Venanzio Maralli.

TEMISTOCLE CIAPI, NOTARO.

— Guarda un po' di ricordarti bene, caro Giannino.... — mi disse la mamma dopo che ebbi letto la lettera del notaro. — Pensa a quello che facesti in quei giorni che rimanesti in casa del Maralli.... Non c'è il caso che ci sia sotto qualche altro dispiacere?

— Uhm! — risposi io. — Ci fu l'affare del dente....

— È curiosa! — esclamò l'Ada. — Non si è mai sentito un altro esempio di invitare un ragazzo ad assistere alla lettura di un testamento....

— Se ti avesse lasciato qualcosa si capirebbe — aggiunse la mamma. — Ma di questo non c'è pericolo dopo tutto quel che gli facesti....

— E poi, — osservò mia sorella — la lettera parla chiaro: *sebbene*, dice, *nessuna delle disposizioni testamentarie qui contenute lo interessino....* Dunque!

— In ogni modo, — concluse la mamma — non diremo niente al babbo, hai capito! Chè se c'è qualche strascico d'allora non vorrei che compromettesse quel che hai acquistato dacchè sei tornato di collegio e ti mettesse in una Casa di correzione.... —

Siamo rimasti dunque d'accordo che alle ore quindici Caterina si sarebbe trovata fuori della porta di casa per dire al vetturino di attendere senza fargli suonare il campanello e che io sarei salito zitto zitto nella carrozza annunziata dalla lettera del notaro. Al babbo, la mamma e l'Ada avrebbero detto di avermi mandato a divertirmi dalla signora Olga.

È inutile dire con quanto desiderio abbia aspettato l'ora fissata.

Finalmente Caterina è venuta a chiamarmi e io sono sgusciato via di casa e son montato nella carrozza che mi aspettava con lo sportello aperto. Dentro c'era un uomo tutto vestito di nero che mi ha detto:

— È lei Giovannino Stoppani?

— Sì; e ho qui la lettera....

— Benissimo. —

Quando, poco dopo, sono entrato nello studio del notaro Ciapi c'era il sindaco, e poco dopo è arrivato il mio cognato Maralli che appena mi ha visto ha alzato tanto di muso, ma io ho fatto finta di nulla e invece ho salutato la sua donna di servizio Cesira che è arrivata subito dopo di lui e che è venuta a mettersi a sedere accanto a me, e mi ha domandato come stavo.

Il notaro Ciapi stava seduto su una poltrona davanti a un tavolino. Questo notaro è un tipo buffo, piccolo piccolo e grasso grasso, con una faccia tonda mezza affogata dentro una papalina ricamata, con una nappa che gli vien sempre sull'orecchio e che egli cerca di cacciar via con certe scrollatine di testa come farebbe uno che avesse i capelli troppo lunghi sulla fronte per mandarseli indietro.

Egli ci ha guardato tutti e poi ha suonato il campanello e ha detto:

— I testimoni! —

E son venuti due cosi neri neri, che si son messi tra me e il notaro, il quale ha preso uno scartafaccio e ha cominciato a leggere con voce nasale, come se avesse avuto da dire un'orazione:

— In nome di Sua Maestà il re Vittorio Emanuele III felicemente regnante.... —

E **giù** una filastrocca di cose nelle quali non capivo niente finchè poi a un certo punto incominciò a leggere proprio le parole dettate dal signor Venanzio prima di morire e quelle le capii benissimo.

Naturalmente non posso ricordarmi le frasi precise, ma ricordo le cifre dei diversi làsciti, e ricordo anche che tutte quelle disposizioni testamentarie erano dettate in un modo curioso, con uno stile pieno di ironia, come se il povero signor Venanzio nell'ultima ora della sua vita si fosse preso il supremo divertimento di pigliare in giro tutti quanti.

La prima disposizione era di dare dal suo patrimonio la somma di diecimila lire alla Cesira, e non saprei ridire la scena che nacque quando il notaro ebbe letto questo paragrafo del testamento. La Cesira alla notizia di quella fortuna si svenne e tutti corsero attorno, fuori che il Maralli che diventò pallido come un morto e guardava la sua donna di servizio con due occhi come se la volesse mangiare.

Eppure a sentire il povero signor Venanzio, che spiegava tutte le ragioni per le quali lasciava tutti quei quattrini a quella ragazza, pareva che l'avesse fatto proprio per far piacere al suo nipote.

«Io lascio questa somma alla nominata Cesira Degli Innocenti (su per giù diceva così) prima di tutto per gratitudine mia verso di lei che, nella casa di mio nipote ove passai gli ultimi anni della mia vita, mi trattò con ogni riguardo, superando in gentilezza perfino i miei parenti. Basta dire che ella abitualmente si limitò sempre a trattarmi col soprannome di *gelatina* alludendo al tremore continuo che mi dava la paralisi».

Ora io mi ricordavo benissimo che questo fatto al povero signor Venanzio l'avevo detto proprio io, ragione per cui se a Cesira ora capitava questa bella eredità doveva ringraziar me. Ma il signor Venanzio aggiungeva altre ragioni:

«Inoltre», diceva press'a poco nel suo testamento «a favorire in modo speciale questa buona ragazza son mosso dalle giuste e sane teorie politiche e sociali di mio nipote, il quale ha sempre predicato che nel mondo non vi devono essere più nè servi nè padroni; ed egli, io credo, accoglierà benissimo questo mezzo ch'io porgo a Cesira degli Innocenti di non esser più serva in casa di lui e a lui di non esser più suo padrone».

L'avvocato Maralli nel sentir leggere questo paragrafo sbuffava e ripeteva a bassa voce, rivolgendosi al sindaco:

— Eh!... Uhm!... Già mio zio, è stato sempre un originale!...

Il sindaco sorrideva con una certa aria canzonatoria e stava zitto. Intanto il notaro seguitava a leggere ed era arrivato a un altro paragrafo che diceva così:

«Sempre per rispetto alle nobili teorie di altruismo sulle quali sono fondate le teorie politico-sociali di mio nipote, poichè mi parrebbe di recare ad esso una profonda offesa lasciando del mio capitale erede lui che

fu sempre avversario accanito del capitale e dei suoi privilegi, primo dei quali è quello della eredità, lascio tutto il mio patrimonio già descritto ai poveri di questa città, dei quali il giorno della mia morte risulterà negli atti del Comune la fede di miserabilità; mentre al mio amatissimo nipote, in ricordo del suo affetto verso di me e degli augurî e voti fatti continuamente a mio riguardo, lascio per mio ricordo personale, che egli certo terrà carissimo, l'ultimo mio dente strappatomi dal suo piccolo cognato Giovannino Stoppani e che ho fatto espressamente rilegare in oro per uso di spillo da cravatta».

E il notaro levò infatti da un astuccio un enorme spillone in cima al quale era proprio il dente con le barbe che avevo pescato io nella bocca sgangherata del povero signor Venanzio.

A quella vista, naturalmente, non seppi resistere e mi scappò da ridere.

Non l'avessi mai fatto! L'avvocato Maralli che pareva invecchiato di dieci anni e tremava tutto per la rabbia e per lo sforzo che faceva per contenersi, scattò, e tendendo una mano verso di me esclamò:

— Canaglia! Ridi anche, eh? al frutto delle tue canagliate! —

E c'era in queste parole tale accento di odio che tutti si son voltati a guardarlo e il notaro gli ha detto:

— Si calmi, signor avvocato! —

E ha fatto per porgergli l'astuccio col dente del povero signor Venanzio; ma il Maralli l'ha respinto con un gesto energico, esclamando:

— Lo dia a quel ragazzo.... Fu lui che lo levò al defunto e io glielo regalo! —

E s'è messo a ridere. Ma si capiva che era un riso sforzato per rimediare alla scena fatta prima.

Infatti, dopo aver messo la firma sotto ai fogli che gli porgeva il notaro, ha salutato e se n'è andato via.

Mentre il sindaco prendeva degli accordi col notaro per distribuire ai poveri i denari lasciati loro dal povero signor Venanzio, la Cesira mi ha detto:

— Ha visto, sor Giovannino, com'è rimasto il sor padrone?

— Eh! il bello è che se la pigliava con me!

— Già. Chi sa che scena farà a casa! Io non so come fare a andarci!...

— Che t'importa? Ormai tu sei una signora.... Vedi che cosa vuol dire a trovar bene un soprannome a un vecchio paralitico?... —

In quel momento il sindaco aveva finito di firmar fogli e fissare col notaro, e questi ha chiamato la Cesira alla quale ha detto di ritornar da lui l'indomani.

Così rimasto solo nella stanza, il notaro ha aperto un cassetto della sua scrivania, ha levato fuori un involto e alzandosi gli occhiali e guardandomi fisso in faccia mi ha detto:

— Il defunto signor Venanzio Maralli era veramente un originale: ma a me non sta il giudicarlo, e il mio dovere di notaro è di seguire fino all'ultimo le sue volontà testamentarie, sieno esse state espresse per iscritto che a voce. A voce dunque il signor Venanzio mi disse: — Io ho qui un involto contenente mille lire in tanti biglietti di banca da cinque che desidero, dopo la mia morte, siano consegnati a brevimano e senza che nessuno veda e che nessuno venga a saperlo, al cognato di mio nipote, Giovannino Stoppani, col patto che egli li prenda e li tenga con sè e ne disponga a suo piacere e non dica a nessuno di possedere tale somma. —

Queste parole, che mi hanno empito di meraviglia, il notaro le ha dette con un tono di voce uguale come se le avesse imparate a mente. Poi cambiando accento mi ha detto accarezzandomi:

— Il defunto mi disse che tu eri la disperazione de' tuoi parenti....

— Ora però sono diversi giorni che sono buono! — ho detto io.

— Meno male! Guarda dunque di non usar male del denaro che ti consegno. Forse il defunto signor Maralli lasciandotelo senza alcun vincolo e nessuna vigilanza ha voluto darti una prova di grande stima e di grande fiducia.... e sia per questo, o sia che per la sua bizzarra natura si sia divertito a pensare a quel che tu avresti potuto fare trovandoti in possesso di questi quattrini, ho creduto mio dovere di darti un consiglio che la mia qualità di notaro e di esecutore testamentario non mi vietava....

E mi ha consegnato l'involto. Poi ha aggiunto porgendomi anche l'astuccio col dente del defunto:

— E questo? Tuo cognato te lo ha ceduto. Prendi; e ora ti farò riaccompagnare a casa. —

Io ero così confuso da tante inaspettate sorprese che non gli dissi neppure grazie. Sull'uscio dello studio era quell'uomo tutto nero che mi aveva accompagnato fin lì e che è sceso giù con me alla porta ed è entrato con me nella carrozza che mi ha portato fino a casa.

Il babbo non c'era, e la mamma e l'Ada mi son venute subito d'intorno a farmi mille domande.

Quando hanno saputo che il signor Venanzio aveva lasciato tutto il suo patrimonio ai poveri del Comune e che al Maralli non era toccato che uno spillo d'oro col dente che aveva ceduto a me, hanno cominciato a scaricarmi un diluvio di esclamazioni:

— Come!... Possibile!... Ma perchè!... Ma come mai?... —

Io però ho risposto sempre che non ne sapevo nulla, e quando alla fine ho potuto liberarmi dalle loro domande me ne son venuto qui in camera e ho riposto il mio tesoro nel cassetto del tavolino che ho chiuso a chiave.

Per il resto della giornata ho fatto finta di nulla, ma era tanto il nervoso che avevo addosso che il babbo a cena se n'è accorto, e ha detto:

— Si può sapere che cos'hai stasera, che mi sembri un'anguilla? —

Finalmente quando sono stato solo qui nella mia cameretta, ho dato libero sfogo alla mia emozione e ho contemplato il mio tesoro, e ho contati e ricontati i duecento biglietti da cinque lire dei quali sono possessore, e li ripongo nel cassetto del tavolino e lo chiudo, e poi lo riapro e poi li ritiro fuori e li rimiro e li riconto daccapo per poi richiuderli e rilevarli senza decidermi a separarmi da loro....

Mi pare d'essere diventato quel vecchio d'una operetta che ho sentita due anni fa che era intitolata *Le Campane di Corneville*; ma però non è per avarizia che contemplo tutti questi quattrini, ma per i sogni che ci fo sopra e che sono tanti e così diversi! Ho sognato più in queste poche ore che sto sveglio, che in tutte le nottate dormite da che son nato!...

Basta: mi par che sia ora d'andare a letto.... Chiudo la mia cassaforte e buonanotte!

26 febbraio.

È appena giorno e io sono ancora qui a contare i miei duecento biglietti da cinque lire che mi si parano davanti come duecento punti interrogativi:

— Che ne farò? —

Il fatto è che da quando ho tutti questi quattrini non sono più io: ho la testa piena di pensieri, di preoccupazioni, di paure. Stanotte non m'è riuscito di chiuder occhio: ogni tantino mi svegliavo di soprassalto perchè mi pareva sempre che venissero i ladri a rubarmi le mie mille lire, o il babbo a domandarmi di dove provenivano, ciò che per me, in fondo, rappresentava lo stesso pericolo di perderle.

In ogni modo bisogna che le assicuri meglio perchè ci potrebbe essere in casa un'altra chiave che apra il cassetto del mio tavolino e nulla di più facile che la mamma e Ada vengano a frugarci dentro....

La prima spesa che bisogna che faccia è quella di una buona cassaforte, piccola in modo che possa nasconderla in fondo all'armadio dove tengo i miei balocchi di quando ero più piccino.

In quanto all'impiego che farò dell'eredità, fra i tanti sogni che ho fatto due specialmente mi stanno fissi in mente: comperare un'automobile, o aprire un negozio di pasticceria come quello del babbo di Gigino Balestra....

Vedremo! Intanto prendo venti biglietti da cinque lire in tasca e vo a cercare la cassaforte....

Ed eccomi di nuovo solo in camera mia mentre tutti dormono: solo col mio tesoro che è qui, finalmente sicuro nel mio armadio....

Che bella soddisfazione avere una cassaforte con mille lire dentro!... Un momento: ora non sono più mille lire, ma settecentotrentuno perchè oggi ho speso la somma non indifferente di lire duecentosessantanove!

Ma tutte spese giustificate e tutte regolarmente registrate qui nel libro d'*entrata* e *uscita* che costa una lira e dal quale risulta il seguente *stato di cassa* a tutt'oggi:

	ENTRATA		USCITA	
Ereditato dal povero signor Venanzio. L.	1.000	00		
Libro d'*entrata* e *uscita*.			1	00
Elemosine . . . . . . :			15	00
Cassaforte			250	00
Pasticcini			3	00

Nel registro che ho comperato c'è anche una colonna per le *Osservazioni*, ma lì non ho scritto niente, perchè l'unica osservazione che potevo metterci era questa: che i quattrini peggio spesi sono stati quelli delle elemosine.

Infatti stamani appena sono uscito di casa ho trovato sugli scalini della chiesa di San Gaetano un povero cieco che chiedeva l'elemosina e io messa subito mano a tasca ho tirato fuori un biglietto da cinque lire e gliel'ho lasciato cadere dentro il cappello che egli teneva sulle ginocchia.

Egli ha fatto un gesto di meraviglia e, agguantato con moto fulmineo il biglietto, lo ha messo contro la luce guardandolo attentamente; poi mi ha chiesto:

— Ma.... non è mica falso, eh, signorino? —

Immediatamente un altro povero cieco che era dall'altra parte della scalinata è venuto a esaminare il biglietto e ha detto:

— Ma non vedi che è buonissimo? E a me, signorino? Non me ne dà uno anche a me? —

Io per non fare ingiustizie ne ho dato uno anche a lui: e siccome in quel momento uno zoppo che chiedeva l'elemosina sulla porta della chiesa è corso precipitosamente a me per godere dello stesso trattamento dei suoi due colleghi ho dato cinque lire anche a lui.

Ma il bello della scena è stato questo: che io infatuato come ero in quel momento della mia munificenza, mentre mi davo una grande aria di importanza nel levar di tasca i miei biglietti di banca, non ho neanche menomamente pensato al fatto stranissimo di quei due ciechi che vedevano e di quello zoppo che correva....

Ci ho ripensato dopo....

Allora ho capito che la carità è una gran bella cosa, ma bisogna saperla fare.... e lì per lì ho provato tanta stizza di essere stato ingannato così sfacciatamente che, per un legittimo sentimento di reazione, sono andato al negozio Balestra e mi son mangiato tre lire di pasticcini!

Forse ne ho mangiati troppi, e senza dubbio ho abusato di canditi che mi piacciono di molto e per l'appunto, fra i dolci sono i più indigesti di tutti.

Ma insomma questa è stata una spesa fatta bene e non me ne pento.

Un'altra spesa molto complicata è stata quella della cassaforte. Pare impossibile che sia così difficile a un ragazzo che si presenta in una bottega coi suoi bravi quattrini di comperare quel che più gli pare e piace!

Eppure al primo negozio ove mi sono presentato a chiedere una cassaforte si son messi a ridere e siccome io insistevo mi hanno detto:

— Bambino, levati di qui che abbiamo altro da fare che badare alle tue burlette! —

In un altro negozio siccome si disponevano a farmi la stessa accoglienza, mi son risentito e ho detto:

— Che credono perchè sono un ragazzo che io non abbia i quattrini? —

E ho levato di tasca una manciata di biglietti.

Allora il commesso del negozio ha cambiato subito maniere e mi ha dato del lei. Però non mi ha voluto dar la cassaforte, scusandosi che lui non poteva vendere ai minorenni e che perciò bisognava che ci andassi col mio babbo.

Già: non ci mancherebbe altro!

Per fortuna in quel momento sulla bottega ci era un giovanotto che mi guardava mentre tiravo fuori i quattrini e che appena sono uscito mi ha detto:

— Ma come son buffi! Per comprar la roba da ora in avanti ci vorrà la fede di nascita!...

Naturalmente io ho acconsentito a questa giusta critica, e allora questo bravo giovinotto mi ha domandato:

— Ma lei che voleva comprar qualcosa?

— Sì: una cassaforte, — ho risposto — ma una cassaforte piccola....

— Quanto vorrebbe spendere?

— Ma.... non saprei. Voglio una cassaforte che sia forte davvero, capisce? —

Il giovanotto ha pensato un poco, e poi ha detto guardandomi fisso:

— Trecento lire?...

— Eh! È un po' cara.

— Cara? No davvero! Non sa che le casseforti costano delle migliaia di lire? Ma lei deve prendere una cassaforte d'occasione.... se ne trovano facilmente: le costa meno e le fa lo stesso servizio.

— E dove si trovano?

— Lei deve venir con me. Ho diversi negozianti amici, tutte brave persone che vendono roba garantita e senza far tante storie come fanno nei negozi di lusso.... —

E mi ha accompagnato in diverse botteghe dove vendevano tutta roba usata e di tutte le specie. Da principio pareva difficile trovare una cassaforte: nessuno ce l'aveva. Abbiamo girato parecchio prima di trovare finalmente quel che si cercava. Quel giovinotto era proprio servizievole e non è stato contento finchè finalmente non è riuscito a procurarmi quel che mi occorreva. Egli entrava via via nelle botteghe di questi negozianti suoi amici coi quali si tratteneva a parlare mentre io aspettavo sulla porta: e all'ultima bottega dove ci siamo fermati è ritornato fuori col padrone mostrandomi una cassaforte che per la misura era proprio quel che ci voleva sebbene fosse un poco arrugginita.

Io naturalmente ho tirato nel prezzo, e dài, picchia e mena me l'ha rilasciata per duecentocinquanta lire. Gli ho dati tutti i quattrini che avevo in tasca e me la son fatta portare a casa per le cinque, perchè sapevo che a quell'ora il babbo non c'era e la mamma e l'Ada erano a fare una visita.

Difatti ho avuto la cassaforte e ho dato il resto, cioè centosessantotto lire oltre le ottantadue che avevo già date.

Ma ora son contento perchè il mio capitale è al sicuro e non c'è più paura!

27 febbraio.

L'orizzonte si rannuvola.

Oggi il babbo mi ha fatto una predica d'un'ora, dicendomene di tutti i colori e terminando colla solita conclusione: che io son destinato a esser la rovina della famiglia.

E tutto questo perchè, a quanto pare, l'avvocato Maralli, gli ha detto che era stato diseredato dal suo zio per colpa mia.

Ma, anche se questo fosse vero, dico io, è giusta che mi si debbano dare ora le sgridate per una colpa passata, della quale ho già scontata la pena in Collegio?

Sempre così! Sempre ingiustizie e prepotenze!

Io sono stato a sentire sempre zitto; e dopo la predica sono uscito con una scusa e sono andato al negozio Balestra, dove ho mangiato dodici paste tutte svariate per rifarmi la bocca.

Uscendo ho incontrato Gigino Balestra al quale ho raccontato della sgridata avuta ed egli mi ha detto tutto meravigliato:

— Ma se l'avvocato Maralli, anzi, dice che è stato lui che ha consigliato suo zio a lasciar tutto ai poveri!...

— Come!

— Vieni con me a casa mia e vedrai. —

Siamo andati infatti a casa sua e lì Gigino mi ha fatto vedere l'ultimo numero del *Sole dell'avvenire* dove è un articolo intitolato: *Il nostro candidato contro il privilegio dell'eredità.*

Ricopio qui il principio dell'articolo dal giornale che mi ha regalato Gigino, perchè è bene che in queste pagine di un giornale scritto da un bambino si veda con quale sincerità siano scritti i giornali dei grandi:

A costo di parere indiscreti al nostro egregio amico avvocato Maralli, e sicurissimi delle proteste che gli inspirerà la sua naturale modestia, noi non possiamo assolutamente tacere di un nobilissimo fatto che torna a suo onore e che è prova novella della coerenza che egli segue sempre in tutti gli atti della vita verso i suoi principî.

Il nostro candidato, dunque, con la generosità che è una delle prime virtù dell'animo suo, aveva ospitato un suo zio molto malato e molto ricco, straordinariamente ricco, del quale egli sarebbe stato il naturale erede.... se il nostro valoroso compagno non fosse fedele seguace dei nostri principî contro ogni privilegio capitalistico, primo dei quali il diritto di eredità.

Egli dunque, in ossequio al programma del nostro partito, non solo nulla fece di quel che avrebbe fatto qualunque borghese per persuadere il ricco zio a farlo erede del lauto patrimonio, ma con la predicazione sincera delle proprie idee lo convinse a nominare eredi i poveri della città, i quali oggi appunto in cui avverrà la distribuzione del làscito al nostro Municipio, avranno un aiuto alla loro grama esistenza.

E qui l'articolo era tutto un attacco contro il candidato avversario che era chiamato egoista, sfruttatore ecc., mentre si esaltava il disinteresse del mio cognato.

Io, quando ho letto quest'articolo, son cascato dalle nuvole, poichè ben sapevo com'erano andate le cose riguardo all'eredità del povero signor Venanzio. E sapendo che il giornale era fatto dal babbo di Gigino gli ho detto:

— Ma come! Ma qui il tuo babbo ha sbagliato!... Quando lo vedrà il Maralli. quest'articolo, starete freschi!...

— Che dici? Ma il Maralli l'ha visto e come!

— L'ha visto?

— Non solo l'ha visto, ma prima hanno discusso a lungo, lui e il babbo, se conveniva, di farlo, e da ultimo hanno deciso di sì, perchè, come ha detto il Maralli, il suo zio nel testamento stesso dichiara che lascia eredi i poveri in ossequio alle idee del nipote e sebbene abbia scritto questo per canzonarlo, da chi non conosce come stanno le cose può essere preso benissimo sul serio. « Almeno, » ha detto il tuo cognato « avrò avuto un utile morale!... ».

— Sicchè ha approvato tutto?

— Ha approvato? Altro che! Anzi il principio dell'articolo lo ha scritto il Maralli stesso.... —

Io sono rimasto di stucco: ma Gigino Balestra, che è più infarinato di me di cose elettorali, mi ha detto: — Ti fa meraviglia? Non è nulla ancora! Ora, vedi, incomincia la polemica con l'*Unione Nazionale* e sentissi che cosa non si dicono!... Ma il babbo, mentre gliene scrive di quelle da levare il pelo, ci ride e ci si diverte.... Se il mio babbo non facesse il pasticciere, sarebbe un giornalista di prim'ordine, lo dicono tutti: ma lui dice gli rendono più i pasticci con la crema che quelli scritti!

— E come anderà a finire l'elezione?

— Eh! Il Maralli ha tutte le probabilità di riuscire perchè c'è l'unione dei partiti popolari....

— Meno male! —

Bisogna che dica la verità; io avrei piacere che il mio cognato fosse eletto deputato.

Perchè? Non lo so neppur io precisamente; ma mi pare che avere un deputato in famiglia sia una cosa utile e da averci delle soddisfazioni, e ho in idea che se il Maralli riuscisse, mi perdonerebbe; e allora mi piacerebbe molto d'andar con lui nei comizi elettorali dove tutti urlano, anche i ragazzi, senza che nessuno li sgridi....

— Anzi, — mi ha detto Gigino — più che si urla e più ci hanno piacere. Se vuoi venire domenica si va a Collinella dove c'è una gran fabbrica con di molti operai e lì il babbo vuole che si gridi: Evviva la lega! —

Ci anderei volentieri, ma non so se il babbo mi ci manderà.... Vedremo.

1° *marzo*.

Queste elezioni incominciano a interessarmi davvero.

Ieri, mentre ero fuori, ho sentito urlare il giornale dei moderati:

— *Legghino*, Signori, l'*Unione Nazionale*, con la vera storia dell'eredità del candidato socialista! —

Io l'ho comperato subito e ho letto il primo articolo nel quale si rispondeva punto per punto all'articolo del *Sole dell'avvenire* che mi aveva fatto vedere l'altro giorno Gigino Balestra.

Si vorrebbe dal nostro avversario trarre vantaggio da una meritata punizione (così diceva l'*Unione*) *e non possiamo negare che egli dimostri in questo suo strattagemma elettorale un cervello assai sottile e una faccia molto tosta....*

E seguitava a raccontar la storia del povero signor Venanzio che non divideva affatto le idee dell'avvocato Maralli e che anzi per queste idee del nipote in perfetta opposizione con le sue si decise a diseredarlo, lasciando il vistoso patrimonio ai poveri della città.

E di questo (seguitava a dire l'*Unione*) *il nostro avversario che vorrebbe ora apparire un eroe del disinteresse e un martire dell'altruismo, ebbe tutt'altro che piacere, e anzi provò tanto dolore e tanta rabbia che licenziò su due piedi la propria domestica Cesira Degli Innocenti, magari dopo averla coperta d'improperi perchè tra i legati del defunto Venanzio Maralli ve n'era uno di diecimila lire in favore di lei.*

Bisogna convenire che questa era la verità; e io non potevo comprendere come mai il mio cognato, che pure era così furbo, avesse potuto dare appiglio ai suoi avversari di dirgli delle cose così scottanti, mentre era facile prevedere che essi sarebbero stati informati esattamente di tutta la faccenda, pensando che l'incaricato di distribuire ai poveri l'eredità del signor Venanzio era stato proprio il sindaco, cioè uno dei capi del partito conservatore e che era stato presente alla lettura del testamento quando l'avvocato Maralli aveva fatto quella famosa scenata che ho detto prima.

Ma si vede che nelle lotte elettorali le bugie sono all'ordine del giorno in tutti i partiti, perchè anche l'*Unione Nazionale* ne dice parecchie, e una poi è così sfacciata che non la posso mandar giù.

In seconda pagina, infatti, c'è un articoletto intitolato: *I nemici della religione*, che ricopio qui tal quale:

Si dice che questa volta, come al solito, gli elettori cattolici si asterranno dal dare il voto. Ora noi non sapremmo concepire, nella lotta attuale, questa astensione la quale verrebbe direttamente a favorire, contro un candidato ossequiente a tutti gli articoli del nostro Statuto e prima che agli altri al primo, il trionfo di un candidato socialista che si vanta nemico di tutte le istituzioni che sono i cardini d'ogni civile società e rinnega la religione dello Stato in ogni modo, con le parole e con le opere.

E qui il giornale seguitava per una colonna a trattare il Maralli di miscredente, mentre io mi ricordo benissimo (e ho registrato il fatto proprio qui nel mio caro giornalino) che mio cognato quando sposò mia sorella andò in chiesa perchè altrimenti il babbo e la mamma non avrebbero mai acconsentito al matrimonio.

Come si fa, domando io, a inventare tante calunnie?

Queste menzogne del giornale conservatore mi hanno talmente indignato che da ieri sto pensando se non sia il caso di andare alla Direzione per far rimettere le cose a posto.

Mi pare che questo sarebbe prima di tutto il mio dovere perchè si deve sempre far risaltare la verità, e poi sarebbe anche una buona occasione per rendere un servizio al mio cognato dopo che, sia pure senza volerlo, gli ho fatto perdere l'eredità di suo zio sulla quale egli faceva tanto assegnamento.

Voglio andar subito a trovare il mio amico Gigino Balestra che s'intende molto di questioni elettorali per sentire il suo parere.

2 marzo.

Oggi sono stato da Gigino Balestra al quale ho confidato il mio progetto.

Egli ci ha pensato un po' sopra e poi mi ha detto:

— È una buona idea! Ci andremo insieme. —

Infatti siamo rimasti d'accordo che domattina alle undici anderemo alla Direzione dell'*Unione Nazionale* e porteremo una *rettifica* (dice Gigino che si chiama così) all'articolo intitolato: *I nemici della religione.*

Questa *rettifica* l'abbiamo combinata insieme, e ora, prima di andare a letto, l'ho ricopiata perbene in certi fogli di carta che mi ha dato Gigino e nei quali mi ha raccomandato di scrivere da una parte sola perchè dice che quando si scrive per la stampa si deve far così.

Ed ecco la *rettifica* che ricopio tal quale:

Onorevole Direzione,

Leggendo l'articolo del numero scorso del suo pregiato giornale il quale è intitolato «I nemici della religione» mi credo in dovere di fare osservare alla S. V. che non è esatto quel che si afferma nel detto articolo dove è scritto che l'avvocato Maralli mio cognato è miscredente, mentre posso garantire che questo è assolutamente falso avendo assistito io in persona al suo matrimonio che fu celebrato nella chiesa di San Sebastiano a Montaguzzo dove si comportò molto divotamente dando prova di essere un buon cristiano al pari di chiunque.

GIANNINO STOPPANI.

È la prima volta che scrivo un articolo in un giornale e non mi par vero di arrivare a domani.

Stamani mi sono alzato, ho fatto il riscontro di cassa e vi ho trovato la somma di *lire italiane settecentododici e centesimi trentacinque*.

Quando sono sceso per la colazione ho trovato il babbo di un umore insopportabile, perchè dice che io non studio, che io non penso che a divertirmi e altre simili ripetizioni che non so capire come non gli venga a noia a ritirarle fuori così spesso senza neanche cambiarci una sillaba, senza trovarci neppure un'intonazione di voce diversa.

Basta. Io sono stato a sentirlo con rassegnazione fino alla fine pensando alla *rettifica* che devo portare all'*Unione Nazionale*.

Come mi accoglieranno?

Uhm! In ogni modo bisogna *ristabilire la verità*, come ha detto Gigino Balestra, e io lo farò ad ogni costo.

Siamo stati, come avevamo stabilito, con Gigino Balestra alla Direzione del giornale l'*Unione Nazionale*, e sono proprio soddisfatto di avere avuto un'idea così felice....

Da principio quando ci siamo presentati in ufficio, vedendo due ragazzi non ci volevano far passare nella Direzione e uno ci ha detto:

— Ragazzi, qui non si ha tempo da perdere!... —

Il bello è che lui stava lì a sedere dinanzi a un tavolino senza far nulla!

— Ma noi veniamo per una *rettifica!* — ha detto subito Gigino Balestra dandosi una certa aria.

— Una *rettifica?* Che *rettifica?* —

Allora sono intervenuto io e ho detto:

— Siccome nell'*Unione Nazionale* è stato stampato che l'avvocato Maralli non è cristiano, io che sono il suo cognato posso giurare che non è vero perchè l'ho visto io con questi occhi quando ha sposato mia sorella che stava inginocchiato nella chiesa di San Sebastiano a Montaguzzo.

— Come, come? Lei è cognato dell'avvocato Maralli? Ah! Aspetti un poco.... —

E quel giovanotto è andato in un'altra stanza da dove è riuscito poco dopo dicendomi:

— Si accomodino! —

E così siamo entrati proprio dal Direttore che è un uomo con una testa pulita pulita, e anzi è la sola cosa pulita che abbia perchè ha un vestito che pare tessuto col sudiciume, e una cravatta nera tutta unta nel cui centro brillava uno schizzo di torlo d'uovo in modo che pareva proprio che ce lo avesse messo lì apposta per far finta d'averci uno spillo d'oro.

Però è stato molto gentile e quando ha letto la mia *rettifica*, dopo aver riflettuto un poco ha detto:

— Benissimo! La verità innanzi tutto.... Ma ci vorrebbero delle prove.... dei documenti.... —

Io allora gli ho raccontato che tutto il fatto com'era andato era descritto qui nel mio giornalino, in quelle pagine che fortunatamente avevo potuto salvare dal caminetto quando il mio cognato aveva tentato di distruggerle....

— Ah! aveva tentato di distruggerle, eh?

— Sicuro! Ma vede la combinazione, eh? Se io non le avessi riprese a tempo ora sarebbe peggio per lui perchè non potrei dimostrare la verità di quel che io dico....

— Eh già.... sicuro.... —

Infatti il direttore dell'*Unione Nazionale* ha detto che gli era necessario di vedere questo mio giornalino con la mia firma, e ho fissato di portarglielo stasera stessa, mentre egli da parte sua si è impegnato di pubblicare nel prossimo numero non solo la mia rettifica, ma anche se ci sarà bisogno la descrizione del matrimonio religioso di mio cognato....

Chi sa che piacere avrà il Maralli quando leggerà l'articolo nel giornale avverso dove gli renderanno giustizia, e quando saprà che io sono stato la causa di tutto. Mi figuro già di vedermelo venire incontro con le braccia aperte a rifar la pace, e allora si metterà una pietra sul passato e l'innocenza trionferà contro tutte le calunnie....

E ora, caro giornalino mio, ti chiudo e mi accingo a separarmi da te per qualche giorno, ma son contento perchè tu mi aiuti a compiere una buona azione e a far rifùlgere la verità contro tutte queste invenzioni tendenziose, come le chiama il mio amico Gigino Balestra!

Giannino Stoppani

. . . .

Qui termina il giornalino di Gian Burrasca; *ma non terminano qui, naturalmente, le sue monellerie e le sue avventure, e a me che ho impresa la pubblicazione di queste memorie corre almeno l'obbligo immediato di completar la narrazione dell'avventura elettorale rimasta interrotta sul più bello.... o sul più brutto, secondo il punto di vista politico-sociale dei miei piccoli lettori.*

Infatti proprio in una questione politico-sociale andò a incappare il nostro povero Giannino Stoppani e non è da far le meraviglie se la sua buona fede fu tradita da tutte le parti e ogni suo calcolo da cima a fondo sbagliato.

*Vero è che il direttore dell'*Unione Nazionale *accolse come aveva promesso la* rettifica *rimessagli da Gian Burrasca, ma il titolo dell'articolo in cui essa comparve basta a rivelare il secondo fine cui si faceva servire il riconoscimento della verità.*

L'articolo era intitolato: L'avvocato Maralli libero pensatore in città e bigotto in campagna, *e in esso alla dichiarazione di Giannino Stoppani si faceva seguire la descrizione del matrimonio religioso di sua sorella col Maralli fedelmente ricopiata dal Giornalino e si concludeva col dipingere il candidato socialista come un opportunista della peggiore specie, non spinto da altre molle in ogni sua attitudine nell'agone politico che da quelle di un volgare interesse e di una smodata ambizione.*

*In casa Stoppani la notizia di questa tragedia elettorale giunse di prima mattina. Il babbo di Giannino ricevè il numero dell'*Unione Nazionale, *con quel terribile articolo segnato con lapis bleu e con queste parole scritte nel margine dall'avvocato Maralli.*

«Vostro figlio che mi aveva già rovinato come uomo facendomi perdere l'eredità di mio zio e come professionista facendomi perdere una causa importante è tornato in tempo dal Collegio per rovinarmi nella mia carriera politica.... e c'è riuscito perfettamente!».

La tempesta scoppiò tremenda sul capo del povero Gian Burrasca.... e anche più in giù.

— Ma io ho detto la verità! — gridava egli sotto la gragnuola inaspettata. — Io credevo di far bene difendendolo da un'accusa ingiusta!... —

E il padre, mentre la gragnuola rinforzava:

— Stupido! Rompicollo! I ragazzi non devono impicciarsi nelle cose che non possono capire! Cretino! Birbante! Sei la rovina di tutta la famiglia!... —

E certo il nostro Giannino non poteva capire i misteri della politica per i quali a volte la difesa fatta da un'anima semplice e ingenua può recar più danno di un'offesa lanciata dall'anima più nera e perversa.

*Il fatto è che la rivelazione ch'egli fece all'*Unione Nazionale *e che questa fece al pubblico determinò la ribellione contro il Maralli di una frazione del suo stesso partito e i partiti che a quello si erano alleati, e il giorno dell'elezione fu ignominiosamente sconfitto.*

Ma non basta. La polemica fra l'Unione Nazionale e il Sole dell'avvenire si inacerbì al punto che non bastando più tutte le male parole del vocabolario elettorale italiano si passò alle bastonate e un giorno la pasticceria del babbo di Gigino Balestra fu teatro di una zuffa terribile tra moderati e socialisti che si picchiarono di santa ragione, dicendosi le cose più amare su un terreno cosparso delle cose più dolci che si possono immaginare, e riducendosi scambievolmente in uno stato compassionevole e anche appetitoso, col volto ammaccato pieno di bitorzoli e di bioccoli di crema, annerito da ecchimosi e da ditate di cioccolata, gocciolante di sangue e di alkermes....

Ne vennero querele da ambe le parti, e in Tribunale uno dei documenti più importanti per stabilire l'origine dei fatti dei quali si discuteva, fu appunto il Giornalino di Gian Burrasca *che il direttore dell'Unione Nazionale non aveva più restituito al suo legittimo proprietario e che rimase poi lungamente dimenticato fra gli incarti della Cancelleria giudiziaria, ciò che non farà certo maraviglia a chi sa come tutto della Giustizia italiana sia lungo e oblioso.*

Come alla fine il Giornalino di Gian Burrasca *capitasse tra le mie mani io non dirò: basti sapere che io, che ebbi la fortuna di scoprirlo da una portinaia moglie d'un usciere del Tribunale mentre ella lo leggeva ai suoi figliuoli, dovetti durar molta fatica e spender molti quattrini in carta bollata per ottenere – col consenso di Giannino Stoppani – la restituzione del manoscritto, non potendo il Tribunale, per regolarità, consegnare un documento processuale nè a Gian Burrasca che era proprietario ma era minorenne nè a me che ero purtroppo maggiorenne, ma non ero il proprietario. E neanche questo farà maraviglia a chi sappia come tutto nella Giustizia italiana sia regolarmente faticoso e costoso....*

Ho detto in principio che non terminano col Giornalino le avventure di Gian Burrasca.... Infatti dopo che egli ebbe rovinata la posizione politica di suo cognato, il suo babbo si decise a rinchiuderlo in una Casa di correzione, e la stessa decisione nello stesso tempo era presa dal babbo di Gigino Balestra che, come avete visto, era stato complice necessario nella rettifica recata all'Unione Nazionale.

Sotto questa terribile minaccia i due ragazzi concertarono una fuga e.... da questo punto si apre un altro periodo della storia di Gian Burrasca che vi racconterò un'altra volta.

Vamba

Finito di stampare nel mese di marzo 1996
presso Giunti Industrie Grafiche S.p.A.
Stabilimento di Prato